君生 我未生

张严平 著

THE LOVE STORY OF YANPING AND NANSHENG

文化发展出版社
Cultural Development Press

图书在版编目（CIP）数据

君生我未生 / 张严平著. -- 北京 ：文化发展出版社，2021.12

ISBN 978-7-5142-3598-2

Ⅰ. ①君… Ⅱ. ①张… Ⅲ. ①回忆录－中国－当代 Ⅳ. ①I251

中国版本图书馆CIP数据核字（2021）第220607号

君生我未生

作　　者：张严平

出 版 人：武　赫
责任编辑：范　炜　　　　责任校对：岳智勇
责任印制：邓辉明　　　　责任设计：郭　阳
出版发行：文化发展出版社（北京市翠微路2号 邮编：100036）
网　　址：www.wenhuafazhan.com
经　　销：各地新华书店
印　　刷：北京中科印刷有限公司

开　　本：690mm×980mm　1/16
字　　数：240千字
印　　张：21
版　　次：2021年12月第1版
印　　次：2021年12月第1次印刷
定　　价：58.00元
ISBN：978-7-5142-3598-2

◆ 如发现任何质量问题请与发行部联系。发行部电话：010-83626929

——献给我的爱人杨南生

一个是初出茅庐、单纯幼稚的小记者，

一个是阳光、丰富，阅尽世间、心灵高贵的智者，

两颗最纯粹的心，仅仅因为爱，走到了一起，

就像两个纯真无邪的孩子。

1986 年 6 月 2 日杨南生、张严平结婚照。

少年时期的杨南生正全神贯注地写作业。

英国曼彻斯特大学博士毕业时杨南生的照片。

回国后从事科研工作的杨南生（右一）陪同多位领导视察江湾简易试车台，观看T–7气象火箭主发动机热试车。

杨南生一生待人亲切幽默，虽至耄耋之年，却让人感受到一颗从未衰老的心。

一颗年轻的心因为一个人的出现而更加光亮。

两个人在一起，便是无限的幸福。

除了一生挚爱的航天事业，杨先生也酷爱音乐。

从小没做过饭的张严平，为了杨南生，买下了一堆做饭的书，潜心研究，乐在其中。

29年的相遇，27年的相依相伴，杨南生与张严平相濡以沫，留下了一段段动人的回忆。

序

"记忆力会减退，但灵魂会记住一切。"

我很小的时候是一个耽于幻想的孩子。

每到傍晚看到天边一会儿是一只羊一会儿变成一头老虎的云彩，就会想象那里面一定有一个很大的森林，住着很多的动物；走在上学的路上，看着路边的白杨树，就担心它们白天黑夜总站在这里会不会累呢？听人说，世界上有一种路叫高速公路，就想象那路面上一定铺满了飞轮，可以带着汽车往前跑。最令我好奇的是，每当听大人说，哪个叔叔阿姨找到了爱人，便不解：爱人都是藏在某一个地方需要去找出来的吗？怎样才能找到爱人呢？

做梦也没有想到，早在我还未出生时，我日后的爱人已藏在我们国家的某个地方了。

人长大了，便没有了童话。孩子时的幻想在知识的教科书面前一个个破碎，唯有"爱人"清晰、生动，带着生命的全部色彩，走进我的生活，又离开我的生活。

岁月的记忆就像漂浮在海面上的浪花，渐行渐远，很多往事都散去了，但是，那些参与了生命成长的瞬间，却像雕塑一般刻在灵魂里，那是比记忆更长久的东西。

2009年，中华人民共和国成立60周年大庆，我被派去天安门观礼台采访。

兴奋的等待中，当第二炮兵（后来的“火箭军”）方阵簇拥着中国最新战略导弹出场时，整个广场瞬间沸腾。我身边有一群应邀从海外回国参加国庆观礼的中国留学生，一边跳一边喊：“祖国，我骄傲！……”

那一刻，像被什么狠狠地撞了一下，我的心越过天安门，飞到一个人身上。

他是一位科学家，一辈子研究固体火箭。作为新中国第一批回归的海外留学生，他自1950年从英国回来后，便带着周恩来总理签署的任命书，从上海去了荒无人烟的内蒙古戈壁，率领一支年轻的固体火箭科研队伍，在一张白纸上创造了中国固体火箭的传奇。

距离此刻4年后他去世的讣告里写道：“在他的带领下，这支队伍研制成功——

“中国第一台复合固体火箭推进剂发动机；

“中国第一颗东方红一号卫星第三级火箭发动机；

“中国第一枚潜射战略导弹‘巨浪一号’两级火箭发动机；

“中国第一颗科学实验卫星‘实践一号’火箭发动机；

“中国第一颗地球同步轨道通信卫星的远地点火箭发动机；

“中国第一颗返回式卫星的返回制动火箭发动机；

“突破性地解决了新型战略导弹的关键技术——第一次研制成功大型玻璃缸壳体的固体火箭发动机；2米直径的固体火箭发动机；第一次使用复合材料壳体、碳/碳整体大型喷管喉衬、柔性全轴摆动喷管推力向量控制等新技术，把我国的固体火箭发动机技术提升到一个崭新阶段，为中国第二代固体战略导弹的研制成功奠定了坚实基础，为我国航天事业发展和国防现代化建设做出了重要贡献。”

这些专业的表述我听来就像科幻，一个也不懂。我知道的是，他被誉为中国固体火箭发动机的奠基人、领军者；他是中国最早当选国际宇航科学院院士的科学家之一。

有人说过这样的话："如果没有杨先生，中国的固体火箭至少要在黑暗中多摸索六七年。"

七八年的时间，对于一个科技领域或许只是一个时期。而对于他呢？那是从青年到老年隐姓埋名的一生。

20世纪80年代，中国的导弹第一次在天安门广场亮相，航天这个神秘的大门向国人打开，"火箭"成为科普中孩子们都能说出个一二三的热门话题。这个隐身了几十年的领域迎来了近乎潮水般的鲜花与聚光灯，各种荣誉、金奖、功勋落满了大大小小的舞台。

而他，消失在这一切炫目之外。他要接受人生的别样回报。或许，这正是命运馈赠给他的一种特别的荣耀——生命中，当一切炫目有形的东西暗下去时，灵魂里的一些东西就会显露出光亮。

这个人就是我长大以后，在这个世界上找到的爱人。

耄耋之年的他，此刻正蜗居在北京简陋的家里，于困病交加的艰难中，依旧满怀着他一生的痴爱。

知道我当天在天安门采访国庆检阅盛况，会看到期待中的导弹方阵，他像小孩子一样兴奋，对我说："你能看到那些宝贝，我真高兴！我一辈子的努力就是为了这一天！"

此时，当我终于见到铁流滚滚的导弹大军，见到他一生为之奋斗的"宝贝"，潸然泪下……

如果我能陪你一生，你永远不用长大……

目录

第一章

俯首感谢所有星球的相助，让我与你相遇……

第一节

南南，今天是周末，忽然想把我书桌的抽屉收拾一下。从你走后，一直没动过它，里面有太多的记忆，痛得不敢动。今天，鼓足勇气把它打开，几十年的点点滴滴汇成时间的河流奔涌而来。

你送给我的刻有“四毛”的小印章；两颗红色的相思豆；一根细细的小项链，项链上那个可以打开的心形小挂坠里有你一张小小的黑白照片……每一件物品都有你附的一张小字条，写着你的心意。你甚至把你和莘耘尊的订婚照也送给了我，字条上写道：“小平平，这张我和莘耘尊的照片请代我保管。我现在的感受就是……”

泪水静静地流下来。亲爱的南南，你给了我你全部的心！

还有一个小盒子，里面装着我们结婚前我写给你的所有书信。你不仅把它们全部保存下来，甚至做了你万一发生不幸的最后准备。你在小盒子上附了一封信：“小平平，我遇到你非常幸福，但最终还是要先你‘化为小草’了。把这些‘忘年交的两地书’寄还你，供你留存。你是我心中永远的小露珠。但愿小露珠永远不失晶莹！”信封上写着：“若我意外去世，请把这个小盒子交给北京新华社记者张严平同志。”

幸运的是，我们终于走到了一起。这个小盒子连同这些信与我手上珍藏的你写给我的一盒子信得以相会。

捧着这一抽屉的爱，痛彻心扉，三十多年前，我们相遇相爱的一幕幕浮现在眼前……

2014 年 11 月 29 日

第二节

1984 年 3 月，北京的初春明丽而温暖，像一幅刚刚打开的青春画卷，也为我们的相遇拉开了帷幕。

遇到他时，我刚从大学毕业参加工作不久，所有关于爱情的幻想都在小说与诗歌中。

他像一颗星星一样落到我的面前，是那种童话里的星星，晶莹、梦幻、遥远、诗意……

他说，在茫茫人海中我们相遇又相爱的概率几乎是亿万分之一，甚至更小，人生旅途中任何一个细节稍有变动，我们都可能永无交集，就像两颗行星在各自的轨道上隔空运转着自己的生命路线。

这个比喻真的很恰当。

那时，我是刚刚入职新闻行业的记者，他是活在火箭王国的埋名者；我是一个身处首都的北京居民，他是一位终年生活在深山里的隐形人；我的人生刚刚从大学校门走向社会，他的人生已历经青春、盛年走向仲秋；我的生命如尚未破茧的蛹，幼稚苍白，他的生命如广袤的原野，星高海阔。

世界上总有一些无法解释的奇缘。我们谁都没有想到，命运偏偏让我们这两个运转在不同星际轨道上的人相遇了。我一直认为自己就像一颗茫然游荡的陨石，意外地撞上了一颗星星。

茨威格有一句人们总爱提及的话："生命所有的馈赠，都在暗中标好了价码。"很多年后我常想，这一奇迹般的相遇相爱，对于我意味着什么呢？

如果今生没有遇到他，我会感受到发自心灵的爱情吗？会感受到灵魂被切割般的痛苦吗？我会理解这个世界的本质与深度吗？我会看到滚滚红尘之上的星光吗？会像接受一件珍贵的礼物那样接受生活中的苦难吗？我会懂得，宽容与爱是生命的最终归宿吗？

幸福滋养了我，痛苦涅槃了我。

这真是一个童话般的春天，在我的记忆中闪着光，像一首诗。

1982 年，我从山东大学中文系毕业，被分配到新华通讯社，成为一名记者。两年后，我第一次参加全国"两会"报道，被分派驻守陕西、甘肃、内蒙古人大代表团，负责这几个团代表们的日常活动报道。

我就像第一次上战场的新兵，有些紧张，又很兴奋，满身是劲儿。我拿着各代表团秘书组提供的有新闻采访价值的代表名单，利用会议休息时间，走门串户挨个采访。

作为中文系毕业的学生，我那会儿对新闻专业一窍不通，见了被采访的人，不知先问啥、后问啥，全凭代表们热情配合，把我没有条理的提问回答得头尾相应、逻辑清晰，让我能顺利地采写出一篇篇“两会”人物速写，受到编辑部领导的特别表扬，我有点儿得意。

这一天中午，我按照名单敲开了陕西代表团一位叫杨南生的代表的房门。来之前，我了解到他是一位科学家。科学家在我脑子里的印象不像工人、农民、解放军那样确定，徐迟的《哥德巴赫猜想》里面的陈景润，总让我觉得科学家像一个“星外物种”那样神秘。

房门一打开，一道清澈明亮的目光从一副眼镜片后面透出来。他个子不高，有一个宽大的额头，鼻梁挺直，面容爽朗快乐。当得知我是记者前来采访时，他露出一种像大人看小孩子把戏一样的逗乐神态，故作恭敬实则有点儿戏谑地拉长声调说：“噢，原来是记者同志。”

我一下子紧张起来。他全然没有通常被采访者见到记者时的客气，直觉告诉我，这位采访对象不太配合。

我极力镇定地坐下，从背包里拿出本子和笔，根据事先准备的采访提纲，开始提问：

“听说您是搞导弹的，您能讲讲您的工作吗？”

“请您说几件您最难忘的事。”

“是什么力量支撑着您的一生？”

“您最感幸福的是什么？”

……

我以一个初为记者的肤浅，开始了一个个平庸、乏味而俗套的发问。

我发现他一点儿也没认真对待我的采访，嘴角上总是挂着漫不经心的微笑，所答非所问地对付着我的那些问题，并时不时地向我抛出几个问题：

“你们80年代的青年最关心什么啊？”

“你们最喜欢听什么样的音乐？”

“80年代的青年对未来有什么愿望？”

……

我还没有遇到过这种不顺着提问思路走的采访对象，阵脚一下子乱了，反倒是被他的问题问得激动起来，忙不迭地要向他阐述80年代青年的思考与自信。

20世纪80年代，是一代中国青年兴奋躁动的年代，也是理想主义的黄金年代，借用学者陈平原描述五四的12个字可以概括这个年代的特征：泥沙俱下，众声喧哗，生气淋漓。当我一脚踏进这个年代的北京，便被那春风下野草般蓬勃烂漫的文学思潮迷倒了。那时我最迷恋的是朦胧诗、小说，在其中感受着一个20多岁的年轻人所能幻想出来的所有理想。眼前有人要与我谈80年代的青年，真是撞到我心坎上了，这比采访要有趣得多。

我十分认真地请他去读一读80年代青年的诗歌，扳着手指头数出一个个我热爱的偶像——北岛、舒婷、海子、顾城、西川、骆一禾……我请他去读一读反映80年代青年生活的小说——《你别无选择》《放风筝的人》《迷人的海》《晚风中的共和主义》《无主题变奏》……我甚至说出了：“您不要认为我们80年代的青年都是只会向奶奶要糖果吃的孩子！”

看到他的眼睛一亮，目光里有一种特别的触动。我还发现这位对采访毫不认真的杨代表，却把我说的这些80年代的文学作品、作者认真地一一记在了一个小本子上。我好生奇怪，科学家还对这些感兴趣？

中间还有一个小插曲，他见我讲得口干舌燥，从桌上拿起一个苹果，一切两半，递给我一半，我一紧张没接住，掉地上了。他弯腰拾起，又把没掉地上的另一半递给了我。我很窘，三口两口吃完，真觉得狼狈。

两个小时的采访终于结束了，告辞时他送我走出房门。“再见，记者同志！”他依旧快乐的神态里多了一层温暖的东西。

回到住处，我打开采访本准备写稿，从头翻到尾，发现什么有用的素材也没得到，对他的情况基本上一无所获，看来科学家确实有点难对付。我第一次体会到采访的失败。唯有我问的最后一个问题“您这一生感觉最幸福的是什么？”他答：“我这一生最幸福的就是在天上转的人造星星里，有我亲手摸过的东西！”

这段奇遇，一直如梦幻一般藏在我的记忆里。30 多年后，我在日记中写道：

> 南南，昨天依然睡得很晚，但早晨不到 5 点醒来却怎么也睡不着了。躺在黑暗中，思绪滑到了我们最初的相遇，一发而不可止。
>
> 记得第一次见到你，你全然没有我采访过的其他人那样客气与配合，多是对记者善意的小戏谑。你置采访的问题于不顾，却向我发问了很多问题，同时又活泼、友好地给我切了半个苹果，完全打乱了我初为记者的方寸，失去了话语的主动权，但又迫不及待地要回答你的问题，因为那些问题都是我感兴趣、又愿向你表达的。
>
> 我们说到了北岛、舒婷的诗，刘索拉、王蒙的小说，

说到了音乐。两个小时，我没获得对稿件有用的素材，却收获了满满的快乐。你是我在“两会”期间唯一采访过而没写出稿子的人大代表，但我却被你的一种看不见的气场深深吸引……

那一个个细节、情景，真是如锦如诗。

2018 年 1 月 5 日

第三节

或许我和他也可能就此别过。

作为一个记者，这一生遇到的人之多，如走马灯一般，绝大部分都是一面之缘，永无再见。这次采访没有写出稿子，我有点儿沮丧，但也没有过多在意。只是他对“什么是最大的幸福”的回答，一直在我脑海里转。那时在采访中，我听到最多的关于幸福的话，都是一些概念的、口号式的，很少听到有为一个具体的东西而幸福的。它超越了我贫瘠的思维，在我的认知上打开了一个清晰、有质感、触手可及而又意境辽远的世界。我想，如果有机会请他再聊聊，有可能写出一篇不一样的稿子来。但因为手头上的采访任务很多，这个想法便放在脑后了。

机会竟不期而至。因为我也住在代表团驻地，在一次吃完午饭走出餐厅时，遇到了杨南生。见到我，他有点儿惊喜：“你也住在这里？”我十分高兴，抓紧时间再次抛出那个关于幸福的话题，他做出一个幽默的表情，两手一摊：“记者同志又要采访了！”

他依然没有要配合的意思，像对待一个小孩子那样认真而又打趣地说："你只要答应不写稿子，我就给你讲很多好玩的事。"

现在想来，幼稚也可能成为一种幸运。那时的我是一名初出茅庐的记者，毫无经验，面对这样一个顽固不配合的采访对象束手无策。同时我酷爱文学，对世界和人生充满想象，对这个科学家产生了极大的好奇，发现听他聊天是一件十分快乐的事情。

我们在院子里随步而行，听他聊他最喜欢的音乐家贝多芬、肖邦、莫扎特……听他聊他最喜欢的外国诗人、作家、小说。一直记得，当他聊到法国作家安东尼的《小王子》时，轻轻地背出一句："我们肉眼看到的星辰，也许在亿万年前已爆裂死亡。此刻它们的光芒到达我的瞳孔，是最神秘的意外。"他的声音里有一丝不易察觉的激动。他还聊到了他特别喜欢的中国诗人杜甫、李白、苏东坡、白居易，他说，喜欢他们，不仅因为他们的才华，更因为他们活得帅气明亮。他聊得兴致勃勃，我听得津津有味。他讲到了他的童年少年，给我背诵了他的中学老师给他们讲过的两篇妙文。

其一为《二郎庙宇》：

> 夫二郎者，大郎之弟，三郎之兄，老郎之子也。二郎之庙，庙前有古柏二株。皆谓树在庙前，吾独谓庙在树后。
>
> 庙内有钟鼓各一。钟声当当，鼓声咚咚，是为序。

其二为《剃头诗》：

> 闻说头堪剃，

何妨便剃头。
有头皆可剃，
无剃不成头。
剃便由他剃，
头还是我头。
试看剃头者，
人亦剃其头。

他背得绘声绘色，我笑得喘不过气来。他的批语是：煞有其事的废话，理直气壮的空言。

听他天上地下地聊着，我仿佛走进了一片自己从未涉足过的生机勃勃的森林。在这里，没有空洞的概念，没有虚假的面具，也没有像他这个年龄的人通常会有的世故、圆滑，我感受到一种自由、明亮、奔放的美好，感觉他也是 80 年代青年里的一分子。

时间过得真快，这个中午像闪电一样飞速而去。

这之后，我们有了一种小孩子般彼此喜悦而又无须约定的默契，只要没有急事，饭后时间我们就会一起走走聊聊。

那时的我，对于人生、生命的认识尚属刚刚铺开的纸张，大学中文系四年中文专业的学习，让我在心里构筑了一片想象的理想世界，只是有点虚幻缥缈；20 世纪 80 年代文化思潮的生机烂漫，让我相信一切理想皆可实现。只是现实生活与小说诗歌中构筑的理想似乎还有相当大的距离，现实世界讲规则、讲名利、讲关系，这让我常常迷惘，或许理想是只存于诗歌中的东西，现实为每个人准备了既定的生活套路。

年轻无知、思想贫瘠的致命陷阱，就是可以没有感知没有苦恼地接受一切平庸与随波逐流。穿越时光回头望去，我都可以想象到，如果我的生命里没有出现一个叫杨南生的人，我大有可能会放弃诗歌、小说在我心里构筑的世界，最终按照社会约定俗成的路子，接受现实的一切规矩，自我框定、固化、成型。尽管那时，我还是一个没有形状、仅有一点儿学生气的人。

有人说，幸运降临的时候，你常常一无所知。

很多年之后，我才明白了我的幸运。

我在后来的日记中写道：

南南，今早起来，望着你欢乐的笑容，突然想跳舞……

这一生和你在一起最幸福的就是，在你的面前我可以成为一个彻底、自由奔放的女孩，尽情地欢笑、尽情地傻气、尽情地长不大、尽情地有梦想……

你没有任何指责、要求，只有欣赏与爱。

直到你离去，我才懂得，我享受了人生多大的幸福。

南南知道吗？正是你给了我一颗永远孩子般的心。因为你本身就有一颗无比单纯、明亮、自由的少年之心。你用你的美好唤醒了我的美好，用你的理想呵护了我的理想，让我一直珍藏下了80年代青年的心灵质地，让我始终对美葆有热爱与坚信。你是我生命中的阳光、星星。

2018年1月4日

在与杨南生的接触中，他给我的惊喜越来越多。原以为，这位不愿接受采访的人，是把自己包得很深的人，可他令我震惊地看到了他的真诚与透明。

他讲他少年时代的淘气，讲他对父亲的深爱；讲他对名门望族出身的母亲一些大小姐习气的不喜欢；讲他对二舅舅、我国著名物理学家萨本栋的热爱与敬重，也不隐晦他对大舅舅、我国著名化学家萨本铁的不以为然；讲他在西南联大穷困而快乐的学习生活；讲他在英国留学时彻夜通读马克思《资本论》，确立了自己的人生信仰；讲他曾经的初恋，他的家庭，他去世的妻子……

他讲得平静、平淡、真切，中间会不时地开句玩笑："你看，我这一生有多复杂，没把你这个小记者吓坏吧！"

而我，就像听一个新鲜久远的故事，在这故事里，我愈加清晰地看到一个如蓝天一般纯粹的人。

第四节

爱是什么？爱就是总想见到他（她），见到他（她）就高兴吗？爱就是在他（她）面前，你会感到卸下一切装模作样的面具的自由与喜悦吗？

爱是怎样降临的？一个眼神？一个微笑？

你是如何知道他心底里那深挚的爱？

如何感受到一种弥漫在空气中的无言的信息？

我已经无法用语言说清楚爱是怎样悄无声息地潜入心里的，似乎从未想过。

我在感情上属于启蒙较迟的一种人，下乡时曾暗恋一个男知青，还没等表达，他结婚了。恋爱未遂的经历，也没给我留下什么痛痒，依旧活得无知无觉。

没有想到，1984 年的春天，就像一位爱情的使者，悄然而来，向我传递出令人心动的秘密。当我兴奋地给杨南生背诵舒婷的诗，猛然发现他明亮的眸子一直注视着我；我们散步到驻地门外，碰到一个背着木箱子卖冰棍儿的小贩，一毛钱一根儿，他买了两根儿都塞到我手上：“你吃一根儿，再替我吃一根儿。”

有天下午，我正在房间写稿子，接到他打来的电话：“小平……”他轻轻地叫了一声，之后是长久的沉默。我好像感受到什么，说不出话来。终于，电话上传来三个字——“我爱你！”

说完，他便挂断电话。我握着话筒，耳边如雷轰鸣……

傍晚，去餐厅吃晚餐。记者的餐桌在一进门的角落上，我无意中扫了一眼，发现在最里面的一张餐桌上，一道目光正向我望来，我的心一下子热了，赶紧低下头。饭吃到一半，我又一次感觉到那道目光，而且就在离我很近的地方。我微微地扫了一眼，天啊！那个熟悉的身影，正在我所在的餐桌旁的过道上走来走去，眼睛一刻也不离开地凝视着我，双眸里尽是深情……

我紧张坏了，赶紧低下头，感觉好像整个餐厅都在燃烧，好像每个人的目光都在盯着我。我不知其味地扒着碗里的饭，直到确信那个身影离去，才匆匆跑出餐厅。

爱情如此猝不及防地到来。

阳光下的春天万物，似乎都成为一种情感的默契。我们再见面时，有了语言难以诉说的心怀。

永远忘不了他颤抖的话音：“假如我再退回三十年、二十年、十年，我都会毫不犹豫地向你……”

“正因为我爱你，所以我不想‘害’你。”

“我们也许永远不会再见面了，让我吻一下你的额头，好吗？像父亲吻女儿那样……”

那时，我无法体会他的痛苦。面对如此美好的爱，我像一只刚刚打开羽翼的飞鸟，充满喜悦与无限向往。正如30年后我在日记中写下的：

> 上帝让我曾有的暗恋化为泡影，从而给我留下了与你相爱的可能；上帝没有给我一个灵光精明的脑袋，只如一个纯粹的乡野女孩，从而在遇见最好的爱情时，会不计任何世俗藩篱。
>
> 2018年2月14日

会议时间飞速而过，转眼，“两会”结束，代表们要离京了。我感到深深的不舍，在当天的日记中写下一段或可被称为诗的思绪：

把惆怅留给夜，
把希望怀在梦里，
既然我们天生是两颗露珠，
就不必祈求正午的太阳，
只用透亮的心去拥抱晨曦。
既然我们天生是两片绿叶，
就不必祈求花果，
只用青春的色彩为世界增添春意。
那一天，
我们将默默地躺下，

微笑着
化作两棵小草相依……

那天上午，我在宾馆大厅门口看到代表们一个个拖着行李箱上车，陕西代表团的几辆车也已在门口轰鸣待发，我六神无主，眼看着坐在车上的代表们一辆车一辆车挥手而去。终于看到了他，他坐在靠近车窗的位置，眼睛在寻找，当看到我时，目光再也没有离开。一分钟，两分钟……万般折磨。

也许一切都是梦幻，一切终将擦肩而过，之后依然是原来的世界，原来的人生轨迹。我呆呆地望着，突然，也不知道哪来的勇气，径直走到陕西团另一辆尚未坐满的车上，陕西团领队认识我，很高兴我送他们去机场。我笑了。

他并不知道我就坐在他身后的车上，到了西苑机场后，他发现了我，惊喜万分，三步两步跑到我面前，轻轻地抱了我一下："小平，我没想到你能来，太好了！"

我说不出话，只是默默地傻笑。我们已无须多言，彼此心心相印，无声的话语在我们心间流淌着。

西苑机场的候机室与机场跑道离得很近，坐在椅子上，能清楚地看到停泊的飞机机身上每一个小小的窗户。我真想时间慢下来，让这只钢铁的大鸟晚一些起飞，再晚一些起飞……

登机时刻无可阻挡地到了，我随着人流走进了与停机坪仅隔一道栅栏的地方。他用力地握握我的手，一步三回头向飞机走去。飞机终于起飞了，我迎着风，向着飞机的方向奔跑，直到它在天际间越来越小，越来越小……

他一直都记得我那天穿了一件天蓝色的毛衣，从飞机上看我跑动的样子，就像一朵风中舞动的风信子。

这成为我生命中抹不去的记忆。

很多年之后，当我在花店里遇到一捧蓝色莹莹、散发着山野气韵的风信子时，仿佛又看到了三十多年前在机场向着心爱的人飞奔的那个女孩。我把它抱回家，给在天堂的爱人写下一首诗：

因为你，
我有了一个女孩的幻想，
相信星空是一场盛大的聚会，
相信晚霞都是仙女的化身……

因为你，
我有了一个女孩的烂漫，
愿望生出一双隐形的翅膀，
降落到你去往的每一个地方……

因为你，
我有了一个女孩的勇敢，
把爱写满每一片花瓣，
在旷野中飞扬……

2019 年 3 月 8 日

第二章

他是开创中国固体火箭事业的丹柯。

第一节

他像一个梦一般飞走了。

回想这些日子的聊天，我发现，除了音乐、诗歌、小说、童年趣事，他对自己的工作几乎什么都没讲。之前听人说他是搞导弹的，现在关于他这一辈子到底干了什么，我依然一无所知。

多年来，杨南生的老同事、老部下都传说着，那个记者之所以爱上他们的杨先生，是因为她被杨先生为中国航天事业做出的重大贡献和崇高精神所感动。我听后，颇感惭愧，这是对杨南生充满爱戴的人们理所当然的推论。至于社会上那些看热闹的路人，不是断言这个女的脑子进了水，就是肯定那个老头儿有钱的判断，只能让我明白一点：世上有一类人，当他遇到他无法理解的超世俗的事情时，便会用自己的价值尺度，把这件事变成他的杂货铺里一件符合他的价值观的商品才会安心。对这一类人，我只需不屑。

有一句日本谚语："爱不能用常识衡量。"

法国作家拉布吕耶尔说："爱情从爱情中来。"

我和杨南生彼此相爱，唯一的媒介，只有爱。

对于这个世界、国家来讲，杨南生是个怎样的人？这是直到他生命的最后岁月，我才慢慢弄清楚。其中的原因，一是他一生训练有素的保密习惯；二是在他眼里，我这个连加减乘除都分不清的超级“科盲”，他这辈子研究的东西对于我无异于魔幻，是无法讲的。

他走后我常常想，如果一开始我就知道他对这个国家的贡献，他一生的艰辛辉煌，我一定会有无限敬佩。但敬佩之后，我还敢爱他吗？不知道他这一切时，我在他面前无拘无束、自由自在，尽情享受彼此爱与心灵的传递。如果那时我便知道这一切，我的爱会不会卑微到尘埃中永远不会开出花朵来？

结果是，他什么也没有对我说。也许，他认为那些不值得说。

他温柔地呵护了我们最纯粹的爱情。

第二节

2018 年，中国宇航出版社出版了一本《杨南生传》，这本由航天集团固体动力研究院主持撰写的传记获得第五届中央企业精神文明建设“五个一工程”优秀作品奖。我曾跟随传记作者伏萍走访了杨南生为中国航天事业奋斗过的每一个地方，第一次知道了对于这个世界来说，杨南生是谁。

如果把我们两个人生命的时间和空间放在一个平面上呈现出来，真如梦幻般的穿越。

20 世纪 50 年代，当我在山东沿海一个军营里刚刚出生，杨南生已经从英国曼彻斯特大学获得博士学位回到祖国。他先是在长春第一汽车制造厂任材料实验室主任，参与研制生产出中国第一辆解放牌汽车，之后调入中科院力学所任研究员兼学术秘书，并成为一名中国共产党党员。

1957 年 10 月 4 日，苏联制造的人类第一颗卫星轰鸣上天。毛泽东发出“我们也要搞人造卫星”的号令，中国开启了“上天工程”。在钱学森的领导下，中科院力学所成立了 1001 设计院。力学所副所长郭永怀任院长，杨南生任副院长。此时，郭永怀的大部分时间和精力都是在青海参与原子弹的研制，设计院的工作主要由杨南生负责。其任务是设计中国第一枚发射卫星的运载火箭。

1001 设计院下设四个设计部：总体部、发动机部、地面设备部和风洞部。队伍是从清华、北大、哈工大、南开、西工大等高等院校挑选出来的 100 多名优秀学生和部分教师。

北京西苑旅社，让人难以想象它曾是中国卫星的起源地。

著名航天作家李鸣生的《走出地球村》一书中有这样的描写：

“刚刚组建起来的卫星队伍，两手空空，要啥没啥，一切从零开始。没有办公地点，就在西苑旅社租了几个房间；没有计算机，就用手摇式计算机；没有办公桌，就趴在水泥地上设计图纸。一把老虎钳，两把锉子，几张铝皮和几张三合板，外加十几支蜡烛和几把手电筒，便开始了中国卫星、火箭雏形的设计与研制。”

那是一个敢想敢干、“一天等于 20 年”的年代，指标定得非常高，卫星重量要超过美苏的第一颗卫星，而且要在 1959 年 10 月 1 日前发射升空，向国庆献礼。

作为 1001 设计院技术负责人，杨南生带领着这支对火箭一无所知的年轻队伍，日夜奋战。他白天主持日常的研究工作，晚上给大家开课，从最基础的火箭原理讲起，让火箭这个神秘的东西一点一点在年轻人的头脑中成型。钱学森也经常来讲课。关于讲课，钱学森有一段非常经典的话，他说：“讲课贵在深入浅出，越是懂得深，越能抓住问题关键，越能把道理讲得浅显易懂。没有深入，哪来浅出？”这句话杨南生到老都记得。

1001 设计院的青年科技工作者，正是在这样高质量的课堂上，走进了火箭的世界。一位大学生凭借原理在黑板上画出了想象中火箭的模样，兴奋地挥诗一首：

今日画在纸上，
明日拿在手上，
后天放到天上！

一切都充满神秘与激情。初生牛犊不怕虎的年轻火箭人，就像山林中一群年轻的豹子，无所畏惧地冲向他们心中的梦想。有当年参与“1001”任务的“老航天”，至今保存着钱学森、杨南生给他们上课时做的笔记，还有人一直珍藏着当年出入 1001 设计院大门的通行证，那是一张由杨南生手签的个人姓名、日期并加盖他个人印章的小纸条。这样的纸条是当时出入 1001 设计院的人必须持有的每日一换的唯一通行证。

三个月后，火箭结构蓝图奇迹般设计完成。这是一种可以发射 100 千克卫星的三级液体推进剂运载火箭，并依此做出火箭模型，这个模型可以通过手动操作模拟火箭飞行。模型被放进“中科院自然科学跃进成果展览会”的一间保密室展出，毛泽东、刘少奇、周恩来、李富春、聂荣臻等中央领导人前往参观，甚是高兴。据当年中科院专家回忆，毛泽东观看火箭“飞行”表演时，火箭刚一启动，本来坐着的毛泽东禁不住一下站了起来，当他突然发现飞行火箭模型的背后是有人躲在那里用手拉橡皮筋时，忍不住一下子笑了：

“好！就这么搞！不要怕土，土八路能打败洋鬼子嘛！”

紧张的展览大厅，顿时响起一片欢乐的掌声。

然而，1001 设计院的使命至此结束。因为当时国家经济困难，财力不支，人造卫星项目下马。这一枚火箭只活在了它的模型中，但是它对年轻共和国的意义永载史册。

第三节

时间再一次回到我与他梦幻般的人生交织中。

当我在一座军营的幼儿园里和小朋友一起唱儿歌时，杨南生正奉命率领 1001 设计院全班人马从北京迁往上海，组建成中科院上海机电设计院。上海市委派出机床厂厂长艾丁为设计院党委书记，杨南生任副院长（院长空缺）兼总工程师；同时，市委还从有关院校抽调部分人员，加强设计院的技术力量。在这里，杨南生意外地遇到了他在西南联大的校友王希季，他原先在上海交通大学任副教授，此时也被调入，任设计院总工程师。

根据火箭技术现状和国情，钱学森提出，上海机电设计院首先设计实验小型的探空火箭，为卫星上天探路。所谓探空火箭，就是在近地空间范围内进行环境探测、科学研究和技术试验的一种火箭。它是发展空间技术的一种不可缺少的试验工具。这一步被称为中国航天事业的奠基礼。

上海市淮海中路一座普通的大楼便是机电设计院所在地，

也是中国探空火箭的摇篮。

作为设计院技术领军者，杨南生下的很大力气就是把雏鹰般年轻的技术队伍带成一只振翅蓝天的雄鹰。他白天主持开展各项设计试验，晚上给技术人员开设基础课，其中英语、塑性力学是他讲授的主课。塑性力学是他在英国留学时主攻的学科，这门学科对火箭等高精尖端科研领域有十分重要的价值。但在中国，20 世纪 80 年代之前，它一直是各大院校教学领域的空白。为了让眼前这些造火箭的年轻人迅速掌握这门学科的内容，每堂课前他都详尽地写出讲义，刻印出来，发给每个人。就这样，边讲边写边印最后汇编成册，装订时，已结集成一本 8 个章节、25 万多字的塑性力学专著。很多当年的“老火箭人”至今珍藏着这本原始的讲义。

据当事人回忆，那时这座大楼教室、阅览室的灯光，凌晨 3 点以前从来没有熄过，星期天也很少有人休息，每个人心中鼓满的激情，如蓄势待发的火箭。

杨南生除了主持科研与授课，业余时间都用来收集研读科技资料，把他的思考记在一张张卡片上，交给有关技术人员，引导着这支中国火箭的梦之队始终不偏离正确的方向。

他的严谨是出了名的，对每一张设计图纸都要审阅再三，哪怕蛛丝马迹的含糊都不会放过。有一次，他拿起一位技术员刚绘制完的试验台图纸，发现轴形零件图用的是 A4 纸，而不是 A3 纸。他问这位技术员为什么，年轻的技术员答：“这个零件竖起来画正好将 A4 纸充满，用 A3 纸横着画，图纸显得浪费。”

“节约精神很好，但零件怎么制造？”杨南生问。

“用车床车啊。”技术员脱口而出。

“对呀！在车床上零件是横车的，不是竖车的。车工师傅在看你这张竖形图纸时会感到别扭，不习惯，而且容易看错上面所注的尺寸。一旦看错，制造出来的零件就会报废，这比起一张纸来是不是更大的浪费？”

技术员恍然大悟。

杨南生说：“我们搞设计的人员，除了在图纸上认真仔细，还要为制造产品的工人师傅着想，为他们创造良好的工作条件。图纸就是第一位的工作条件。”

从此，“图纸是我们设计人员为工人师傅创造的第一位的工作条件”成为每一位设计人员的座右铭。

设计院人员平均年龄只有 24 岁，杨南生是这支队伍年龄最长的，但也不过 30 多岁，20 岁出头的年轻人都称他为先生。先生工作上一丝不苟，待人则风趣幽默亲切，他能叫出设计院每个人的名字、绰号；谁加班晚了回不了家，先生就把他带到自己家里住；工作中谁出了错，站出来承担责任的一准是先生。大家敬重他、喜欢他、爱戴他。我曾目睹，时隔 50 年，这些已经七八十岁的老人，提起杨先生还老泪盈眶。

科研过程的艰辛与经验，落在文字上总是枯燥而乏味的。很多年后，人们记得的只剩下那些留存在色彩与形象中的光影。

2020 年，新华社名牌栏目《国家相册》为这枚探空火箭的历史制作了一期视频报道《冲天第一炮》，难得地展现了几个小镜头——

加注燃料居然用自行车打气筒；

天线不自动，靠人拉着转；

计算弹道用的是算盘、计算尺、手摇计算机；

通讯基本靠“吼”……

发射时用的定时钟表机构是用 7 元钱买的小台钟改的；

发射场指挥所的防护墙是沙包垒的……

这只是记忆大海里的零星浪花，万千过程已散落在大海深处。

——主发动机研制出来后，没有试车的地方，杨南生就带着大家在荒无人烟的滩涂上四处寻觅，发现了国民党政府覆灭前在上海市郊修筑的4000多个碉堡，他们选中了江湾机场一座地下碉堡作为热试车的场所。探寻途中，半夜他们的车子掉进水沟，所幸人都安全，杨南生和大家一起翻身推车，一身泥一身水，直到天亮才赶回驻地。司机后来提起这事鼻子发酸："那么一个大专家，什么苦都吃了！"

——发射场荒草丛生，人迹罕至。深秋，杨南生和科研人员十几天吃住在这里，晚上睡觉的芦苇窝棚里又湿又冷，大家凑合着挤在稻草铺成的地铺上，作为发射总指挥的杨南生被众人强迫享受了最高待遇，就是他的铺位下多了一块木板。尽管这样，依旧难以抵挡潮寒的侵蚀，杨南生和不少人的身上都生了疥疮。

——初春，杨南生带着前来江湾视察的聂荣臻、张劲夫、钱学森以及上海市委领导，钻进破败不堪的防空洞，观看紧挨着一旁的碉堡里正在进行的T-7气象火箭主发动机热试车。这一幕曾留下一张照片，照片上杨南生在最前面探着头看得出神，聂荣臻、张劲夫紧随其后，钱学森则挥手让周围的人注意安全往后靠。有人说，看这张照片，还以为是当年打仗时的战地指挥所呢。

日日夜夜的艰难，努力、失败、再努力，终于等到了这一天。

1960年2月19日，严寒未尽的上海，我国自行设计制造的第一颗T-7M试验探空火箭，在南汇老港的东海滩涂发射场用手摇卷扬机高高竖起；一台借来的50千瓦发电机放在地上，四周用芦苇一围，顶上再盖一张油布，变成了发电站；加注火箭推进剂时，没有专用加注设备，就用自行车的打气筒作为压力源；没有跟踪火箭用的自动遥测定向天线，几个人就用手不停地转动天线；发射总指挥杨南生下达命令时，没有步话机，没有扩音器，就靠挥动手臂打哑语，扯着嗓门儿喊。

《走出地球村》中写道：

“如此荒唐可笑的事，在今天看来不可思议，甚至令人难以置信。然而，历史上偏偏选择了这样一批中国人，这样一个偏僻的地方，这样一个饥饿的年代，这样一种原始的方法，大胆掀开了中国航天的第一页——随着发射指挥员一声令下，火箭忍着饥饿的肚子，成功地飞上了碧蓝的天空！”

那是一个任何言语都难以形容的激动人心的时刻。在场所有的人都喊着跳着，有人注意到，39岁的杨先生开心得像个孩子，把头上的帽子都抛上了天。

这枚火箭只飞行了八公里，却把新中国的太空梦推向了云端。

《当代中国的航天事业》一书中这样记载：

“第一枚试验型液体推进剂探空火箭发射成功，是我国探空火箭技术取得第一个具有工程实践意义的成果。”

1960年5月28日晚上，毛泽东主席在杨尚昆和上海市委书记柯庆施的陪同下，来到上海新技术展览会一间临时布置的特殊展室，观看了T−7M火箭。这是这位新中国的缔造者一生中第一次观看中国的航天产品。

毛主席微笑着问：“这家伙能飞多高？”

“八公里。”早已等候在一旁的机电设计院技术员潘先觉回答。

毛主席轻轻地“哦”了一声，笑了，举起手中的产品说明书使劲挥了挥说：“了不起呀，八公里也了不起！我们就要这样，八公里、二十公里、二百公里地搞下去！”

此时，展室隔壁的一间小屋里，杨南生正奉命坐在里面紧张地等待着。他并不知道那边参观的人是谁，只是接到紧急任务等候在这里，一旦那边的领导问到一些技术专业问题，接待的人回答不了，他就要出来解答。

那天，毛主席没有问到什么技术问题，直到他走了，杨南生才知道来人是谁。他又惊又喜又遗憾：“没有亲眼见到毛主席。”

50 年后，我终于站在了我国东海之滨上海南汇区老港镇——中国探空火箭诞生的地方，当年的这片滩涂已是草木萋萋，良田极目，一处芳草丛中，矗立着一座由上海市政府施建的纪念碑，碑文写道：

“一九六〇年二月十九日十六时四十分，中国第一枚实验探空火箭‘T-7M’在此发射成功。‘T-7M’火箭由上海机电设计院杨南生副院长、王希季总工程师等百名科技人员自行设计、制造，历时三月。艰苦创业，以此为志。”

新华社的《国家相册》中有一句话：“今天，当中国的火箭以‘火箭’速度越飞越高，请铭记那些带我们出发的人。”

第四节

我的少年记忆里，与国家有关的最大喜事莫过于“东方红一号”卫星的发射。那会儿，我正在山东一个小县城的铁路学校读初中，从广播里听到喜讯后，和同学们拉着手又蹦又跳，还写了一首诗，投给学校黑板报编辑部，被整版刊登出来，语文老师赞不绝口，在课堂上朗读了这首诗。

这首诗的题目是《我与“东方红”一起遨游太空》。内容我差不多忘光了，只记得最后一句：“一万年的等待，只为这一刻，与你一起遨游太空……”

世间有些事的神奇只能归于造化。即使让少年的我做上一万个梦也不会想到，我日后的人生会跟一个参与制造这颗“东方红一号”卫星的人发生联系，而且是一生之爱。

1964 年 6 月，杨南生在上海接到周恩来总理签署的编号为 64422 的任命书：

任命杨南生为国防部

第五研究院四分院副院长

总理 周恩来

一九六四年六月五日

第五研究院即后来的第七工业部，后改名为航天部，四分院即后来的航天部第四研究院。四院是当时航天部唯一担负固体火箭发动机研制工作的研究院。它的成立是严峻国际形势下的临危受命，是建立中国强大国防的千秋大计。

早期的现代导弹，都是采用液体燃料发动机；中国最早的导弹也是采用液体燃料发动机。液体燃料发动机导弹较之固体燃料发动机导弹，各方面都逊色得多。固体导弹不仅结构紧、可靠性高、机动性好，而且辅助设备少、维护简便、生存能力强、发射准备时间短，所以，固体导弹很快成为苏美等超级大国竞相角逐的热点和武器装备上的“王牌”。当时，他们已相继研制出系列固体战略导弹及固体运载火箭，而且很快布控在了中国的周边。而当时中国在固体领域的研发，还是一张白纸。

要打破苏美大国的威慑，中国必须搞出固体导弹。要搞出固体导弹，关键是必须要搞出固体燃料发动机，因为发动机是导弹的“心脏”。

1962 年，钱学森在一次国防部会议上指出：“固体发动机是方向，我国要搞洲际导弹，一定要把大型固体发动机研制出来。”

杨南生受命接手的这张白纸，是全世界掌握固体技术的西方大国不谋而合要对中国拼命绞杀的一张白纸。即使被我们称为“老大哥”的苏联，可以毫不吝啬地为中国提供全套的液体发动机图纸方案，并派专家予以指导，但对固体发动机技术却一个字都不吐露。当时有一个苦涩的笑话：我们向苏联专家求助固体技术，苏联专家摊摊手回道，很抱歉，等你们掌握了固体技术，我们还等着向你们请教呢。固体火箭技术成为世界几个大国严密封锁的“禁区”，在一切对外的科研资讯中将其屏蔽。

中国固体技术处于完全的黑暗中。

从 1957 年国防部五院下属的一个推进剂研究室设立的固体推进剂小组，到 1962 年固体研究院成立，多少人在这一黑暗的探索中青丝变白发。延安兵工厂出身的兵工专家们，甚至把造炸药包、手榴弹、土地雷的办法都用来试验过。失败，仿佛是一个走不出的迷阵。

再深的黑暗都不能阻挡投向未来的目光。聂荣臻、钱学森这些曾经的中国航天的领航人，始终把固体火箭发动机作为战略决策的重中之重。1963 年 9 月 9 日，国务院副总理聂荣臻指出：“固体推进剂火箭发动机是一个方向，应以现在的固体发动机研究为基础，逐步发展成一个院，同时承担战略、战术导弹的研究任务。”

杨南生就是在这样的历史时刻，揣着周恩来总理的任命书来到了固体火箭技术研究院。

他的到来，对于我国固体火箭发动机的突围有着怎样的意义？

50 年后，固体领域一位资深老专家阮崇智这样说：

“杨南生先生对固体研究院的贡献是根本性的。他的最大贡献就是把研究院从一个手工作坊式的小铺子，带上了具有国际先进水准的现代化固体火箭发动机技术的科研平台。”

胜利的道路从来都是筚路蓝缕。

固体火箭发动机从无到有、从小到大、从弱到强的历史，就像一部壮阔的交响乐，或疾风暴雨、电闪雷鸣；或迷雾重重、百转千回；或天高地阔、长风万里，欢笑、泪水、痛苦、绝地……直到死而后生，火中飞出凤凰。

音乐是心灵的体验，它可以表达出一代人的情感与灵魂，而科研只能记下那宏大历史中挂一漏万的枯燥节点。

杨南生率领年轻的固体火箭队伍，孕育的第一个“婴儿”，是直径 300 毫米的固体发动机。

要在一张白纸上生出一个“孩子”，何其难。

固体燃料发动机一直是一个世界难题，它涉及机械、化工、力学、热学、化学以及材料学等十多门学科。力学出身的杨南生，如何在这样众多复杂的学科中，融会贯通，打开固体火箭的大门呢?

对科研领域有着敏锐触觉的杨南生，想方设法找到了荷兰爱思唯尔公司1960年出版的一本《火箭推进》(*ROCKET PRO-PULSION*)原版专业著作，在这本厚厚的上百万字的论著中，寻找有关固体火箭技术的每一点蛛丝马迹的信息。

从这样一部专业著作中“淘宝”，是一件十分烧脑的事。很多人在杨南生手上看到过这本书，但没人能看得懂。即使对杨南生这样一个留英博士，也是一个艰难的挑战。他在这本书的封面贴了一张小标签，上面写着两个字“天书”。他说，这是另一个世界的秘密。

他每天熬夜攻读，宿舍里的灯光在凌晨1点前从来没熄过。每有一点收获，他就记下来，分门别类写在小卡片上，第二天找有关技术人员会同研究。这部“天书”成为他和他的队伍在黑暗中向前一步一步探索的灯光，虽然微弱，但极其珍贵。

一位“老固体”说，杨先生就是凭着这本“天书”，带着他们闯出了固体探索的黑暗时期。

他去世后，我在他的书橱里找到了这部“天书”，墨绿色的硬壳书皮已经发白，书脊也已开裂，829页的书中留下了他当年用红笔画下的密密麻麻的各种记号，以及在上下空白处用英文书写的长长短短的阅读笔记。难以想象，他在其中花费了何等的心血。

冲出黑暗的道路上，一切艰辛的细节都已散落在历史的尘埃中，唯有那一个个让外行人感到陌生的技术名词，成为这段历史的一个个地标，铭记着中国固体火箭事业绝地而生的辉煌。

固体发动机诞生的第一大拦路虎是推进剂不稳定燃烧;

第二大拦路虎是药柱裂纹;

第三大拦路虎是脱粘。

这些在今天的航天人眼里完全不是问题的技术名词，却是杨南生那一代人以其年复一年的探索奋斗乃至冒着生命的危险攻克下的。

从事推进剂研究的老专家顾欣若回忆：

“一次开会讨论推进剂问题，杨院长在会上最后总结发言时，系统深入地讲了他的观点和下一步的研究方向。他讲得非常深刻，并具有一般人尚未认识到的前瞻性。散会后，我问他：‘杨院长，你是搞力学的，怎么会对化学领域的推进剂问题有这么深入的研究？你真是天才！’他说：‘我不是天才，我是做了大量功课的。一是看了许多书，另外向你们这些推进剂专业人员提问题，从中抓出关键。’

“杨院长的杰出就在这里，他对工作中任何一个专业领域的问题，都会扑下身子下功夫去了解、去学习、去研究，变成自己知识链中的一环，并以自己敏锐超前的目光，找到解决问题的方向，给大家以引领。”

这次会议上，杨南生在认真分析了有关科研人员的研究思路后，拍板决策将加铝粉方案作为解决不稳定燃烧的根本途径。钱学森来研究院指导工作，对这一方案给予充分肯定，并召集专业会议，给大家作了深入阐述，光涉及的公式就写了一黑板。经过多次试验，不稳定燃烧的技术难关终于被攻克。

关于药柱裂纹问题，一位负责药柱的老专家回忆道：“杨先生经过思考，认为这是粘弹性问题。为此，他亲自给我们讲了两次有关粘弹性理论的课，提出对药柱指标不能片面追求强度，而要更多注意延伸率。在他的指导下，我们立刻开展了推进剂力学性能改进研究，将延伸率提高到某个值时，药柱裂纹这个拦路虎，终于被彻底拿下。”

专家阮崇智认为：“学者的智慧对于工程技术是十分重要的。杨院长对固体发动机的重要贡献，就在于他的学术力量。他将粘弹力学的基本原理应用到固体推进剂和药柱的力学分析上，得出推进剂延伸率是主要故障判据的理论结论，最终解决了药柱裂纹的问题。他在金属壳体强度分析中引入断裂力学概念，在高强度钢性能分析中引入断裂韧性概念，纠正了片面追求高强度，造成壳体低应力破坏的做法，为提高发动机壳体的性能找到了正确的技术途径。”

一位“老航天”感言：“杨先生的科学头脑是我们科研中的定海神针！”

杨南生不仅有一个学者的头脑，还有一颗战士的心。

老工人杨春海回忆：

“300 毫米固体发动机试验时，最艰巨的任务是磨制试件，一批批有严格尺寸要求的试件全靠手工打磨。由于材料坚硬，打磨很费劲，手起泡擦破皮肤是常事，而且工作现场粉尘弥漫，那时劳动保护装备除了工服就是一个口罩。这样的场合却常有杨先生的身影。他每次来，第一句话就是‘师傅们好！’然后坐下来，边了解情况边和我们一起打磨试件片，不一会儿，身上脸上就粘上一层绿色粉末，他却全然不顾。”

浇铸车间的一位老工人说：

“在解决脱粘问题的过程中，每一次试验操作，杨院长都要到现场和我们一起干。其中浇铸是最关键的一步，也是试验最危险的环节。为了能把握浇铸的可靠性，他总是站在浇铸台旁边指挥，有一次甚至自己跳上浇铸台拿着搅拌棍搅拌，被我们强行拉了下来。看到杨院长这股劲，我们工人真是感动，人人都往前冲。一是杨院长都拼命了，我们还怕啥？二是我们信得过他，啥也不怕！”

这一天，是固体火箭发动机诞生的日子。

1965 年 7 月，杨南生任队长，率领着 20 多人的试验队，带着 300 毫米固体发动机配制成的试验飞弹，开赴酒泉试验基地。7 月的酒泉除了荒漠就是酷热。他们在戈壁滩上挖坑砌灶，在简易板房里睡行军床。没有发射架，就找来旧设备自己改造。经过艰苦紧张的准备，半个月后，终于迎来正式试飞。

一发、两发、三发……他们先后分两批打了 6 发弹，全部成功。发动机工作正常，性能重现性良好。

“胜利了！胜利了！”杨南生和大家抱在一起，兴奋得嗓子都喊哑了。

这一天对于外界，是一个再普通不过的夏日，太阳照在城市照在乡村，照在高山照在沙漠，人们像往常一样在各自的空间感受着同样的阳光，人们接收国家信息的唯一渠道——无线电广播里依然播放着日常的消息。只有极少数人知道这一天发生在酒泉基地的需要绝对保密的日子的价值。

中国固体火箭的“头生子”——300 毫米固体发动机的诞生，是中国面对世界西方大国联手封锁的重大突围。它标志着中国固体火箭事业完成了从无到有的历史性突破，标志着中国航天事业迈出了具有重大意义的一步，它是固体火箭事业乃至航天事业的一座里程碑。它向世界昭告：中国从此有研制固体火箭的能力了！

钱学森出席四院工作会议时，按捺不住心中的激动，他兴奋地说：“你们自力更生，不经仿制，短短几年就获得很大成功。这是很了不起的，是中华民族的骄傲！”

第五节

我与杨南生人生时空的交织，宛若茫茫大海中的两条鱼，他是一头白鲸，我是一条小小的沙丁鱼，游弋在各自的水域中，在这个互不相通的世界里，唯有席卷整个大海的风暴，会让我们在同一刻感受到同样的风云震荡。

少年的我从安静的教室跑上街头，跟在大孩子们后面，每天游荡于各种游行、辩论、批斗会时，杨南生正在内蒙古戈壁滩上经历着他这一生中最悲壮也最具英雄气概的搏斗。

1965 年底，固体火箭研究院整体搬迁至内蒙古。

300 毫米发动机研制成功后，四院被定为固体导弹研究院，主要承担固体发动机和固体战略导弹研制。

1966 年 5 月，处于特殊历史年代的北国边陲，新中国固体火箭的研制工作遭到巨大干扰，基地近于瘫痪，工作、生活中不可或缺的车辆，也不再启动。

也正是在这样的历史关口，1967 年初，四院接受了国家工程任务——为发射中国第一颗人造卫星“东方红一号”的长征运载火箭研制第三级发动机。

这是党中央下达的任务。

作为这一时期受到国家特别保护的国防专家，杨南生扛起了历史赋予他的神圣使命。

“东方红一号”卫星计划代号为“651”工程，四院成立了以杨南生为总指挥的“651”工程领导小组。杨南生在动员会上讲的话，四院人至今记忆犹新：

“我们要勇于接受来自各方面的考验——前所未有的考验；

我们要勇于面对挑战——前所未有的挑战。”

科研领域的挑战，是杨南生一生的迷恋。他开始了一生中最为艰苦卓绝的“长征”之路。

第三级固体发动机要在 6000 公里的高空点火，并在每分钟 180 次旋转条件下工作，其难度可想而知。作为“科盲”，我一直好奇，为什么“东方红一号”的第三级发动机要用固体发动机呢？当年的老固体专家给了详尽而易懂的回答：“这颗卫星重 120 公斤，要把它推入轨道，当时液体发动机的力量是达不到的，必须靠火箭第三级固体发动机来完成。液体发动机的任务是把火箭速度提至 380 米 / 秒，然后由固体发动机推动加速到 7900 米 / 秒，即宇宙第一速度，这个速度才能使卫星进入轨道。”

这一年，为“东方红一号”上天准备的直径 770 毫米的实用型固体发动机的研制工作全面开启。

从直径 300 毫米跨越到 770 毫米，意味着什么？

意味着发动机壳体要有更高的强度，推进剂要有更稳定的性能，喷管要有更耐热的安全系数。在高达万米以上的高空环境中点火和旋转状态下工作，发动机每增加 1 毫米，其内部便有着风云莫测的变化，现在要增加 470 毫米，其难度可想而知。

科研的攀登总是记忆中最难以描述的地方。即使如此，依然有鲜活的故事口口相传。

那年春寒料峭，人们看到杨南生提着个行李箱从机关工作区住进了生产厂区一间办公室，他说，这样省了每天来回跑路的时间，晚上还可以到基层去。

冬天的内蒙古戈壁滩，滴水成冰，白毛风、刀子风此起彼伏，碰上沙尘暴那就像一堵移动的城墙。杨南生骑着一辆破自行车，穿着一件旧军大衣，戴着一顶自己缝制的狗皮帽子，每天从早到晚顶着风沙奔波在各生产车间、研究所、试验站之间。

那时，大部分工人都停工停产了，所以每到生产科研进行到需要哪一个车间的工人上岗配合时，杨南生就要骑着车，挨家挨户敲门，苦口婆心地动员大家以“发射东方红一号”任务为重，无论如何，一定要工作，一定要上班。工人们敬重他，只要他说了，跟上就走。

试验站是杨南生去得最多的地方。那时内蒙古的试验站完全没有一丁点儿现代化的设施，既没有先进的录像设备，也没有观察室，试验场所不过就是在地面上建一个土台子，防护掩体就是与土台子 3 米之隔的一道水泥墙，墙上有一个镶着防震玻璃的窗口，是为安装摄像机用的，从来没有人站在这里观察过，因为一旦发生爆炸，试车台周围几百米都可能被炸飞。

但是杨南生是个例外。为了能仔细观察发动机的试车情况，看清楚发动机喷火时的细微状态，以便准确总结出成功或失败的原因，每一次试验，他一定是扑在这个在离发动机只有几步之遥的窗口前，隔着一层防爆玻璃观察发动机从点火到燃烧的全部过程。负责安全保卫的工作人员每次都阻止，不准他靠近，多次向他提出警告。他总是带着歉意诚恳地说：

“只有亲眼看到从点火到燃烧的全过程，我才能准确掌握试验中发动机的状态与可靠性。即使失败了，我也才能清楚失败在哪一个环节上。不然，我们怎么在失败中往前进呢？”

劝阻他的人被感动了。结果，每次杨南生站在窗口前，他们也都紧紧地跟在后面。烟雾、热浪、震耳的尖啸声令人难以忍受。杨南生反过来拼命地赶他们离远点。

一位曾陪同杨南生观测试车试验的“老航天”冯培林回忆：

“……随着口令员倒计时‘9、8、7……点火！’一声令下，巨大的火龙从引射器出口奔腾而出，震天动地的轰鸣声使得周围的大地一起颤抖，我们所处的观察点像大海上的一片树叶不停地颠簸着，似乎随时都有坍塌的可能，我侧眼看到了杨副院长专注的目光，他似乎忘记了一切。”

闫桐林老人记得：“有一次进行摆动喷管试验，点火后，喷管推力震耳欲聋，摆动的白炽火焰强烈地刺激着双眼，杨先生站在离发动机只有3米的防爆玻璃前，屏住呼吸紧紧地盯着喷管固定体与活动体的结合面，目不转睛。10秒，20秒……正当人们兴奋的时候，突然喷管接合面处有一亮点一闪，瞬间喷管飞出一片火海，防爆玻璃烧裂、变黑，什么也看不见了，脚下的电缆穿孔喷进一股股浓烟……人们拉着杨先生就往外跑，没承想，杨先生兴奋地说：‘看到这个穿火细节对分析事故原因帮助太大了，高速摄像机也照不到。’我当时眼泪就掉下来了。”

很多年后，我有幸去到内蒙古基地，看到了那个已经长满青草的试验台，它的简陋比想象中还令人吃惊，看上去就是一个大土堆子，仅有的那个窗口上的防爆玻璃上一片黑乎乎的。陪同者介绍，那是一次试验失败，发动机异常燃烧，火苗窜到了玻璃上。

我问：“那次杨先生在吗？”

“当然！”他似乎认为我问得多余。

失败，难关，是研制中的家常便饭。

那一年，一台发动机装药固化出炉后，在头部位置发现药柱裂纹。如果报废重来，不仅经济上损失巨大，而且会拖整个卫星研制的后腿。杨南生做了一个大胆的设想，能不能有一个挽救的办法，继续试车。

他召开了两次专题讨论会，99% 的人反对试车，建议销毁重做，以免发生事故。只有一位名叫陈明义的技术员提议挖药修补发动机，就是把出现裂纹的药柱挖出来，重新补药。这个提议一出来，全场哗然。在发动机里挖药，无异于在老虎嘴里拔牙，万一发生爆炸，机毁人亡。

一连几天，杨南生彻夜无眠。他运用粘弹力学理论，结合试验数据，通过经验计算方法得出，挖药修补可以尝试。

他召开第三次会议，果断地说："我们的大胆来自于大量的科学实验。我与研制人员已经论证过，这的确是一步险棋，但国家急需，时不我待，值得出手。综合考虑后，我认为这个方案是安全可行的，决定挖补。"

陈明义很激动，站起来表示："我自愿报名示范挖药！"

"我陪你挖！"杨南生掷地有声。

会场出奇地静了几秒钟，突然沸腾，大家纷纷报名要加入挖药"敢死队"。他们敬佩杨南生这位领导者一马当先的勇气，更相信他扎实的科学底气。

那一刻，人们看见杨南生落泪了。

第二天，18 人的挖药突击队集结在发动机前，陈明义首先钻进发动机，做挖药示范。挖药的紧张让人不敢喘气。每一次的插刀、旋转、注水、拔刀，都犹如高空走钢丝。

陈明义示范完，刚一出来，杨南生就要往里钻，人们一下子上前把他拽住。他们想，万一杨先生发生意外，对这支固体队伍可就是灭顶之灾啊！

杨南生说什么也要进去，最终与大家达成协议，进去只挖下一片药就出来，人们这才松了手。

两天两夜，18 个人轮番作业，裂纹处 32 千克药终于被全部挖出，同时重新补药、固化，最后发动机试车成功。

人们感叹：“杨先生把他的本事和命都绑在了发动机上，哪有不成的！”

对于一个单纯、真诚又富有献身精神的科学家来说，科学就是他的信仰。为此，他有着殉道一般的无畏与执着。

那年寒冬，为了抢在塞外高原的黄金季节建设高空模拟旋转试车用的试验设施，杨南生日夜奔波，右腿患了严重的坐骨神经痛，失去活动功能。人们看到，他常常用右脚踩着自行车的脚蹬子，用左脚在地上一下一下划拉着溜车前行，就这样依然四处奔波。有人劝他，劝不住，就骑车陪着他全厂跑。

内蒙古戈壁大青山的荒漠中，杨南生单腿蹬自行车的画面成为研究院一代人的记忆。人们称他为“沙漠走单骑”。

终于有一天，杨南生的另一条腿也不听使唤了，他被人直接背回了家。但没过几天，人们看到更为揪心的一幕：早晨，他被人从楼上的宿舍背下来，用一辆排子车拉着去他要去的地方。

那一天，基地终于迎来发动机高空模拟旋转试车，杨南生让人早早用排子车把他拉到试验站，再把他扶到试验台前的观察窗口，并在后面撑着他。试验台上，一个发动机周身捆绑着几个助推火箭，待命点火。这是发动机第一次做旋转试车。杨南生很紧张。“点火”号令发出，他眼睛紧紧盯着喷火的地方，10 秒、20 秒、30 秒……突然，发动机爆燃，如脱缰的野马，吼叫着飞出了试验台……杨南生被巨大的爆燃声震聋了，他看见周围的人嘴里在喊着什么，却一句也听不见，耳朵里全是轰鸣声。

这是一个痛苦袭人的日子。1968 年 1 月 26 日，高空模拟旋转实验失败。

两腿站不起来的杨南生却有着打不垮的意志，他立刻组织力量检查分析，和技术人员一起研究，最终解决了脱粘和燃烧后某种成分沉积的问题。发动机重新推上试验台，19 次试车，次次成功。

杨南生的脸上终于露出了笑容，但他的双腿已经痛到坐都坐不住了，去基地医务室打封闭，依然不见效。

机关里有一位军人出身的老干部李春堂，看在眼里，急在心里。在那个特殊年代，杨南生虽然是“受保护”的人，但是除了工作上的接触，人们并不敢与他有私下往来。这位 1938 年 13 岁就参加了八路军，历经战火洗礼、生死考验的老革命，此时不顾个人安危，自愿上门为杨南生治病。他敬重杨南生，相信他。这位老革命在部队学过针灸，决定用针灸技术在杨南生身上试试。他每天晚上上门给杨南生扎针，整整扎了 28 天，杨南生终于又站起来了，重新蹬上了他的那辆自行车。他高兴得逢人便说：“老李救了我！”

三年艰苦卓绝，记载中的文字只是一串枯燥的数字与术语：

——28 次试车，16 次修改，解决了地面旋转、高空模拟旋转、高空点火、装药、裂纹、脱粘、推进剂配方调整等一系列重大技术难题。

秘书廉茂林回忆，三年中杨南生没有休息过一天，包括节假日。

千难万难，他们闯出了脚下的路。

1970 年 3 月 27 日，杨南生率领四院 18 人的发射队，乘专列到达酒泉基地，参加“东方红一号”卫星发射。

4 月 14 日，钱学森率领发射基地负责人李福泽、杨国宇，火箭研制负责人第一研究院副院长任新民、第四研究院副院长杨南生，卫星研制负责人戚发轫、徐肇孚等人，由基地乘专机到达北京，连夜向周总理等中央领导汇报卫星发射前的各项测试情况。

汇报的专家被请到前排位置。周总理一落座，便拿起来自发射场的人员名单，一边叫着名字一边与专家本人对号。杨南生很多年以后还记得，当钱学森向周总理介绍到第三级固体发动机时，总理大声地问道："杨南生是哪一位？"他站起来。总理又问："你是从哪个国家回来的？"他没听清，答非所问："我是 1950 年回国的。"一旁的钱学森替他回答："他是从英国回来的。"总理点点头："好嘛！"

会场的气氛严肃而庄重。

钱学森汇报了火箭、卫星的概要情况；

李福泽汇报了发射场各系统的准备情况；

任新民汇报了火箭第一级、第二级液体发动机的测试情况；

杨南生汇报了火箭第三级固体发动机的测试情况；

戚发轫汇报了卫星测试情况。

汇报从晚上 7 点一直进行到午夜 12 点。中间没有一分钟的休息。

周恩来最后指示："如果这次试验成功的话，你们不要骄傲自满，还要继续前进。这次试验也可能搞不成，这不要紧，失败乃成功之母。"

周总理要求火箭、卫星每个部分的技术负责人连夜写出书面报告，凌晨六点前必须送到总理办公室，当天提交中央政治局讨论。

任新民、杨南生、戚发轫立刻被车送到国防部大楼，一人一屋，赶写各自部分的报告。

这是一个让三位专家终生难忘的夜晚。他们知道，他们要向党中央签署军令状。

杨南生很多年后回忆，他握着笔，感觉千钧重。他心里明白，一份保证书，就是要他明确说明，“长征一号”的第三级固体燃料发动机，到底有没有足够的能力把卫星送入定点轨道？火箭一旦上天后，发动机究竟能不能点着火？点着火后到底可不可靠？这既是周总理要的重要依据，也是中央政治局最终决定卫星到底打不打的重要依据。

杨南生闭着眼，把第三级发动机的每一次成功每一次失败都仔仔细细回想了一遍，把发动机从头至尾每一处构造、每一个部件，乃至每一个螺丝钉都在脑子里一一过了一遍，他确信最终的第三级发动机是可靠的，值得信任。他终于提起笔，写下对第三级火箭发动机的肯定性意见。当他在报告末尾郑重地签下“杨南生”三个字时，窗外已是东方破晓。

1970 年 4 月 24 日 21 时 35 分，酒泉基地“一分钟准备”口令下达，天地寂静。

“点火！”

“一级上升！”

“二级工作正常！”

“二、三级分离正常！”

“三级点火！”

“三级工作正常！”

“星箭分离！卫星入轨！”

发射场顿时一片沸腾！

卫星发射成功了！

我国第一颗人造地球卫星由“长征一号”送上天宇，第三级发动机的最后一推，把卫星准确送入预定轨道，《东方红》乐曲传遍全球。

人们欢呼着、跳跃着，杨南生和他的队友们互相握手、拥抱，热泪盈眶。

中国航天时代的大幕从此拉开。

时光飞逝，其中的细节依然令人难以忘怀。卫星发射前夕，杨南生被要求将火箭第三级的数据报告给负责卫星发射的人员，用于计算卫星的轨道。限于当时的技术条件，杨南生将比较保险的数据报了上去，计算结果表明，卫星将进入圆形轨道。卫星升空的最后一刻，第三级固体发动机发出超乎预想的推力，将原来计算的圆形轨道推入成椭圆形轨道，使卫星运行更加顺畅，令在场所有人惊喜万分。杨南生在西南联大读书时的先生、此时为七机部第一研究院副院长的屠守锷诙谐地对昔日的学生说：“你为卫星准备了很多的‘饭’嘛！”言外之意，“长征一号”火箭第三级发动机的推力可真不小。站在一旁的钱学森送给杨南生一个会心的微笑，杨南生也笑了。

此时，已来到内蒙古与杨南生一起生活的女儿杨红多年后回忆道：

“随后的几天里，爸爸一有空就会打开收音机，一遍又一遍地聆听着从星际传来的《东方红》乐曲。现在想来，由于保密原则，爸爸当时有多少事业中的兴奋和感慨都无法与家人共同分享啊！”

那种隐姓埋名的保密是今天的人们难以想象的，“东方红一号”卫星上天了，但杨南生却不能告诉任何外人他参与了这颗卫星的研制，即使是对家人。

航天文献记载：“‘东方红一号’末级发动机，对于固体火箭事业的发展，具有整体意义。是开拓，是奠基，是具有战略意义的。”

“东方红一号”成功发射 50 年后的这一天，我遇到了中科院院士、当年负责“东方红一号”卫星技术的专家戚发轫，他感慨道：“那次发射前，杨先生曾跟我许诺，卫星发射成功了，他到北京时请我吃烤鸭。奔波一生的杨先生永远也兑现不了他的诺言了……”他眼里有泪光闪动。

第六节

在时代的洪流中，人的命运如一叶浮萍，或卷入谷底，或冲上浪峰。当我在花季的年龄中断学业，被上山下乡的大浪卷到“广阔天地炼红心”的时候，杨南生在他的固体火箭世界中进入新的征程。

1965 年，国防部五院四分院转制成为七机部四院，并由固体发动机专业研制机构变成固体导弹型号总体研制单位，主要任务是研制固体战略导弹。

“东方红一号”卫星成功发射的前夕，国防部即向七机部第四研究院正式下达了研制中程固体潜地导弹的任务，也就是后来如雷贯耳的“巨浪一号”。

固体潜地导弹是当时美国等西方大国的国家战略发展目标，早已研制成功。他们都是先研制成功陆基发射导弹，才研制海基发射导弹的，走的是“先陆后海”的道路。当时我国海军方面已开展导弹核潜艇的建造，急需装备潜地导弹，他们向四院多次表达研制潜地导弹的愿望。杨南生以他对四院技术现状及国内有关行业能力的考量，赞成这一愿望。经海军多方面运作，最终中程固体潜地导弹的研制任务由国防科工委确定下达。杨南生要带着他的队伍，抛开“先陆后海”的惯例，直接下海。

等待他的，是更艰难的挑战。

对潜地导弹战术、技术总体方案的设计，是杨南生要攻克的第一关。

潜艇空间有限，导弹的尺寸，弹头的装置，设备的质量，都要求轻型化、小型化。水下发射，更要考虑潜艇运动的规律，海水浪、涌、流的不同作用，乃至导弹出水的姿态，都要配合得严丝合缝。

他带领技术人员，夜以继日地讨论、研究、论证，设计图纸堆积如山，最终拿出了一份科学、严谨、周密的总体战术技术设计方案。杨南生审核后，签上自己的名字，方案正式生效实施。

推送导弹的发动机是杨南生要攻克的第二关，也是“巨浪一号”的灵魂。

总体方案确定了“巨浪一号”采用两级固体发动机结构。这两级发动机不但要采用新型复合推进剂，而且要采用一系列复杂的控制系统装置。一级为带可控制推力、方向的四个摆动喷管发动机，并且密封，火焰不能窜出来，这是当时国际上一项新技术，难度很大；二级采用前端装置反向喷管发动机，要求可以控制改变火焰方向，实现弹头与发动机的准确有效脱离。两级发动机的直径均为 1400 毫米。

这两级发动机技术，既没有预研成果，更没有可借鉴的图样，是再一次白手起家。关于对它们研制过程的艰难，固体研究院撰写的《杨南生传》足足用了一个章节来叙述，非内行人难以领悟其中深奥。我只明白了一点，这两级发动机是我国第一代战略导弹用的直径达 1.4 米的大型发动机。它奠定了“巨浪一号”胜利的关键基础，对强大中国国防力量，具有划时代的作用与意义。

杨南生在其间不仅奉献了他的才华、智慧和心血，也一如既往地奉献了他为科学、为事业的赤子之心、英雄之胆。

参与“巨浪一号”研制的人们至今记得，进入试验阶段时，没有现成的试车台，杨南生跑了很远的路，选中了山里一间破庙作为试验场所。山路崎岖险峻，无法用机动车运载，只能用排子车拉，杨南生就和大家一起用排子车拉着发动机向破庙前进，有的路段连排子车也过不去，他就和众人一起抬着发动机一步一步挪。试验完后再把发动机拉回厂房碳化、整修、装药，如此循环往复。人们尊敬地称他为“搬运工同志”。

当年的工程师程崇汉回忆：

“核潜艇下水时间迫近，两级发动机研制工作日趋紧张。但是几次试车发动机都因从尾部穿火而宣告失败。杨副院长把我们几个从事绝热、包复的同志叫到动力站试车现场。发动机刚从试车台卸下不久，仍有余温。杨副院长首先钻进发动机壳体里面去，我们也随他钻进去，壳体里很热，气味很是难闻。绝热、包复层燃烧后的余胶粘得身上、脚上一团黑。杨副院长由于年岁大，行动不便，沾得更多。他给我们讲解试验为什么失败，绝热、包复的薄弱部位在何处。他又用商讨的口吻引导我们，绝热、包复的缺陷应该如何解决，采取什么技术措施。

“回车间以后，几经挫折、试验，我们采取高压气囊给发动机加压的办法，成功地解决了发动机绝热层断面成型的问题。

发动机尾部穿火的问题顺利地得以解决。我们的导弹武器按时交付，它无比自豪地昂首从太平洋里飞上蓝天，这是我们共和国的一大骄傲，其中浸透了杨副院长的多少心血和智慧啊！”

一位名叫谢丰沛的“老固体”一直忘不了：

“杨先生为‘巨浪一号’两级发动机的研制呕心沥血，连命都能舍上。经过多次试验后，我们拿出了与发动机同时并用的一个重要结构——燃气发生器，就是点火后把导弹推出去的装置。当时杨院长带着我们已经在地面上反复做了几十次试验，每一次都成功。最后要拿到舰艇上做试验，舰艇上的战士有点害怕，担心这个东西万一没发出去，在船上炸了，那舰艇可就炸穿了。

“杨先生理解战士的担心，为了给他们吃定心丸，他对战士说：‘我和你们一起在舰上做这个试验。’

“就这样，从试验一开始，杨先生就和战士们一起肩并肩站在舰艇上，一直到试验圆满成功。

“当战士们得知这个冒着生命危险与他们站在一起的人，是英国回来的大专家，还是研究院的技术领导，十分震惊，他们向他行军礼。”

就这样，从春到夏，从秋到冬，杨南生和他的科研团队历经无数坎坷艰难，“巨浪一号”两级发动机终于试验成功。

道路已经打通，胜利在前方招手。

此时，根据国际形势的变化，有关部门决定“巨浪一号”暂时上岸，迅速开展以“东风”命名的陆基战略导弹的研制工作。由此，四院奉命启动了“东风”某固体地地导弹方案的论证及预研工作，杨南生为这一新的挑战而兴奋。“巨浪一号”的研制实践也证明了，没有预研直接上型号，增加了导弹生产的难度，只有开展预研工作，导弹的生产才能顺利快速。

作为科学家，他身上有一个鲜明的特点，就是他总是对未知的、新鲜的、富于挑战的事物充满探索的激情与渴望。1974年，经院党委决定，杨南生从内蒙古转战陕西秦岭深山，去开辟中国固体事业的新战场。

但是，“巨浪”终是要腾飞的。杨南生从来没有停止对“巨浪一号”的关注。当日后“巨浪”研制工作再次启动时，他依然对其关键技术研究投入了大量心血，提出了重要的指导意见。

在航天部于1978年9月为“巨浪一号”召开的“798”重要技术协调会议上，杨南生依然作为“巨浪一号”的技术负责人，带队参加了这次会议。由杨南生最后审核签署的“巨浪一号”战术、技术总体方案，在之后长达10年的研制直到发射成功的过程中，始终如一，没有改变。

参与“巨浪”完成工作的崔国良院士多年后回忆：

“‘巨浪一号’是按照杨副院长主持制订的、经过试验验证的那个方案进行的。我们的功夫只是下在实现这个方案上；导弹总体战术技术指标也没有根本性的改变，仍是按照杨院长签字的那个论证报告进行研制的。”

“巨浪一号”两级发动机的成功研制，更是“巨浪”日后腾飞的强大心脏。

1982年，“巨浪一号”这枚中国第一枚潜地导弹，终于进入水下发射试验阶段，取得成功。世界再一次向古老的东方大国投来惊异的目光。

此时，身在陕西深山的杨南生，为“巨浪一号”的成功感到无比骄傲。尽管作为这枚导弹的总设计师、导弹两级发动机的缔造者，“巨浪一号”颁发的各种大奖皆与他无缘，但他毫不在意。

有人说："杨先生太傻太亏，辛辛苦苦种了棵大树，果子都让别人摘了。"杨南生听后爽朗大笑："种树不是更有意思的事吗？"

我知道这是他的真心话。对于目光永远朝向科研未知与挑战的杨南生来说，在满是荒芜与荆棘中栽下一棵根深枝茂的大树，才是他最为骄傲的。

正像《杨南生传》中所记：

"'巨浪一号'是四院承接的第一项总体任务，在几乎没有预先研究的薄弱基础上开展，杨南生抛开国外战略导弹'先陆后海'的惯例，走上直接下海之路，为我国第一代固体战略导弹蛟龙出海贡献了力量。"

第七节

我与杨南生的人生轨迹，似乎从来没有过日后可能有交集的趋向。当我从农村考入山东大学中文系时，他告别了战功赫赫的塞外基地，再一次隐姓埋名，一头扎进秦岭深山，为我国新一代战略导弹开始了历时 10 年的科学预研。

这在杨南生开创的固体火箭事业中，是一次更高海拔的飞跃。他晚年曾经说过："我这一生只做了几件事，一是搞出了固体发动机，打开了固体这个大门；二是搞出了'东方红一号'第三级发动机；三是搞出了'巨浪一号'两级发动机，两级发动机采用了推力方向控制，在当时历史条件下，应该说是属于先进技术；四是为战略导弹的发展做了一系列预研工作。"

他说得风轻云淡，但其过程的艰辛崎岖为常人难以想象。

以我近乎“科盲”的视角，要对这一历史过程记录二三，几乎无能为力。仅对“预研”这两个字的理解，我就用了很长的时间，最终明白，所谓预研，就是对未来新型战略导弹的关键技术进行预先研究、试验、攻克，一旦技术成熟，新型战略导弹即可迅速上马生产。预研需要有超前的科研思路，超前的技术眼光，超前的攻关能力。从某种意义上讲，预研就是孕育新型战略导弹的摇篮。预研水平的高低，决定了未来二代、三代战略导弹的水平高下。

对未知的新技术一向保持高度敏感与兴趣的杨南生，把自己的目光始终紧紧地瞄在世界固体技术发展的前沿，尽一切可能得到专业外文期刊、著作，随时研判和锁定固体技术发展的最新方向。

他有一句名言：“技术指挥员不读专业外文期刊，就像党委书记不读《人民日报》一样！”

从学习、思考再到每一步科研进程，就像跋涉千山万水去摘下天边的那颗星星。他和他们那一代老航天人为此付出了自己的全部。

当我在40年后，踏进那片孕育出共和国几代新型战略导弹的秦岭深山，望着荒无人烟的千沟万壑；望着昔日隐于山洞、崖壁之内的厂房、试验室；望着那个破旧的绿色邮筒、几块木板搭起的小菜市场和一片低矮简陋的宿舍区，一时哽咽。

据说之所以选中这片深山老林，是因为当时中苏关系恶化，内蒙古基地毗邻苏联屯兵百万的蒙古国，处于危险的第一线。因此，七机部作出削减内蒙古基地规模、四院大部搬迁至三线的决定。根据军方多次探测考察，选定了这片山大沟深、崖壁层叠、交通不便、远离尘世的地方。一代四院人征战完内蒙古戈壁，又在这样极其艰苦的环境里继续开始了新的战斗。

固体火箭这支队伍从一诞生，就注定了它是一支踏山开路、披荆斩棘、艰苦卓绝的尖刀兵。他们的奉献与牺牲永远在世人看不见之处，他们的生命却永远化为一个民族与国家的骄傲。

作为一名技术领导者，杨南生带领着这支尖刀兵，在秦岭深处再次创下一个又一个让世界为之侧目的辉煌。

——他们成功研制出中国第一个远地点发动机，并创造了这一发动机在多次发射中至今无一失败的世界航天史纪录。

在这个第二代固体发动机中，杨南生带领科研人员大胆采用了纤维缠绕复合材料壳体、碳 / 碳复合材料喉衬等新技术，为新型发动机的发展做出了重大贡献。

这期间，有一个插曲被传颂至今。

科研人员在准备做发动机地面试验时，发现喷管的大型碳 / 碳喉衬有一条明显的、较长的纵向裂纹。在场的人十分震惊，这是花费了近一年工夫才研制出来的第一个新技术产品，综合发动机就等着它了。重新做，研制工作就得延误一年的时间。而且这一喉衬十分昂贵，当时价值 50 多万元人民币。报废了，50 多万元就打水漂了。但喉衬有裂纹，可能导致试车失败，那样，整个发动机也要赔进去。

多数人考虑到安全性，提出将这个喷管报废重做。

正在院里主持会议的杨南生得知消息，立即休会赶到现场，仔细观察裂纹存在的状态和部位，通知第二天召开技术讨论会。当晚，他宿舍的灯光亮了一个通宵。

第二天讨论会上，在认真听取各方意见后，他从空气动力学的角度，对发动机工作时的气流状态、各部件的受力情况进行了精辟分析，一口气讲了近三个小时。最后，他拍板："这一碳 / 碳喉衬的工艺没有问题，是基本原始材料有点缺陷才造成裂纹的。但碳 / 碳喉衬材料在高温状态下的线膨胀系数很小，而且喉衬在工作状态下所产生的固应应力对喉衬是有利的。所以，这套产品试验可以继续做！"

很多人佩服他的胆识，但也为他捏把冷汗，这可是风险很大的事，万一出问题，要影响他的名声和工作啊。有人委婉地劝阻他，他说："风险当然是有的，但我们要相信科学。"

他又补充了一句："如果试车失败，责任在我，一切处分我一人承担！"

随后的日子里，每一道工序的转换，他都亲临现场观察指导。最终，试车获得完全成功。

人们说："这才叫指挥员。据理而定，当断即断，不畏风险，敢于负责！"

1984 年，这个发动机参与发射"东方红二号"卫星。卫星在空中出现异常，未被送入预定轨道。尽管问题不是出在远地点发动机上，但坐镇指挥中心的杨南生立刻与四院、五院共商计策，全力挽救。他提出，给远地点发动机发指令，让它反转方向后点火工作，靠它把卫星推入一个近地轨道，发挥近地轨道卫星的作用。结果，靠远地点发动机的正常点火，卫星转入近地大椭圆轨道而不至夭折。五院研究人员感激地说："远地点发动机挽救了这颗宝贵的卫星。"

——他们成功研制出中国第一个返回式卫星制动机，使中国成为继美国之后世界上第二个掌握卫星回收技术的国家。

研制中，制动火箭推动推进剂第一次使用了一种叫作二茂铁的燃速催化剂，为保证它在贮存过程中的稳定性，需要做辐照实验。大家都没有实际经验，杨南生与大家一起反复讨论，制订了试验技术方案。他说："我们做的是前人没干的事业，会遇到许多新问题，推进剂辐照试验就是其一。我们不仅要做，而且一定要做好。到科学院原子能研究所去做，到马兰基地去做。一次做不好，我们做两次、三次，有了这个决心，一定能做好！"

在科学探索的道路上，从不给自己设限的人，才能闯过一道又一道难关。

——他们成功完成了新型战略导弹的一系列预研工作，实现了"三年三大步"，三年搞出三个大发动机，先后攻克了玻璃钢复合材料壳体、柔性全轴摆动喷管、新型材料大喉衬等一系列大型发动机的新技术难关。

1983 年 12 月 25 日至 28 日，新型试验导弹直径 2000 毫米的金属壳体和玻璃纤维缠绕壳体综合试验发动机相继试车，双双获得圆满成功。

党中央、国务院、中央军委就此向四院发来贺信，指出：这一成功，标志着我国固体火箭推进技术进入了一个新的阶段，为研制性能精良的第二代固体火箭奠定了坚实的技术基础。

正是基于这一坚实的基础，之后不久，中国让世界在共和国的国庆大典上终于看到了轰鸣而过的"东风 31""东风 41""巨浪二号"等一系列新型战略导弹。

中国有了不怕任何恐吓威胁的底气。

时任航天固体研究院院长田维平、党委书记邓红兵在《杨南生传》题为《固体火箭事业的开创者和奠基者》的序言中有这样一段总结：

"他是固体火箭发动机技术的开拓者。在固体火箭事业创业之初，杨南生先生作为技术指导员，参与创建了两大固体火箭发动机研制基地，指导解决了一批技术关键和大量设计、工艺、试验难题，主持研制成功了 10 余种固体发动机。在他的指挥带领下，从第一台复合固体推进剂火箭发动机，到发射第一颗人造地球卫星‘东方红 号’的运载火箭‘长征一号’的末级发动机，再到第一枚潜射战略导弹发动机；从助力第一颗科学试验卫星‘实践一号’、第一颗通信卫星‘东方红二号’的远地点发动机，到成功帮助第一颗返回式卫星返回地面的返回式制动发动机，中国的固体动力事业从无到有、从小到大，不断发展壮大。

“他专注于基础理论研究和科学方法创新。杨南生先生非常善于运用基础理论解决工程实践难题，从而推动了固体发动机技术的创新和发展。他将有限元法应用于发动机壳体和装药的应力分析，提高了发动机结构设计的精确性；他运用断裂力学理论，指导发动机超高强度钢壳体设计，调整材料的机械性能指标，提高了壳体强度的可靠性；他运用粘弹力学理论，解决了长期困扰科研人员的装药裂纹问题，顺利突破了大型发动机装药关；在玻璃钢壳体研制初期，遇到了点火瞬间后封头烧穿和壳体爆炸的所谓‘神秘冲击’问题，他通过对壳体和装药的动态应力分析，采用人工脱粘技术，彻底解决了这一难题，奠定了用纤维缠绕发动机壳体的技术基础。

“他是研制大国重器的先驱。杨南生先生主持制订了我国第一代潜地固体战略导弹的总体方案和两级发动机方案，为导弹在 1982 年的水下成功发射奠定了技术基础。他还主持开展了综合新材料、新技术、新工艺单项预研成果的 3 种综合试验发动机的研制，均取得了地面试验的圆满成功，为我国第二代固体战略导弹的发展奠定了技术基础。”

很长一个时期，杨南生一直担任七机部第四研究院副院长、七机部科技委副主任、常委、七机部下设的固体发动机专业组组长、中国宇航学会固体火箭推进剂专业委员会主任、七机部总工程师；1985 年 10 月，在国际宇航联合会（IAF）第三十六届大会上，杨南生当选国际宇航科学院院士。

2001 年 9 月 26 日，《中国航天报》以《他从神秘王国走来》为题，以一个整版的篇幅报道了在一个个举世瞩目的中国火箭、卫星、导弹幕后的那个不为人知的杰出贡献者、领军人物——杨南生。文章说：

“中国固体火箭事业，在过去相当长的时间里，是一个神秘的王国，为固体事业的发展竭尽心智的杨南生，自然也成了谜中之谜。这一领域解禁后，他仍然固执地拒绝任何采访，拒绝让自己的名字连同功勋，变成一排排大大小小的铅字。”

有人讲，杨南生能进入航天领域，能在这个领域创造出一个个奇迹，是因为一位慧眼识人的伯乐——钱学森。

从中科院开始的中国第一个“上天”工程，到中国第一颗探空火箭，再到白手起家的固体火箭事业，每一个历史的关头，都是钱学森把杨南生推到第一线。航天部一位老同志回忆，钱学森曾在多个场合中说：“部里几个技术副院长中，杨南生是有真才实学的。”

作为一名科学家，杨南生超强的理论基础、组织能力、献身精神、阳光气质、幽默性格，让他成为那一代许多航天青年心中的“星”。

多位老航天人说过同样一句话：如果没有杨南生，中国的固体火箭将在黑暗中多摸索至少六七年……

一位在上海搞探空火箭时期就和杨南生在一起工作的“老航天”陈忠清说：“杨南生是探空火箭、固体动力的开创者、领导者，他打开了固体的大门，培养了一支卫星队伍，补充了航天一、二、三院的卫星专业力量。没有杨南生，中国的固体不可想象。”

“老航天”任克说：“杨南生把最难搞、最有前途的固体拿下了。他是个大功臣！”

这些话，都是在他去世以后我听到的。时光荏苒，钱学森当年口中的“几个技术副院长”，后来每一个人都成了“两弹一星”功勋、中科院院士，荣誉等身、光环夺目，只有“杨南生”这个名字静悄悄地消失了。

第八节

杨南生 80 岁那年，固体研究院党委出了一本《伟大的爱国学者——杨南生先生 80 华诞纪念文集》，作为献给他的生日礼物。30 多位老战友、老部下撰文回忆了他们与杨南生在一起战斗工作的难忘岁月。

固体研究院党委书记李德然在文集中写道：“在我心目中，杨南生先生不仅是一位德高望重的长者、一位知识渊博的专家，更令我敬重的是，他是一位伟大的爱国学者。”

2012 年，航天固体动力事业创建及四院建院 50 周年之际，杨南生以第一高票当选航天固体动力事业及四院“十大感动人物”。

是什么力量，可以让一个人如此深挚地活在一代人的心里？

《杨南生传》中有一句话：“他一生留给后人两座高峰：一座是‘事业’高峰，一座是‘人性’高峰。”

作为科学家的杨南生，为这个国家做出了重大贡献；作为人的杨南生，他给这个世界留下了精神的光芒。

杨南生自进入航天领域，一直担任技术领导。领导这个岗位，对于他，除了比别人担负更大的责任，付出比别人更多的艰辛、牺牲，比别人更多的安危以外，再无其他意义。

在内蒙古基地时期，正值国家困难年代，人们口粮配比80%—90%是粗粮。当时有文件规定，领导和高级别的专家在食品供应上享受特殊待遇，食堂为领导开了小灶，杨南生从来不去吃。有一次，食堂的同志把炒好的菜和雪白的大米饭端到他面前，他委婉地谢绝了。他和蔼地说：“谢谢你们的关照，我有双手，我自己完全可以排队买饭菜。”

那时，他单身一人在内蒙古基地，每天和职工一起排队买饭、吃普通餐。玉米面、窝头、白菜、土豆，常年这样的伙食让一些北方人都难以适应，他却吃得津津有味。他还发明了“一碗汤”，即把最后吃剩的菜底加热水一冲，便成为一碗美味的菜汤，被许多年轻人争相效仿。有一次他和大伙儿聊天说了一句：“要改善生活，有一种罐装咸花生米很好吃。”在场的人听了都十分难过，眼前这位舍弃了国外优越生活的大专家，现在连一罐花生米的生活水平都没有啊。

有人问他，为啥放个小灶不去吃？他诙谐地说：“吃大锅饭才香啊！”即使如此，他还经常偷偷地在饭量大的年轻人的碗里放下半个他省下的窝头或馒头；不留痕迹地为吃饭来晚的人买好饭放在桌上。每次吃完饭，他当然是自己刷碗刷筷。有一次他正在刷碗，一位老干部走近他，小声说：“老杨，你不用自己刷碗，放桌上就行。你这样会影响你的威望的。”杨南生不解：“自己刷碗，与威望有什么关系？”“你是个院长嘛，得有点院长的架势。”杨南生笑了：“我还是习惯自己刷。”“你这个老杨啊！”老干部叹了口气。

在陕西秦岭基地那个时期，人们想到西安办点事十分不容易。基地一个星期只发一趟班车。杨南生看在眼里，每次去西安开会前，便让开车送他的司机散个信，看有谁想去西安办事、买东西，可搭顺风车。通常领导是不愿意让自己的车子搭人的，那看上去有点跌份儿。杨南生却算了一笔账：“我一个人坐车要四个轮子跑，五个人坐车也是四个轮子跑，所输出的功率都是一样的，五个人坐车显然比一个人坐车更节省。为什么不坐五个人呢？”因而，他每次去西安开会的车子里，总是挤满了一路说笑的职工及其家属。

“平易近人”这个总被人用来夸赞地位高者的词语，在杨南生那里，是一种植根于骨子里的“人与人之间平等”的信念。

他尊重每一个人，无论是同事、部下，还是司机、炊事员、看门的师傅。给杨南生做过秘书的人都知道，除了帮助他做工作上的事情以外，他从不会让他们为自己做任何一点私事。比如，通常秘书会为领导做点儿家务活，包括搬东西、挖菜窖，等等。他们从他那里感受到的是真诚的尊重。跟随杨南生多年的老秘书廉茂林说过：“他把人当人。”

在内蒙古基地，有一次杨南生晚上回宿舍，楼道灯暗，不小心把邻居家堆放在楼道里的蜂窝煤碰碎了几块。他回到宿舍，取出 10 元钱，写了一张道歉的便条，一起放在邻居家门口。这个当了一辈子普通职工的邻居，50 年后谈起这桩小事，哽咽难语。

有一年春节，杨南生从基地回上海探亲，一下火车，买上一篮柑橘，直奔一名车间新职工在上海的父母家，称自己是他们儿子的同事，代向老人问安。后来两位老人给儿子写信讲起这件事，从他们描述的外貌特征，年轻人一下猜到了那是杨先生。他那会儿刚分配到四院，因为车间任务紧，过年不能回上海与父母团聚，没想到杨先生代他向父母表达了心意，他既感动又温暖。

有一名大龄青年，对象是协作单位的，小伙子担心协作单位一撤，对象也会“断线”。杨南生得知后，主动出面协调，把那个姑娘留在了基地。两人结婚时，他专门买了一幅镜框画和一对暖水瓶送给他们，一语双关地说：“小张啊，这一对暖水瓶可要好好保护，别打坏了！瓶胆目前可是不好配的哟！”新房里一片欢笑。

杨南生记忆超群，无论见到谁，只要说上名字，再见面，准会喊着名字热情招呼。他热爱古诗文，常喜欢用古诗文的韵脚把人名作成有趣的歇后语。比如：“开门办学——张新斋”，他笑称自己是“大河两岸不见柳——杨南生”。

研究院上下老老少少都爱戴和尊敬这位阳光、快乐的大专家。人们称他是“学者的头脑，佛爷的心”。

杨南生尤其令人敬重的，是他对于宠辱的风轻云淡。他从不计个人得失，总是将善意给予他人。

“东方红一号”卫星上天后，上面指示内蒙古基地派一名代表去北京天安门城楼接受国家领导人接见。基地所有人都认为这个代表非杨南生莫属。军宣队别出心裁，派了一位工人出身的技术员。那位技术员又惊喜又纳闷：“为什么让我去？”他从北京回来后，见到杨南生，激动而又不安："杨院长，我很惭愧，这个荣誉应该是你的啊！"

杨南生紧紧地握着他的手："你代表我们四院每一个人，你的荣誉是我们共同的荣誉。今天，我也从你的手中分享这份喜悦！"

50年后，这位已经80多岁的"老航天"回忆起这件事，满眼热泪。

熟悉杨南生的人都知道他的一个习惯，每次一有任务，他一定率军而动，冲锋在前。而在每次任务结束，上面来举行庆功会，大会开完，到晚上的那顿庆功宴时，他便隐身而去。当那一边众人举杯欢颜之时，这一边，他则一个人在宿舍里，泡上一碗方便面，打开他那台从上海带来的破旧的小录音机，安静地听一曲古典音乐。古典音乐中的情愫，或许更契合他此时的心情。

对于一个怀揣着信念的勇士，每一个成功最终都指向他心灵的彼岸。至于成功本身，它既已成功，便不再是他关注的了。

有意思的是，参加完庆功宴的人们，从不会忘记给他捎回几盒餐桌上的美食，那可够他打两天牙祭的。

一位在杨南生手下工作过多年的老工程师说：

"杨院长最让我敬佩的，是他作为一个科学家的纯粹，脑子里从来没有一丁点儿为个人的杂念和精明。很多人做了成绩就想到好好总结上报，捞个什么荣誉，而他脑子里压根儿没这根弦。不少搞技术的人，是通过技术实现权力、名利、利益，而他是把技术作为理想而奋斗的人。正是他这种'不食人间烟火'，让我们由衷地敬佩他！"

培养人才，是杨南生对固体火箭事业的又一重大贡献，也是让一代老航天人没齿难忘的恩情。

研究院成立之初，绝大部分科技人员刚刚走出校门，科研经验不足，素质不高，杨南生以培养一代固体火箭发动机研究工作者为己任，言传身教，呕心沥血。

他的突出特点之一，是提高科研人员用理论指导实践的能力。他要求大家在一项研究得出好的结果时，必须问“为什么好？”要说出一个理论解释来，要找出规律性的东西，知其然，还要知其所以然。

他常说，光凭感性去开展技术研究，得到的只是一种经验，没有理论支撑是有局限性的。他要求每一位技术人员在一项实验之后，都要写出科研报告。他认为，这是把实践经验上升为理论的重要环节。他甚至对报告的文字都有严格要求，提出：“科研报告和技术论文的词句必须简练、确切、通顺，避免冗长、烦琐、含糊，避免用写文艺作品的辞藻，应注意到科学著作的风格和特点。”

他对每份报告都要认真修改，从内容到文字以至标点都要再三推敲，为此付出了大量心血，使科研人员受益极大。许多人至今还保留着他修改过的报告底稿。

他的突出特点之二，是作为技术领导，创造一切条件，让科研人员去见世面，学习新东西；搭建各种研讨会、交流会等平台，让科研人员展示自己的能力、才华与见解；勇做后盾，放手让科研人员大胆创新。他总说一句话：“出一切问题，由我全部负责。大胆干！”

一位“老航天”说：“杨先生是中国固体火箭队伍的恩师！”

2001 年 12 月 29 日，杨南生 80 岁整。这一年也正是他回国献身共和国航天事业 51 周年。研究院党委决定，为杨南生这两个有意义的日子举行一次纪念活动。

他从北京又一次回到了他的老窝——固体动力第四研究院。当几名少年队员欢跳着向他献花时，他腼腆地吐着舌头，手足无措，可爱得像个孩子。

这场为期三天的纪念活动，被多场学术报告会、座谈会、参观及民间聚会等内容挤得满满的。

《杨南生传》中有这样的记载：

“庆寿宴会那一天，四院为他做了一个 80 寸的生日大蛋糕。当杨南生出现在人们面前时，整个宴会厅掌声雷动，经久不息，许多人情不自禁地叫了起来，眼泪顺着脸颊流淌……

“夜幕降临，到下榻处拜访者盈门满室，一拨未退，又来一拨。他们中有熟悉的，有不熟悉的，有古稀老人，有毛头小伙子，有领导干部，有普通员工，有科研人员，有工人师傅……许多人还送上祝福的礼品，有亲手绘制的书画作品，有精心准备的工艺品，有巧手编织的饰物。有位叫范琴英的小辈，居然送上一件自己编织的毛衣……时任副院长的阮崇智即兴赋诗一首，表达他对导师、恩师的无限崇敬：

风骨如君世称奇，学富五车贯中西。
天生才俊学识广，力学苑中成大器。
液体引擎鸣上海，固体腾飞震戈壁。
最叹功高不自诩，两袖清风一布衣。

《杨南生传》写道：

“杨南生作为四院的院领导，有信仰，没架子，不要名利，只要技术，因此，他能够深入基层，细心听取科技人员的意见，从不武断，但又敢于负责，敢于决策，是一名合格的共产党员；作为老师，他才高八斗，答疑解惑，甘为人梯；作为战友，他平易近人，乐观豁达，先人后己，他的身上有一种思想深度和精神层面的厚重让人震撼，令人感动。他很真诚，不虚伪，原四院党委书记胡建华说：‘他就像一杯水，清澈、透亮；他就像一片阳光，有着赤子之心，他太清纯、太令人感动了！’的确，杨南生已是人们心目中的楷模。”

大德无形，人心有秤。一个把自己放得很低很低的人，人们把他举得很高很高。

杨南生是开创中国固体火箭事业的丹柯。他把自己一颗赤诚的心掏出来，做成火把，高高地举起，率领着一支钢铁的队伍，在黑暗中披荆斩棘，开辟出共和国固体火箭事业的光明世界。

播下的种子，终将收获更大的成果。

2021 年 10 月 19 日，四院又创造了一个重大胜利——由四院自主研发制造的目前世界上推力最大、可工程化应用的整体式固体火箭发动机试车成功。它标志着我国固体运载能力飞跃提升。

九泉之下，杨南生与他当年共同领导四院的老战友林爽、薛伟民、亓子宜、肖淦以及宋敬贤、米富珍、路九牧、李乃暨等当有无限的骄傲。

杨南生一生的人生轨迹，对于我，就像三维世界里的另一片天地。直到他离开这个世界以后，我才被活着的人们无法忘怀的记忆带进了他曾经的峥嵘岁月。

我在日记中对他说：

南南，在我们一起的二十九年中，你几乎从没有给我讲过你为你热爱的国家和事业所做的一切。你在我这里关闭了你所有曾经的辉煌、艰苦卓绝，你只用纯粹的爱，明亮温暖的心灵照耀着我。我就像一棵小草被风带到了你的身旁，你像一个天使，聚集起你生命最后的光和热，让我长成了花朵。

今天，当我一点一点知道了你的过往，震撼之余，更深深地懂得了你给予我的爱，是沉淀了你一生生命的内涵与光华！

我不知道，如果当初我便知晓你传奇的一生，我还会不会有胆量嫁给你？没有如果，只有我无限的幸运。

南南，此刻，我多想拥抱你一生的峥嵘岁月，拥抱你一生的铁马金戈。我愿依偎在你的脚下，为你读伟大的《神曲》；我愿拉着你的手，在贝多芬的《英雄交响曲》中，穿越那最后一个烈火般的音符……

2019 年 3 月 13 日

第三章

我们结婚吧！

第一节

爱情是两个灵魂的相遇。

我曾想过，如果认识杨南生之初，我便知道他是一个为国家做了那么了不起的事的人，我还会无所顾忌、青春飞扬地和他走到一起吗？

或许我没有这个底气。

幸运的是，我那时一无所知。杨南生在我眼里是一个没有任何附加色彩的纯粹的人，像是从星星中走来的。而我在他的眼里同样清澈单纯，如森林里跑出的一头小鹿。我们闪动着自由、明亮的色彩相爱了。

但是，相爱之后，是忧伤与迷茫。我们谁也看不到前方的路。

从北京西苑机场分别后，书信成为传递我们彼此心意的唯一途径。

在那些天各一方的日子里，写信、读信、等信是我们生活中无比快乐也是淡淡忧伤的时刻。当他去世之后，我从抽屉里取出那满满一口袋他写给我的 96 封书信，从他的文件包里捧出他存放的整整齐齐的我写给他的 98 封书信，一封一封读来，泪落如雨……

他从北京回到西安的次日，即给我写来第一封信。

小平：

我们昨天飞机提前走，提前到，回到家来后，我心里充满着没办法压抑的回忆，连音乐也不想听，真是“剪不断，理还乱”。把苏东坡的那首词也找出来反复默读了许多遍，心情更加怅然。但是为了让你知道我已平安返回，让你知道这次的“萍水相逢”对我留下了多少“难言”的心情，请恕我还是用这封信做个“小结”吧；并再将苏东坡的词抄一遍供咱们这两个“忘年交”作为“共忆”或“共勉”的资料吧。

水调歌头

苏子瞻

明月几时有？把酒问青天。不知天上宫阙，今夕是何年？我欲乘风归去，又恐琼楼玉宇，高处不胜寒。起舞弄清影，何似在人间。

转朱阁，低绮户，照无眠。不应有恨，何事长向别时圆？人有悲欢离合，月有阴晴圆缺，此事古难全。

但愿人长久，千里共婵娟。

顺祝

工作顺利！

“难”

1984 年 6 月 3 日

他信中落款的那个与“南”同音的“难”字，让我感受了他难言的忧伤。随信还寄来他抄录的两首英文诗，他问我能不能试试翻成中文。

两首诗的原文是：

The Arrow and The Song

H. W. Longfellow

I shot an arrow into the air,
It fell to earth I knew not where;
For so swiftly it flew, the sight,
Could not follow it in its flight.

I breathed a song into the air,
It fell to earth I knew not where;
For who has the sight so keen and strong,
That can follow the flight of a song.

Long,long afterwards in an oak,
I found the arrow still unbroke;
And the song, from beginning to end,
I found again in the heart of a friend.

The Daffodils

W. Wordsworth

I wandered lonely as a cloud
That floats on high o' er vales and hills,
When all at once I saw a crowd,

A host, of golden daffodils;
Beside the lake, beneath the trees,
Fluttering and dancing in the breeze.
Continuous as the stars that shine
And twinkle on the Milky Way,
They stretched in never−ending line
Along the margin of a bay:
Ten thousand saw I at a glance,
Tossing their heads in sprightly dance.

收到他的信，我激动坏了，一遍一遍地读，直读到能背出来。我开始写回信，一直写了好几天。

南生兄：

信收到，晚上我又失眠了。

也许你想象不出，这已经是我给你写的第三封信，前两封没有寄出，它们都只开了个头便无法再写下去。这些天，我不知道自己是怎么过来的，时空都突然变得乱糟糟的，总有一种错觉：飞机还没走。

人的一生中，心灵难得几次大的震动。今天，当我处在这种震动中，确乎有点神经质了。这或许是不能为人所理解的，但我了解自己，相信自己。

我是一个与我们同时代者有着共同印记的人，追求过、失望过、彷徨过、冷漠过。我又是一个被同伴笑为永远不懂人世、只会生活在梦中的人。我不相信诗不是从生活中来的，我不能容忍生活实惠到连情感都可以做交易。我执意要走自己的路。世上不合时宜者毕竟太少了，我走在自己的路上，常生出一丝淡淡的惆怅：难道音乐、诗歌所表达的境界在现实中真的没有？难道“理解”这个词只是人们随便造出来的？……终于有一天，在无边的大海上，我碰到一只迎面驶来的白帆，凭我的感觉，眼睛和心的触角，我毫不怀疑，这正是我梦中的白帆！

……

话说起来就收不住，我还是命令自己停下笔吧。不然，你会读得“发困”了，适可而止，你还会硬着头皮读完。

那两首小诗我还没译，这些天，除了上班，我没法平静地做任何事。等稍后译出寄上。

那份“共勉”的“资料”正是我非常喜爱的一首词，在结束这封信之前，让我默默地把它背诵一遍……

保重！

小平

愚弟

1984年6月10日晚

我们之间的书信往来就这样开始了，那真是幸福而又染着淡淡忧伤色彩的时光。

小平贤弟：

今天到学校，果然收到你的信。

我似乎也将迷信“心灵感应”或“特异功能”之

类的事物了：我确曾预感到会有这么一封信，尽管它的前两稿都“流产”了，但是我从这个终于寄出的信里仍然似能读得到那些没有完全写下来的话。——会读得“发困”，以致要“硬着头皮读完”吗？可是你当然知道：我已反复地读了多少遍，却仍想再读。不但尚未“发困”，却只担心今晚又需增加服用的安眠药量了。

倒是真有点不太放心你：怎么小小年纪也有时失眠？可真要多注意啊！你可不能像我那样不理它。因为在你前面还有那么多的寒暑、日夜、岁月……是不？

本想不再写回信，以免——不，应该说：以便你早些恢复平静。但又怕你会担心我没收到信，所以决定还是写这封信，告诉你一声：收到了，——也已写得太长了吗？没有读得“发困”吗？但是，无论如何，我不再盼你的回信了。要好好上班、工作、休息……总之，让这个“震动”的“余震”尽快平静下来吧。好孩子乖，听话！

两首英文诗从容推敲着，慢慢地、反复琢磨地译吧。本来我主要也是供你“共赏”的。

再谈了。我也又在默诵着那首“水调歌头”……

祝

愉快，工作顺利！

南生

1984 年 6 月 15 日晚

给我开的那些“诗文药方”，我正在设法找（恐怕还需不少时日），读后或再向你汇报感想？

又及

这封信中，我注意到，他在“我不再盼你的回信了”那句话下面，画了一条粗线。我感受到他在这句话后面极力压抑的情感。而在追补的“又及”中，我读出，他依然向我敞开着他的心灵世界。

我连夜给他写了回信。

南生：

回信今天收到。

很坦白地说，读了你这封竭力以轻松口吻写出来的信，我的心情却不轻松。你写的这封信我理解，但你给我写这封信却是你不理解我了（也许我没说对）。我不知道用什么样的话来说明。我想，你一定喜欢听舒曼的《梦幻曲》吧，那诗意浓郁的梦幻旋律表达了什么呢？它一定是表达了一种美好的人生境界，表达了人对这境界的执着、陶醉，生活因有这境界的存在才变得可爱。

也许你会反驳我：那是梦幻。不，我从来认为精神情感的东西是生活实实在在的一部分，它不同于虚无缥缈的梦。它是人们所以成为人的最本质的东西。

我承认，生活中有人是绝无“梦幻”的，有的只是等价交换，利益周全。噢，饶恕我，我没有福气消受这样的人生。我会深深地痛苦。

是的，从某种意义上讲，我现在沉醉其中的也可算是一个梦，因为它似乎没有办法成为常人所理解的“现实”。但在我看来，这“现实”不过是一个形式而已。内容与形式统一当然是最完美的，但如果不能统一，内容的存在却是首位，而且更显得珍贵。我珍视内容，一辈子珍视它。我情愿一生只有内容……

好了，还想说很多，但暂时不说了吧。原谅我今晚太激动，乱说了一通，我常常拿自己也没办法。你说过，很不理解现在的一代。我发现，现在的一代在你眼里或许是只知道向奶奶要糖吃的实惠而又简单的小孩子。不，不是这样。你会慢慢理解的。尤其是现代的一代中那些不循规蹈矩的人。

记得一首诗中说过：“有邮差在，生活就充满诗意。”我直言：“我盼信。”

……

小平

1984 年 6 月 20 日晚

我想，那时，我对我们感情所面临的难度，并没有真正地理解，我只是带着一个少不更事的女孩的浪漫。在之后的书信交往中，我才一点点感受懂得了浪漫之下更深的东西。

一个多星期后，我拿到了他的一封写得很长的信。

小平：

今天上午拿到了你 6.20 的信，回来后读了 2~3 遍（也许是 4~5 遍），愈读愈吃不下饭（我今天中午自己冲了方便面吃，本来下午要去开会，但是忽然通知说不开了）。勉强把饭吞完后，本想睡醒来再写回信，但是怎么也睡不着，觉得想说的话太多了。恨不能当面去说说。现在决定用薄纸写，写尽量小的字，以免信超重（顺便说一句：我妹妹曾经笑过我，写信的字总是又大又草，好像生着气写似的）。

先从哪里说起呢？先说你说上一封信是不理解你了——我真是委屈啊！其实我也看得出你不见得真这么想，因为不是你在“不理解”后面又用括号写上（“也许我没说对”）吗？当然，小平，不是你没说对，是你故意没“往对上说”。你当然知道，我至少没有把你列入只知道向奶奶要糖吃的实惠而又简单的一代人之一的。那封信我确实采用了一些表面轻松（而写时心情沉重）的口吻写的。但我却没想到给你也增加了沉重的心情，而不是我原希望的“轻松”。

……

是的，你这封信里关于人生中美好的东西可能确是与“梦幻”相关联的，而且这种梦幻是实实在在的生活中的一部分，只有这种带些梦幻的人生才使人所以成为“人”。这几句话（包括下面的好多话）都写得实在好，它真写到了我的心坎里（原谅我插在这里加上一句真情的暴露：我真想再拥抱你一下！但愿这不太违反我们的民族习惯）。

舒曼的《梦幻曲》是我从中学时就一直喜欢得很深的一首曲子，它从我十几岁的时候就使我流过泪（顺便“炫耀”一下：我现在有着它的“小提琴版”“钢琴版”“大提琴版”，甚至带有“轻音乐装饰”的版。什么时候你真到西安来时，一定让你听听。不，是一同听听，如何？）。但是，你可能也知道，（我也是很晚以后才知道的），它是舒曼“童年组曲”中的一首。于是，我才理解：这样的梦幻境界是作者把它和童心（或者“赤子之心”？）联系在一起的。是的，生活中只因有这种境界的存在才会可爱（除了人以外，大概别的动物确不可能有这种境界的）。这也确实是我的信念，而且是很重要的一条信念。

现在又在别人的“心田”里找到了这首“失落”的曲子了。

今年人大时，我还诌了一首“破”诗（既非七律又非打油），拿给了季老（作者注：西北工业大学校长季文美）看（因为我常在他面前说些带玩笑味道的“走火”的话，而别人在场时，他又替我用圆场的口吻说“童言无忌，童言无忌！”）。

季老人极好，我很敬爱他。去年曾和他“同居”了三个星期，我们之间能谈得来的事不少，虽然他比我大着也几乎一代。他对我说话常用着“兄长”的口吻：有同情，有爱护，有忠告。我写的“破七言”现在抄给你看看（我告诉季老说，这是我的“述志”诗，不是说“诗言志”吗？）：

且将讽世度余年，

半真半假言笑间。

古今中外时空异，

丹心赤子乐无边。

你看，我在后面这两句里是不是也提到“丹心赤子”？是的，我确是这样信念着的。但是确也并没有完全做到。

有时候我也问自己：一个60岁的人，特别是我们这一代：经过半殖民地社会，童年时受过一些封建教育（读过私塾、背过《三字经》），然后很系统地受过资产阶级教育，然后是“曲来弯去”的30多年“社会主义教育”。到过社会主义国家（苏联、波兰），长住过或短访过资本主义国家，甚至殖民地国家（独立前的印度、斯里兰卡、新加坡、马来西亚、越南）。

有过这么多样的社会经历（光是这30多年里就有土改，镇反，反右，“大跃进”等；如果算到30多年前，还有日本人占领下的亡国奴经历，“华人与狗不得入内”的本国国土上的“二等公民”经历，抗战时期挨轰炸，挨国民党特务砸宿舍的经历，看见过国民党抓壮丁，用过每月贬值10倍的货币，每月常常提着一满提包钞票上街买日用品……），现在真还能“保其赤子之心”吗？我自己也不太相信自己真能做到这一点，所以那首诗无非表述一下“理想”而已。

话越扯越远，还是拉回来吧。对于你们，我可确实真心相信“赤子丹心”的保持是可能的。特别是“认识”（不只是“相识”而已）了你以后，我更是如此。

这两天开始读到了几篇你介绍的小说（邓岗的《迷人的海》，他把那个“小海碰子”也写到我心上了；《没有纽扣的红衬衫》正在看，也已经使我喜欢上那一对姐妹）后，更开始相信，新的一代中确实有着“思考或追求的一代”的类型。可能还不在少数（至少不是个别）。我觉得相识虽还不久，我对你的了解确在加深，对你的感情也在加深。可是，我的另一面（非“赤子丹心”的那一面）却在不断地警告自己：可别害人哪——你先别生气，听我慢慢说下去，好吗？

我也许因为到底是学科学的（而不是学文学的），我总也忘不了达尔文的进化论：人无非是从猴子演变而成的一种动物而已，不论是属于什么“灵长类”“有思维类”，或“会用工具会劳动”之类，但反正高级动物也还是动物之一类而已。于是（千万原谅我写得如此鄙俗吧！），人的感情中的一种——恋爱，就总不能是纯梦幻性的啊。它至少要受生理年龄的限制吧。相差 10 岁，甚至 20 岁，也许还是科学上（不是文学上）能够通得过的；相差到 30 岁以上的恋爱（梦幻上，感情上，理想上，我也承认仍是完全有可能是“实实在在”的），在科学上总是不可能合理的。（即使撇掉所有的社会因素不顾），如果一方在生命过程中已走到最后，另一方却还正在开始，这样的结合，或恋爱，能符合自然规律，或符合科学条件的吗？作为生命过程已接近尾段的一方，对这一点如果不予考虑（特别是对方是属于不失“赤子之心”那一类型时），这不是自己允许自己去害自己真心所爱的另一方吗？

从这一点思考时，我就可能有意无意地把信有时写成你不爱读的口气。我可真不希望我们的感情（现有的，和可能发展的）会成为你完全应该而且可能得到的人生幸福的障碍啊！*（*存在心中成为无形障碍，比有形的障碍更糟）。简单说来，就是年龄上的原因。年龄带来的“代沟”也还是可能消除，甚至完全填平的；可是年龄的那么大的差距在生物科学上却是一项“不可逆”的事物变化啊。说了这么多，能原谅我一些吗！我如果不这么想，不强迫（确实近来越来越感觉有“强迫”自己的必要性）自己这么做，我自己也不能饶恕自己：太自私了（或云：“自我中心”）！而社会里，别人，按北京方言说，就会认为我是“太缺德”啦。不对吗，小平？

我也非常欣赏这句话：“有邮差在，生活就充满诗意。”（舒伯特的声乐套曲《冬之旅》中不是也有一首《邮车》吗？电台常广播的，听过吗？虽然这首并不如其他几首好，但恰好也是这个主题。）但我不愿意邮差给你带来痛苦，连惆怅也别带去才好。怎么办呢，小平？

这次轮到我盼你的回信了。几个字也好。我真……（临行前电话里说的几个字，这里不再写出来了）祝幸福！（现在的，未来的，都在内）

南生

1984 年 6 月 29 日午

拿到这封信，我读了又读，在这封文字极力克制、冷静又充满科学分析的信中，我感受到涌动在海面之下的厚重的情感波澜。我不知道如何回信，就好像看着心中的那片白帆在疾风中挣扎着，似要离我远去，又努力不舍地向我靠近。我已感觉，若稍有犹豫，放松脚步，它将会消失在我看不到的海的深处。

我惶恐，不安，忧伤，终于，抓起笔，写下回信：

南生：

6 月 29 日午的来信昨天傍晚读到。读过一遍、两遍、三遍……我默默地走上街头，徘徊到很晚很晚，我不知道自己在想什么，不知道怎么想，只觉得有一种难言的情感弥漫心间。回到宿舍，想提笔写信，呆坐了很久，竟一个字也没写出来，只有泪水静静地流淌……

我第一次感到语言是多么乏力，此刻，如果我能坐在你的面前，望着你，一切就都不必说了。

我理解你信中所说的一切，完全。你没有再故作“轻松”，一切都是自然、诚挚而深沉的。我想说：“让精神、情感的东西保持它的自由吧，给梦幻于生活中一席位置吧，别的，我不想。”仅此，我已感到真正的幸福。世界上的“赤子之心”并不是俯首即拾的，我一旦遇到了它，被它所无法抗拒的吸引，我就要献上我全部的热爱，并永生珍藏。

这就是一个傻孩子所必然要做的，因为她热爱生活，热爱真诚的生活。

南生，现在唯一使我快乐的是让一切顺其自然发展吧。（我无法得到的，我不奢求。我只要一纸素笺，和难得的相见。）

原谅我，这封信写不下去了。我不知道怎么写下去，脑子太满。此时，我多么想与你在一起，一同聆听那首《梦幻曲》，我知道它是舒曼回忆童年生活所作，但人生的神圣、美妙不也就在那永不泯灭的“童心”吗?

……

诚挚地祝福!

小平

1984年7月4日

当这封信还在路上的时候，我收到了他7月9日的信。在这封信里，他第一次让我看到了他的眼泪。

小平，我亲爱的孩子：

今晚，我几乎听了一整晚的音乐（肖邦的钢琴曲，舒曼的好多曲子，还有 Stephen Collins Foster 的黑人民歌），禁不住流了许多泪。——自己却感觉有点“没羞”：这么老了，还在哭。而且我忽然想起我的小外孙，他最近忽然学会了一手，常常哭了一两声后，突然就自己止住，说“不哭了”。我也真想学学他，却学不会。刚才有时还真想跟着唱起几句，却忽然发现喉咙也哽住了，不能成声。

……

你说：“精神世界应该是彻底自由的。”（这句话我完全同意）；你又说“虽然也会有‘烦恼’‘悲哀’，但却是一种心甘情愿的‘烦恼’‘悲哀’”——这话对我这样的人（基本上没有什么“明天”，只有过“昨天”，并且正在过着“多余人”的“今天”的人）也是恰当的。可是对于一个刚开始过自己的“今天”，还有着那么多“明天”的人，这样地生活下去，行吗？这样的精神世界能让一个爱她的人（已爱得很深，而且其中成分似乎还挺复杂：有对“知心人”的爱，有对“心上人”的爱，或许还夹杂着一些“出于责任感”的长辈式的“父爱”），放心吗？安心吗？忍心吗？

不写了，今晚先写到这里吧。明天我还要照例加夜班看材料（星期二晚上常要看到12点以后才能熄灯，而且星期二晚上可能用脑多一些，常常吃上三四片安眠药也睡不上一两个小时）。我只好也是为了“明天”，暂时搁笔了。

真想飞到你的身边，能看看你在恬静地睡着才好（我或许会偷偷吻你一下的，但一定不吵醒你）。

晚安！

南生

1984年7月9日夜（其实已10日凌晨）

紧接着我收到了他的另一封信。

小平：

还是让我先写几个字吧，虽然暂时先不寄出。

刚才我把你这封信（7.4）拿到枕边又读了一遍（收到后已读过三遍，也许四五遍了。）这次只又读了一遍，可足足读了半个多小时：一边读一边想……一边不停压抑着自己要发出声音的呜咽……是的，要说的话太多了，要能见到面，“一句话也不说地谈谈心”多好。记得有一个英国作家，R.L.Stevenson的一篇散文中，大概是写“徒步旅行”的，说道，有时两个知心朋友在一起互不交谈的相伴（他用的似是“silent company”）比一个人的孤独是更“完满”的孤独（他好像用的是“perfect solitude”）。今晚忽然想起这句话，而且才真正深刻地具体地理解了这句话。（小平：一个多月来，我理解了，深入具体地理解了许多许多以前读过的东西。一生快走完了，一直没真理解，还曾自以为已理解它们呢！）

……

正好纸尽，就此住笔。静候来音，届时一并再复。——你正在睡着吗？让我轻轻地吻你的双眼！但愿你真的睡得静静的，甜甜的！

南

1984 年 7 月 14 日夜 12：55

很多年之后，我找到了 R.L.Stevenson 的散文《徒步旅行》，从那沉静诗意的文字中寻找着“perfect solitude”的意境，在静谧中仿佛听到了我熟悉的那颗心的声音。

第二节

在充满爱又充满惆怅的通信中，我们都对彼此有了更多更深的了解，相互在对方的世界里，发现着自己久已的寻找。

“爱情，不是一颗心去敲打另一颗心，而是两颗心共同撞击的火花。”（伊萨科夫斯基）

杨南生曾给我寄过一本《小王子》（1984 年 6 月 23 日寄）。这本书是他在北京开会时向我推荐的。他在书中附的一封简短的信里说：

这本《小王子》你找到了吗？估计它不太容易找，所以我先把这本（我只有这个“法汉对照”的小册子）寄给你。如果你以后另找到时，请将它寄还我（因为我很珍爱这本小书）；但如果你另找不到，就将它赠你吧。告诉我，你喜欢这书吗？

这些日子来，我忽然总被一首许久以前学过的一首小法文诗缠在脑子里，总也摆不掉它。真感觉苦。把它抄给你，并附上我的“意译”（我不会译诗，所以完全没押韵），也许你能找到一位懂法语的同事代看看原文，然后也许你会把它更好的译出来，寄我。如何？——法语是很好听的，虽然我念不好，可是真想把它念给你听听。

【意译】

荆棘花开了

T. 克林梭

荆棘花开了；
是什么鸟儿，她这样歌唱着
在那边树林里；
荆棘开花了；
是什么鸟儿，她歌唱在我的心里？

【原文】

L' épine en fleur

T.Klingsor.

L' épine est en fleur;

Quel est donc cet oiseau qui chante ainsi là-bas

Dans le bois;

L' épine est en fleur;

Quelest donc cet oiseau qui chante dans mon cœur?

收到《小王子》和这首法文小诗，我开心极了，那天晚上一直读到凌晨3点。合上书，我久久不能入睡，在这本满是杨南生阅读时画下的各种标记符号的小书里，我感受到了他一颗如小王子一般晶莹、高洁、美好的心灵。我兴奋地给他回信。

南生：

《小王子》收到，当晚一气读完，心情久久不能平静。那位纯洁、真诚、深挚的小王子，把我完全带入了一个“清新”的世界，美好的世界，我整个儿被陶醉了，小王子“驯服”了我，他将成为我心灵中永久的朋友……然而，我还是感到了淡淡的惆怅，小王子最后竟消失了……不，不，他不应该消失，不应该，如果他真的回到了他的世界，我愿意跑遍每颗星星去寻找他！

南生，谢谢，我非常喜欢《小王子》，非常。

在读完全书的那一刻间，我多想一下子飞到你身边，一句话也不说，只是默默地看着你、看着你……

那首法文小诗我亦十分喜爱，简短的几句，表达了含蓄美妙百转柔肠的情意。可惜，无法听到你用法语读它，想必那一定是非常美的。

……

北京已进盛暑，令人昏头昏脑的日子又来了。从电视天气预报看，西安还比较凉快，为你高兴。不过想必还是要热几天，不可大意。你说过西安夏季的冷饮不怎么样，我真想发明一种无形空投机，把北京那么多冰淇淋、雪糕、酸奶每天给你投去一大堆。咳！

还想说很多，暂不说了吧。多保重！

《小王子》若日后找到，我便和你交换，若找不到，这本就先放我这儿啦，好吗？

又及

小平

1984 年 6 月 29 日

我很快收到他的回信。

小平：

今天到学校第一件事就是到信箱里找你的信。你可能也猜得到：我是多么盼望着你也会和我一样喜欢这本《小王子》啊。你知道吗，我虽然买了它没有多久，但把它一直放在床头，夜里睡不着时，就随手拿起它，随意翻开一页读下去。所以也算不清到底是读过几遍了。还要告诉你的更重要的一点是：我每次读完它，都想在我认识的人中想找个什么人，让他或她也读一读，然后一同“品味”。可是把所有的人都想遍了（老同事、老同学、儿子、女儿、女婿、弟弟、妹妹……甚至想到了已去世的爱人），可是心里觉得他们之中没有一个会和我一样喜欢这本书的，所以也就一直没有把它借给任何人看过。但是，你看，一认识你（也是跟你学的：“凭我心里的触角”），我就向你推荐这本书，而且回来终于还是忍不住要寄给你。结果，果然我得到了预期的回答。让我也“谢谢”你吧。我的……（真希望在这里写上比名字更能表达我心情的什么称呼。但是，还是空着吧，留着给你自己选。行吗？选好后，将来我会认真地有时用这个称呼叫你。但或许不在信里，而是在下一次见面时？）

千万别惆怅，一丝也不要！世界上，既然有人会写出这样的书来，而且还已经成为“名著”（书的作者似乎还活着呢），那么这个世界里一定还有不少爱这本书的心存在着，跳动着。所以“小王子”并不一定真已回到了他的星球。咱们这颗星球上的25亿颗心里，一定还有不少他的身影或心灵经常闪耀着的地方或时候。（我原就是打算把我这本送给你的；我也想到，如果你能另找到，你也会留下我读过的这本。你看我的笨手还为它包了书皮，甚至写上费了不少力气的封面哦。现在你果然也是这么想。多好！你能找到另一本时，把你的一本也务必留上你的一些“痕迹”再寄给我吧。如果是“交换”，这个“交换”的可不是书呵。是不？）

为一本小书居然写了这么多。读“困”了吗？那么原谅我吧。——你怎么不能在此时此刻真的飞到我身边，让我也默默地看看你，让我们一同回忆回忆这本小书里的几段？是的，我也直言不讳地告诉你：我也是已经被“驯服”了，但不只是被那个虚构的小王子，而是被一个活生生的年轻人。有时（这么多天以来）常想：“心上人”这个词不知是中文原有的还是从外语译来的？但这个词的含义我近来才愈来愈理解了（可惜自己已“年逾花甲”了，才真理解这个常见的词）。真是一直在心上：无论自己在哪里，无论自己在做什么，那个人总是在自己心上。我以前可真没实实在在地理解过这个词，还以为它只是文学家创造出来的“美丽字眼”而已呢。还有（假如你不责怪我更坦白地告诉你的话），我也真希望自己能成为自己的“心上人”的“心上人”。但我又曾严肃地告诉自己：如果这真也能如愿的话，我可又希望我在这个“特定的人”的心上不能具有“排他性”，我一定不能影响她的终身幸福，一定不能使自己成为她寻找（或巧遇）到终身幸福的“障碍物”，或“障眼物”，或“障心物”。这可都是 100% 的真心话！至于原因，上封信已写得很多，当然可以不再啰唆了。

……

祝“清新感”战胜“惆怅感”！切切！

南生

7 月 11 日夜

《小王子》是杨南生送给我的第一本书。读着他的信，我心里充满无限幸福，“小王子”成为我们心灵的一条秘密的、星光灿烂的通道，成为我们情感的一条无法割裂的、永恒的纽带。我清楚地记得当有一天我们真的坐在一起共同翻阅这本小书时，当读着那些闪闪发光的话语时，我们彼此久久地深情凝望……

“星星发亮是为了让每一个人有一天都能找到属于自己的星星。”

“如果你爱上了某个星球的一朵花，那么，只要在夜晚仰望星空时，就会觉得满天的繁星就像一朵盛开的花。”

“真正重要的东西都是用眼睛看不到的，要用心去看。”

爱，如此迷人而忧伤。从杨南生的每一封信里，我都感受得到他热烈而深厚的爱意，同时又因为对他心爱的人怀有的责任而极力从爱情中挣脱自己的深深纠结与痛苦。

他曾在一封信中，借用歌德与牛顿关于颜色理论的争论，通过物理学家亥姆荷尔兹（作者注：亥姆霍兹）对其争论的评述，表达了自己内心无法抉择的两面。

> 亥姆荷尔兹说：“如果把自然界比作一个舞台的话，那么文艺家所关心的是这舞台的情感、意境；而科学家所关心的却是舞台的布景、灯光、道具……”他似乎还表示：“只关心自然界的前者不能深入到自然的结构。”（大意）我看了这几段话后，还有一点体会：一个只关心自然界的结构，而不关心自然界这个舞台上的情感、意境的“科学家”，恐怕至少不能算一个完整的“人”。（至少是一个不关心“灵魂”的人，但是缺乏了“灵魂”，还能算个“人”吗？）不过，如果完全不理会自然界这个舞台上的布景、灯光、道具等结构，而只关心这个舞台上的情感、意境。这行吗？没有那些结构，这些情感、意境能形成、存在或保持吗？亥姆荷尔兹对歌德和牛顿两人的理论似都抱有同情。（他一碗水真“端的很平”！）但作为物理学家，当然在对“颜色”的解释上后来似更倾向牛顿，这或许归根到底还是有着“人生观”（或“对待某一事物的基本追求”目的？）上的原因，但或许也有着自

然界中各种事物的存在究竟是“物质第一”还是“精神第一”的老问题?

这封信可真是愈写愈抽象了，我也不相信我能把它说清楚，还是赶紧住笔。

1984 年 9 月 20 日

他在另一封长信中，甚至向我亮出了“王牌”，历数了如果我们走下去，我将面临的种种难关。

其一，如果我们结合，对我，我可以从此不要整个世界（因为我的现状已确可以不再要整个世界的其他人关心我，而且我的“末日”也确已屈指可数了），只要你一个人，只要你一个人爱着我，我就直到死都会是幸福的。而你呢?如果我们真的结合了，你得到了我全部的、真挚的而且即使是完全符合你的预想的爱，而却失去了你的其他——例如：你的父母的爱，你的同事、同学、朋友们的感情——因为他们都不同情你，或误解你，或怪罪你，或痛恶我，那么，你还会有幸福吗?

其二，如果我们结合，我这里原来所亲近的人（女儿、儿子、老同学、老同事）肯定会把你向你所没有想到的地方（因为我知道你的晶莹，所以他们想到的方向，你肯定根本从没想过）去推测，去肯定你的动机（他们用自己的“实惠”哲学来揣度别人的“市侩”打算），因而，你会“树很多新敌”——虽然我可以完全不理他们。而你呢?你能如此生活到底吗?当我“化作小草时”，（屈指可数的日子啊！）你一个人面对这些充满敌意的环境，这个冰冷的世界，又该怎么办呢?

其三，我在政治荣誉上、工作成绩上虽然还有一些好事情没有告诉过你（那些都无关紧要），但是都还有哪些坏的事情没有完全地彻底地向你倾倒清楚，你不担心吗？

其四，我们如果结合，户口怎么办呢？我此生一定决不再回北京定居。这不只是因为我不愿意人家会以为这是我和你结合的主要原因，而且也绝不让别人有理由猜想有理由在背后议论我才这么做的。那么，你怎么办呢？你想过：我国目前地区生活的差距吗？你亲自体会过吗？

其五，还有，我很不会料理生活（如做饭），而我又爱好房间秩序、清洁。你呢？你也很难期待我多帮助你（因为年纪我很快更老了），这会不会给你增加预想不到的麻烦或痛苦呢？

信的结尾写道：

信写得够“冷血”的。这或许是我天性中隐藏着的令你所不喜欢的一面？但还是让你早看出一些这方面为好。正是因为我真心爱我的小露珠，所以请谅解我，我一定要用理智（不能只凭感情）去爱护她，去爱护她应得的幸福！

亲爱的小平啊，我现在多么想，多么希望你能真的偎依在我的怀里，让我向你诉说更多的一切。吻你，吻你的双眼，我的小露珠！

南生

1984 年 9 月 15 日

这封满纸浸透着冷静与理性的信，让我忧伤而茫然。

记得那几天，我的心就像被风卷起的树叶，七上八下。信中所列的种种问题，都是我不曾想过的。我不知道如何回答那些具体而尖锐的问题，毕竟，我对红尘滚滚的人世还一无所知。

我该怎么办呢？

初秋的夜晚，天很高，星星很亮，我在纸上对远方的爱人写下我的爱与忧伤。

南生，我想念的人：

我该怎么回答你呢？……我哭了，为那世上真正美的东西，为自己的弱小，为现实的残酷！我多想跑到一个无人的地方，大哭一场……

或许，你不该过早地给我画了一幅如此恐怖的图画。我还不谙人世，许多事我几乎从没深入想过，有的我甚至无法理解。我不能想象，那一个个图画一旦成为现实之后，我会怎么样？我特别感到恐怖的是，当我一个人（有你在，一切都算不了什么）处在一种冷漠的包围圈时……（我几乎不敢想）我该怎么办？怎么办？

我只想哭，靠在你的怀里哭一场。

或许，真的生来就是为了走很远的路，而永远没有栖身的小屋。那么，我什么也不要，只让我的心伴着你的心走吧，走下去，不要任何形式，只这样走下去。到我临终的那一天，我将默默地说：我是幸福的。

1984 年 10 月 11 日

在那些痛苦茫然的日子，白天采访，夜里我写下一首首小诗。在诗中，消解着自己的痛苦，也守护着自己的梦。

我是一片云
来到这个世界
只为了走很远的路
永远没有一间栖身的小屋。

我是一颗露珠
来到这个世界
只为了默默地陪伴夜晚
永远不能在阳光下起舞。

也许
我还可以是别的什么
——厅堂的盆花
珠宝店的首饰
华丽的布娃娃。

决不能
我害怕

我害怕失去漫长的跋涉
害怕失去等待的苦痛
害怕失去多梦的夜
害怕失去旷野的自由的风。

让我永远是云和露珠
即使终了一生

我不希冀秋的果实
只想要一片叶的浓绿……

（《我是……》）

为了看天边的海
不惜从赤道启程
即使只是一眼
便离去匆匆。

为了寻找一颗星星
不惜走遍夜空
即使只是瞬间的拥抱
再也无缘相逢……

（《为了……》）

假如相识在昨天，
假如相识在下一个世纪，
假如不曾相识，
假如相识能忘记。

把惆怅留给夜晚，
把希望怀在梦里。
既然我们天生是两颗露珠，
就不必祈求阳光，
只用透亮的心去拥抱晨曦。
既然我们天生是两片绿叶，
就不必祈求花果，

只用生命的色彩为人间添增春意。
那一天
我们将默默地躺下，
化作两棵小草相依……

（《假如……》）

1984年8月18日

面对不可预测的未来，我胆怯、彷徨，不知所措。但心底那片爱的火焰却从不曾熄灭，就像一条细小的溪水，望见了前方的大海，它如何能回头呢？

我把写出的诗一首一首寄给他，我不祈求任何结果，只要爱着。

小平：

邻居刚才敲门，终于收到了你的信。——我盼了它多久啊！这封信（特别是这首诗《假如》），我已读了两遍，至少还会再读13遍的。

我的小露珠啊，我原来真不晓得你确实还是个诗人呢！是的，那么多"假如"，我都曾想过。可是，到底是60多年的"自然科学"课程工作，逼着我在思想里认识到必须把"假如"从现实生活中赶开，只在没有这些"假如"的现实中寻找生活的答案。然而，你又说得多好："既然天生是两颗露珠，就不必祈求阳光，只用透亮的心去拥抱晨曦……"（只是我看到"露珠"两字时，心中不免愧然：你确是一颗晶莹的露珠，而我呢？即使是露珠，也在它所构成的水分里混进了好多60多年来各种社会经历的污浊、尘土啊）。我也多么愿意“化作两棵小草相依……”可是我所读过的“自然科学”教本又在思想里打岔了：草是“一年生”的植物，如果相差了30多年的两棵小草，它们又怎么能相依呢？不，小平，我只希望：我化为“小草”时（当然要比你早几十年），你还是像现在一样晶莹的露珠，只要露珠有时能在草叶上闪耀一下，小草也就会得到湿润，也就感到心满意足了。这棵小草真心希望的，还是露珠永远保持它的晶莹，并会收到完满的幸福。

这首诗，我不是默默地读，而是忍不住要读出声来，像是听到你的声音，我哽咽着声音把它读了好几遍。此刻，仍止不住自己的泪。泪有时往外涌出眼眶，也有时自己感觉它们在倒着流进眼眶去，往心里流……

是的，小平，“假如相逢在昨天，假如相逢在下一个世纪，假如不曾相识，假如相识能忘记……”唉，可都是“假如”啊！我究竟应该如何面对没有这些“假如”的现实……

让我此刻再吻吻那双带着稚气、可又充满着多么深挚“理解”的眼睛。行吗？

南生

1984年8月22日

他曾在一封信中给我寄来一句英语格言：

Presence strengthens love,

Absence sharpens it.

我那时太年轻了，根本不能真正体会理解他心中的波澜。当他离开这个世界很多年之后，当我也到了当年他给我写这些信的年龄时，我才真切地懂得了他情感的深度。如果说，那时我的爱确如一颗露珠，晶莹、清澈，那他的爱则如历经人生风霜、日月精华而凝结成的一坛至醇至美的生命珍酿！

第三节

这个世界上，一些看似离奇的事物，总有它内在的不可动摇的必然。1985 年，是我和杨南生彷徨静默的一年，这一年的全国“两会”，他请病假未来北京。他在给我的信中说：

> 转入冬以来，我一直反复生病：感冒、咳嗽、腰痛……总之，去年的体力明显不如前年。估计今年当更不如去年。——我搞了 20 年的“火箭发动机”也是这样的：它的“工作曲线”末端下降很快。——所以，自己深感不该去干扰一颗年轻的心的平静。但愿在那里只留下美好的回忆（微微的涟漪，而不是波澜）。
>
> 客观现实乃是一切科学分析的基础。归根到底是我们所从事的专业或所受的锻炼（科学与文学）不同所致。
>
> 本月下旬的人大我已正式书面请假了。当然请的是“病假”（我确实已难以出差）。可是更真实的原因只有你知道，并盼谅我！
>
> 1985 年 2 月 26 日

读到信，我非常难过。在心里想，难道我们终将是擦肩而过的两颗流星？

我仍不时地收到他的来信，总是希望我能遇到现实的幸福，他也便永久地平静了。可我知道，我心已有归属，现实皆若浮云。我甚至想，什么形式都不要，只要把每年一次的探亲假用到西安去。

我把他抄送给我的那两首英文小诗 *The Arrow and the Song*、*The Daffodils* 译成中文寄给他，他十分高兴，一字一句地认真修改，并且在他认为译得比较好的句子下面用红笔画下记号。

今天，每当我捧读着这几页他修改过的译诗，便愈加理解了他当年抄送给我这两首小诗时的无限深意。就像那首《箭与歌》所表达的：

我向苍空射出一支箭，
不知它落在哪片山川。
飞翔如此敏捷，
我的目光被甩得远远。

我向苍空射出一支箭，
不知它落在哪片田园。
回声如插翅般飘过，
它是否要去追赶那只箭。

多年以后，在一棵橡树里
我竟发现了失落的箭——它完好无伤。
呵，我还找到了那首失落的歌，

从头至尾珍藏在一位朋友的心田……

如果说，我小时候曾有过的那个“如何才能找到爱人”的问题并不可笑的话，那么杨南生给予我的爱让我相信，“爱人”的确是藏在某一个地方的，需要张开心的无线电波去寻觅，听那声音，感受那频率，追踪那光影，不舍不弃，终会在那一棵“橡树”里与之相会。因为，即使在最寂静的日子里，我依然能听到他的心声。1985 年 6 月他给我写来一封信，附寄了他借韦应物的诗《答李儋》，略改数字，以抒内心：

去年花里逢君别，
今日花开又一年。
世事茫茫难自料，
春愁暗暗独成眠。
冬来病疴缠身苦，
评文阅卷亦无闲。
闻道欲来相问讯，
东窗望月几回圆。

两颗心在静默、渴望与忧伤中深深地爱着。

1986 年 1 月一开年，我收到了他告知的令人惊喜的消息：他将于 3 月来北京参加“两会”，因为“不敢连续请假”。

2 月我收到他的贺年卡，一盒录有舒曼《梦幻曲》的磁带，还附录了雪莱的一首小诗：

Music, when soft voices die,
Vibrates in the memory ;
Odours, when sweet violets sicken,

Live within the sense they quicken.

3 月，我们终于在北京再次相见了。

代表团到达北京的当天，我便迫不及待地赶到陕西团驻地。一眼见到他，我的眼泪就出来了。我们久久地拥抱……

他从行李箱里拿出一只小盒子放到我的手上，打开：一颗金色的卫星小模型，两颗红色的相思豆，最底下是一张一寸的黑白照片——40 岁的杨南生。

他深情地凝望着我，镜片后有泪光闪动。

那天晚上，我们在驻地的小花园里走了很久，聊了很久。他说，原本希望看到我找到合适的爱人，现在明白这对我们彼此都是一种折磨。唯有爱，能使我们幸福。

所有的彷徨，所有的忧伤，所有的逃避，在这一刻全部散去。爱，就像阳光一样，无论多少乌云、风雨，它注定就在那里。

这一年的全国“两会”，我负责西藏代表团的驻地采访，平日见不到杨南生。我们只能利用在人民大会堂开大会的机会匆匆见上一面。每一次见面，我们就像两个孩子一样急切而兴奋地聊着各种不着边际的话，我们都能听懂，彼此言语里只表达着一个意思：“我爱你！”

3 月 27 日下午，我们再一次在人民大会堂相见。开会前的短暂时间对于我们无比珍贵。他依旧快乐幽默地和我聊着各种趣事。突然，他靠近我身边，声音努力平静地说出一句：“小平，我们结婚吧！”

天哪，那一刻，我惊呆了，感觉整个人民大会堂都在轰鸣着一个声音——“我们结婚吧！”

我想说，我想一千遍地说：“我愿意！”可我呆呆地，说不出来，心蹦得像要跳出来似的。我不敢抬头，不敢说话，甚至不敢大喘气，几乎相信整个人民大会堂的人都听见了刚才那句话。

他温柔地看着我，轻轻地说：“不忙回答。你认真想一想，再告诉我。”

我不记得自己是怎么走进会场，大会是怎么开始又怎么结束的。只记得当天吃过晚饭，我迫不及待跑到他的驻地，一见到他，就冲口道：“我愿意！”

他把我的头轻轻地靠在他的肩上，激动地低语着：“小平，我知道，我知道你会答应的。”

花园的星空下很静，我能听得见他胸膛里咚咚的心跳。

“当我不知道会后悔时，我无所谓后悔。当我知道我将后悔什么时，我就不放过了。”他在后来给我的信中，这样描述了下定决心的心情。他开玩笑说：“我一辈子建立起来的科学思维逻辑，最终还是败给了爱情。”

记得有一句话：“爱情里，不理性才是最大的理性。”我坚信这句话。

第二天，我碰巧得到了两张北京音乐厅的演出票，那晚演出的几个曲目我已忘记了，只记得最后的曲子是他特别喜爱的小提琴协奏曲《梁山伯与祝英台》。20 世纪 50 年代，他在上海搞探空火箭时，曾听过俞丽拿的首场演出。今晚，那优美、婉转、动人的旋律，仿佛贴着我们的心尖滑过。

时光仿佛重现，4 月 15 日，我们再一次在西苑机场告别。然而，这一次我们的心情与两年前天壤之别。我在这一天的日记中写道：

“两年前，我们是朋友、忘年交，相爱的幸福被无法超越的现实蒙上深深的忧伤。今天，我们是爱人，是决定携手共赴未来生活的亲人，相爱的幸福被将要执子之手、生死契阔的人生注入永恒的力量……”

在等候飞机时，我们一直彼此深深地凝望着，没有言语。有一刻，他用手把我滑在额前的一缕头发轻轻地别到耳后，轻柔地说：“真美！”

飞机终于要起飞了，我不顾众人的目光，一直跑到机场警戒线边上，向着直上蓝天的飞机用力地挥动手臂。风扑面而来。这一刻，我想起了舒婷的诗——

让他们向我们射击吧，
我要穿过开阔地走向你，
走向你。
风扬起我纷飞的长发，
我是你骤雨中的百合花！

很多年后，杨南生的老秘书廉茂林告诉我，就是这次从北京回陕西之后，在老廉从机场接他回去的路上，他便迫不及待地兴奋地说：“老廉，我有重大的事情要告诉你！”

第四节

从决定结婚到结成婚，对于我们，依旧要跨越巨大艰难。彼此约好：“无论何种阻力，决不后退！”

我们各自为战。

我把这个天大的秘密首先告诉了我在单位最好的朋友王勇、蔡卫。他们比我小几岁，只因为对艺术、音乐、诗歌有共同的品味，对人生有一致的理解，成为心灵亲密的友人。也因为我们同处在一个精神碰撞、激情飞扬的年代，赋予了我们内心彼此的共鸣。

我语无伦次、颠三倒四地叙述着，没有开始，也不连贯，只是东一句西一句地描述着我遇到的这个即将要结婚的爱人。

蔡卫惊讶得把眼睛瞪得又圆又亮，兴奋地说："今天听到你说的事，哪怕我与你素不相识，如果有人向你投来不解、蔑视、侮辱的眼光，我恰恰要微笑着迎着你走上去。"

蔡卫是部队转业的女兵，曾是军区文工团的舞蹈演员，美丽又感性。她激动得几乎流泪。"你是勇敢的，看见了美丽的海，就不顾一切扑上去了……"

王勇没有蔡卫那样外在的激动，只是近乎严峻地静静地听着，沉静明亮的目光里有平日不多见的凝思。最后，他声音平静、缓慢，却近乎庄严地说："你讲了这么多，背景的东西都是次要的，使我动心的有两处：一是他对古典音乐的热爱，二是他在这件事上所表现出的无畏与勇敢。我已经大概把握了这是一个怎样的人——一个对音乐热爱到了视若生命的人，一个无比热爱生命、热爱生活的人，一个精神、心灵都永远不会衰老的人。你说，他有一个特点，甚至比你这样一个毫不通晓世故的人还要不懂世故。或许正因为如此，我更加喜欢、爱上这个人了，爱上即将成为你丈夫的人！你所做的，无论会被别人如何误解甚至污蔑，都值得！"

王勇是四川人，毕业于北京大学中文系，沉静、柔和的外表下，总有特立独行的思考。他喜欢写诗、绘画，我曾见过他为热恋的女孩画的一幅肖像，如诗如梦……那个女孩后来成为他的妻子。此刻，他的话更坚定了我的信心。

他说："你们这件事，是在这个过于平庸的社会、过于平庸的生活、过于平庸的人群中发生的一个奇迹！"

他们与我策划，第一件要办的事，是回山东老家过父母关，这是最难的一关。

于是，我立刻请探亲假，买票……两天后我已坐在父母家中。

果不出所料，他们听说我要嫁人，先是欢喜十分，当听闻我要嫁的人已过花甲之年，两人的脸一下子僵住了，坚决反对，不留余地。父亲给我下了通牒："如果你要和这个人结婚，就永远别再进家门。这个家没有你这个女儿！"

母亲在一旁连声附和："年轻小伙子有的是，你偏偏要嫁个老头。你是不是个'彪子'（胶东方言，意为"傻子"）？"

我的父亲是军人，当兵打仗出身，性情耿直倔强，说一不二。母亲原是教师，后做了随军家属，夫唱妇随，贤妻良母。他们都是善良敦厚、不善于表达情感的人。爱你，尽在大碗装饭；爱到痛处，尽在数落。

我不知道如何与他们交流，但我知道，我不会妥协。爱情婚姻是每一个人应该自己做主的事情，更何况，我遇到的是一个多么值得爱的人。

几天冷战之后，父亲看我毫无悔改之意，便下了"逐客令"。

那天早晨，我收拾好行李，在桌上给父母留了一张字条：

爸爸妈妈好！

我走了。请原谅你们的女儿。我只想让你们知道，你们是我永远爱的爸爸妈妈！

每次探亲离家，父亲总会把我送到火车站。这一次，他连家门都没出。

回到北京，第二天早晨我还在被窝里，蔡卫就来了，问我家里什么态度，我说了大概。她握着我的手问：“你最后的主意是什么？”我说：“一切按计划行动。”她用力地把我的手握了两下。

接下来，要闯第二关，去单位开结婚介绍信。那个年代，没有介绍信是结不成婚的。

我到单位办公室，负责结婚登记表的老于拿出一张表让我填。一看表，我蒙了。上面要求填写对方的各种信息，包括姓名、年龄、家庭出身、职业、职务、政治面貌、单位名称，等等。

认识杨南生这么久，此刻才发现，除了他的姓名、年龄外，我对他的其他个人信息一概不知。我硬着头皮凭想象胡乱填写：家庭出身——教师；职业——军工；职务——工程师；政治面貌——人大代表；单位名称——航天设计院。后来才知道，我一个也没填对。好在我们单位的人也都不甚了解，我得以蒙混过关。

我把表递给老于，她一眼看到了年龄一栏，一下子愣了，说：“别开玩笑了。”“没开玩笑。”我很认真。

老于是个非常善良的人，看着我恳求的目光，没再多问，详尽地指导我下一步如何办。于是，我拿着表直奔负责签字的老黄。老黄抓过笔，正要签，看到上面写的年龄，手停了，欲言又止。这也是一位非常和善的老大姐，她犹豫了一会儿，还是满脸狐疑地签了。

我不敢停歇，拿着表立刻跑到单位干部局，那位负责开介绍信的干部恰巧正在忙着什么，得知我来意，连表也没看，匆匆给我开出了介绍信。

我捧着一纸介绍信，像捧着“十世单传”的婴儿，又惊又喜。

回到采访室，同事告诉我，采访室的几个领导在隔壁小屋密谈了好久，据说与我有关。我一下明白了。

很快，领导出现在我面前，抛出了一连串的问题：他是干什么的？如何认识的？你家里同意吗？是否考虑受骗？……

这也难怪，我在单位同事的眼里，除了稿子写得还可以，其他方面基本属于不食人间烟火一类。有人给我起过一个绰号“小迷糊”，领导确实担心我是被人骗了。

王勇得知领导的警惕后，立刻让我把那封介绍信交给他保管，以免我粗心大意搞丢了，再想弄一份可就难了。

与此同时，蔡卫告诉我，社团委书记突然找到她，表示要给我介绍一个同在社里工作的对象，说那人有着雕塑一般英俊的面孔。蔡卫一口谢绝：“张严平已经有爱人了！”

当晚，我把将要结婚的事告诉了老编审舒人。他是发稿室主任，我刚进单位时，在他手下做了一年的“第一读者”。两个小时前，他已经从王勇那得到消息。

舒人是一位新四军出身的老编辑，有着老革命的坚定信念和歌德式的浪漫头脑。据说战争年代行军途中，他的背包里总背着一本《少年维特之烦恼》。他思维敏捷，性格豪爽，说话直接，常得罪人。但从他手里编出的稿子，则有“画龙点睛”“起死回生”的神效。他从不想当然地乱删乱改记者的稿子，总是小心翼翼地保护着每一个记者的风格，关键处，寥寥改上几笔，满篇生辉。据说，著名记者郭玲春的稿子，在他手上常常一边被不客气地批评，一边被不吝啬地赞扬，稍改几字，更是锦上添花。郭玲春曾说过，老舒是吼她最多的人，也是她最佩服的人。1978 年 11 月 15 日那篇著名的《中共北京市委宣布 1976 年天安门事件完全是革命行动》的 200 多字的新闻稿，就是舒人独具慧眼，从记者一万多字的冗长的报道中挖出来的，一经播发，推动了一个时代的车轮。他是单位当年仅有的两名高级编审之一。

老舒对我的婚姻的反应超出我的预想。他说：“能下决心作出这样的决定，一定是强烈的感情、巨大的勇气、清醒的生活态度的综合表现，是不凡的。”他表示“完全赞同，由衷地祝贺”！

得知我父母的态度后，他说：“这很正常。时间会化解他们心中的疙瘩。你去西安时，我替你父母给你带上两瓶酒，算是娘家人的心意！”

我一时哽咽。

永远忘不了，杨南生后来到了北京，舒人夫妇设家宴隆重接待，两人虽行业不同，却有诸多共同语言，得知老舒很喜欢小提琴，杨南生邀请他找时间来家里专门听小提琴音乐，舒人连连答应：“一定去！一定去！”不料，后来舒人生病住进医院，我与杨南生去看望他时，他依然想着听音乐的事。他有一个小录放机在身边，杨南生特别选了两盘舒人最喜欢的帕格尼尼的随想曲和协奏曲带给他。他们相约，等老舒出院后来我们家听一次帕格尼尼“专场”。但他们再也没有等到这个相约的“专场”。这年冬天，舒人病逝。

世间最珍贵的莫过于在最艰难时期朋友的心心相印、全力相助。多少年后，虽然舒人已作古，王勇、蔡卫去了国外，但他们给予我的最珍贵的友谊，永远珍藏在我的心底。

这期间，杨南生那边的消息让我安心。他来信说，他已将信息告知几位亲近的同志，他们虽感惊讶，但都为他高兴、祝福。只是要他一定要跟这个“生活在梦中的小孩子”强调一下可能面临的种种艰难现实。

他在信中说：“经过两年来的一切，特别是这几周来的一切，我对他们的问题心中已有和你一样清楚的答案。”

另外，他也将此事告知他的两个孩子。虽然他们的反应是他“不需要考虑的”，但他仍为他们“为父亲的高兴”而高兴得“几乎落下泪来。”

他对我父母的反对很难过，他说：“我绝不愿意你失去他们的爱。让我们一同尽力地做到这一点。”

接下来我听说，采访室领导受部里委托，亲自前往陕西外调杨南生其人。几乎同一时刻，杨南生单位的外调信也寄到了我的单位。再后来，是我的领导到了陕西，通过省里找到杨南生的单位，见到了当时研究院的政治部主任，两人竟一见如故，相谈甚欢。对于杨南生和我的婚事，他们全力支持。

现在回想这一切，似乎难免有点儿“喜剧片”的感觉。当时，可是犹如勇闯封锁线般悲壮。

千难万难，我终于要去西安跟杨南生结婚了。

1986 年 5 月 29 日一大早，舒人提着两瓶陈年老酿女儿红来为我送行。他说：“告诉老杨，他这个女婿来北京一定要到我家去，我好菜好酒等他！”

王勇、蔡卫早就要好了车子，与老舒告别后，他们一直把我送到火车站。我们一路少语，每个人都处在激动中。他们已决定，过些日子就休假去九寨沟，之前先到西安，为我们庆贺。

到了车站，我们一一紧紧相拥，满眼热泪。

“西安见！”

“西安见！”

列车一路飞奔……

仲夏的西安，阳光灿烂，米酒飘香。杨南生的同事和朋友笑脸如花……

1986 年 6 月 2 日，我和杨南生终于拿到了属于我们的红彤彤的结婚证。

这是彼此一生一世的承诺，

这是彼此全心全意的托付。

在他离开这个世界后，这份深情沉淀得愈加绵厚恒久。我在多年后的日记中写道：

> 南南，常常想起与你初见的情景。一个初出茅庐、一张白纸，单纯幼稚的小记者，一个阳光、丰富，阅尽世间、心灵高贵的智者，两颗最纯粹的心，仅仅因为爱，走到了一起，就像两个纯真无邪的孩子。回头想一想，你若有一丝世俗，是不会娶我的，一个丑小鸭，对家务又一窍不通，还有一份终年奔波无序的记者工作，根本无法好好照顾家；在我，若有一丝世俗，也是不会嫁的，你年长，清贫，远离北京，仅这三条就可以让绝大部分女孩选择逃离。然而，我们真是天生的一对，我们都对烟火世俗没有一丝一毫的感觉神经。我们的心里只有爱，于是，我们无限幸福、义无反顾、坚定无畏地结婚了！
>
> 2013 年 12 月 6 日

婚礼就在杨南生的小屋里，没有酒席，没有仪式。只有他的几个朋友各自从家里端来的拿手菜，和他们从院子的花丛中采来的鲜艳的红玫瑰。杨南生和我手足无措地被朋友们簇拥着，除了咧着嘴笑，还是咧着嘴笑……那真是世界上最温暖的婚礼。

朋友们散去后，我捧着结婚证呆呆地看了半天，歪着脑袋故作深沉地问道："南南，结婚意味着什么呢？"

他深情地看着我，带着几分疼爱地说："结婚意味着，从今往后，我们将要共享我们生活的快乐喜悦，共担我们生活的困难艰辛。但是，小平平，我只想让你得到快乐和幸福！"

我用力地点头，看着他，一个劲儿地傻笑。

那时，我根本无法想象命运让我与杨南生结婚对我意味着什么。直到 30 多年后的今天，上帝才让我看到了它所有的深意。

第四章

每个人都带着胎记来到这世上。

展明
1946
（为报考留英"庚款"公费生而照）

第一节

人生的第一口“奶水”是从他的家庭里获得的。

杨南生出生在缅甸仰光的一个中国福建籍华侨家庭。祖父辈从厦门流落到南洋一带，靠着挑货郎跑小买卖生存下来。到父亲杨允修这一辈，已是学富五车的谦谦书生。杨允修从小学、中学，一直考上缅甸的福建华侨留日训练班，赴日本明治大学学习银行会计专业，学成后回到缅甸，受聘为仰光华侨中学校长。他性情内向，品性厚重，深得师生敬爱。作为早年贫寒的南洋华侨人家的后代，他留给后人更多的是沉静与坚韧。

母亲萨本祥则生于中国福州声名显赫的闽侯萨氏家族。这个家族的历史，上可追溯到雁门（今山西代县）元朝忽必烈时期执掌兵权的萨拉布哈，为萨氏始祖，至元朝四大诗人萨都剌，获钦赐萨姓为立姓之始。萨都剌之后，萨仲礼获福建官位，举家由晋迁闽，由此，闽侯萨氏家族从萨仲礼算起，传至中国近代海军将领萨镇冰，已是16代了。

萨氏家族在700多年的历史中，人才辈出，仅近现代史上就有被称为民国赤子的清朝海军统制、民国海军总长萨镇冰；头顶日寇飞机，誓与战舰共存亡的中山舰舰长萨士俊；近现代著名物理学家萨本栋、化学家萨本铁、计算机科学家萨师煊、微电子学家萨本唐、数学家萨支汉；等等。

作为萨氏家族大小姐的萨本祥，聪明，率性，我行我素，少年时期便拒绝缠足，青年时在父亲萨君陆开办的“闽省华侨公学”中遇到南洋华侨穷学生杨允修，一见钟情，勇敢追求，不顾祖母阻拦，跟着心上人东渡日本，成了东京女子大学家政系唯一的中国女生，后与杨允修完婚，学成后随夫去了缅甸。

1921 年 12 月 29 日，这对年轻的夫妇在仰光生下了他们的第一个儿子，取名为杨南生，意为在南洋出生的孩子。之前，杨南生有过一个姐姐，不幸因病夭折。直到晚年，他还记得这位 5 岁的小姐姐以板凳做木马在家骑玩的场景。“她很美！”他总是这样说。

杨南生的性格融合了父母亲的两极——母亲的乐观、勇敢、无所畏惧，爹爹的坚韧、担当、忍辱负重。

杨南生两岁时，父母带他回到香港。杨父先是在陈嘉庚的银行做职员，后辗转于福建、北平，最后在北平图书馆谋得一日文编辑的工作，同时在清华大学兼任日语教师。

杨南生后来有了两个妹妹、一个弟弟。由于爹爹工资微薄，养家糊口已很艰辛，无力置房，全家人一直寄住在北平的外祖父家中。东单三条一座三层小红楼给了少年杨南生多彩的记忆。他曾在 60 多年后，特别带着我去东单这幢老房子前追忆过往，他指着已物是人非、变成大杂院的老楼说：“这里曾是我少年梦想的摇篮。”

这个大家族作风自由、民主，两个舅舅都是从美国回来的留学生，学习氛围甚浓，天性聪慧顽皮的杨南生如鱼得水。作为四个孩子中的老大，他带着弟弟妹妹们，把个花季少年折腾得天马行空、热气腾腾。

他带着他们玩弹弓，飞鸟、虫子、玻璃瓶都是他们练“枪法”的目标。当然，他是“枪法”最好的。有一次，他一发射中墙上的一只壁虎，爹爹看到后连连称赞。他还带着弟弟妹妹用纸壳设计制作各种模型，房子、飞机、轮船，其中最大的一艘轮船长达两米，甲板、救生圈、船舱、客房、家具……一应俱全。船舱的每一个门都是可以打开的，其精致逼真，连两个舅舅都为之叫好，专门为它拍了照片。这张照片一直被杨南生珍藏着。

他对自然科学的浓厚兴趣处处可见。他会在院子里的墙根下一蹲两三个小时，观察蚂蚁如何搬家；他会爬到树上看一只蜘蛛如何结网。有一阵他迷上了化学，在家里搞了一个化学实验室，常带着弟弟妹妹做实验，看氧气是如何生成的。有一次实验发生问题，装药的瓶子炸了，弟弟妹妹们吓坏了，他镇定自若，对他们说了一句不知从哪里学到的句子：“失败乃成功之母。”

或许是受到小时候这些玩耍的影响，杨南生的弟弟妹妹长大后都成了科研教学领域的人才。

大妹妹杨燕生是中山大学化学系教授。出生于“燕京”，故名燕生。在几个兄妹中，她是与哥哥相处时间最多的一个，她性情秀气温柔，说话时总是还没开口先有静谧的微笑，说话的声音也总是柔柔小小的。她很崇拜哥哥，哥哥让她做什么她就做什么。杨南生自习数学题时，为了加快速度，对凡是已经明白思路答案的题，就不再一一推演，统统交给燕生，告诉她步骤，由燕生帮他在作业本上演算出来。杨南生晚年回忆时说：“那会儿我这个当哥哥的真有点剥削妹妹的劳动了。燕生一句怨言都没有。”后来燕生在广州结婚，成了中山大学的化学系教授，南生常常怜爱地说："我想不出说话小小声音的燕生在课堂上是怎么讲课的。"

弟弟杨福生是清华大学电机系教授。出生于福州，故名福生。他性格柔中带刚，不像哥哥那样外向，但极倔强。杨南生记得，有一次，福生因为与妈妈顶撞，被爹爹打。那件事福生的顶撞是有道理的，所以他不认错。不认错，爹爹就继续打，福生一句话也不说，昂着头，像个威武不屈的勇士，把爹爹气得厉害。他后来对南生说："我那个宁死不屈的样子是从电影上学来的。"后来福生考入上海交通大学，这期间参加了共产党的地下工作，是一个热血青年。新中国成立后入清华大学任教，是中国生物医学工程学科重要奠基人和开创者，荣获中国生物医学工程学会终身贡献奖及国务院特殊津贴。福生身上有一种独特的气质，说话温文尔雅，思维敏捷锐利，有着"不说则已，一说惊人"的透辟与幽默，他与南生在一起聊天时，两人就像不同性格的一对双胞胎，那种语言的碰撞与默契，令在一旁的人听来真是一种莫大的享受。他的这一气质特点，也让他在讲堂上的授课别有魅力，深受学生欢迎。

小妹杨平生是中科院情报所研究员。出生于北平，故名平生。这个比大哥小九岁、美丽聪慧的小妹，曾是大哥一众同学、朋友心中的"女神"，追求者不下一个班，其中多位后来都成了科技界的名人。但她是一个美丽而不自知的人，从未为自己的美丽所左右，坚定不移地寻找自己的喜欢，最终与在中国人民大学学习时的一位同学结婚。她的身上有一种通常长相美丽的女性少有的朴素清朗的气质，从无矫情作态情绪化之类的习性，理智、坚定、俏皮、优雅是她的性格标签。她酷爱俄罗斯文学，精通俄文、英文，脑子快，说话幽默，与杨南生碰到一起，上一刻他们可以投机地谈托尔斯泰的《战争与和平》；下一刻就可能为一句话相互斗嘴，各显其智，最终总是大哥大笑着败下阵来。

很多年后，已到人生晚年的他们终于得以在北京相聚。我记得，他们还像小时候那样，从南生开始往下排，一个人用双手搭着一个人的肩膀，照了一张相。每个人念念不忘的都是哥哥带着他们造轮船、制氧气的童年趣事。

那时，杨南生还经常组织弟妹们自制各种“工艺品”，每个周末开一次“抽奖大会”。大家都把作品交上，然后抽奖领取。有一次，他抽到了小妹平生的一幅画，画上有一个小房子，一只飞鸟，一轮正在落山的太阳，还有一个老太太提着菜篮子回家。他当场为小妹这幅画题诗：“日落西山鸦归巢，低鸢空中又飘遥。”这两句出自一个上中学的顽童心中的诗句，有出人意料的温婉。那年，已近 90 岁的杨福生回忆起这段往事，很是自豪地说：“那个时候已经显示出哥哥不仅是我们几个孩子中科研能力最强的，也是艺术细胞最多的一个。”他还记得：“有一段时间，爹爹的一位同事借住在我们家，他离开时，哥哥专门作了一首送别诗——‘离别的悲伤掐住了我的咽喉，我还能说些什么呢？’理工男的哥哥，从小就显露了他鲜明的特质，顽皮而又多情。”

或许，这正是杨南生性格中独特的种子。

这颗种子的由来有先天的秉性，亦有后天的养成。

他在家里读到的第一本书是意大利作家埃迪蒙托 · 德 · 亚米契斯的长篇日记体小说《爱的教育》。这本世界著名的儿童读物所展示的美好人性、人与人之间的友爱，包括家人之爱、师生之爱、朋友之爱，使得杨南生幼小的心灵如沐甘露，成为他生命成长中的珍贵要素。

当他看到爹爹以一个小职员的微薄收入艰辛地抚养着一家人，便学着书中小主人公的行为，要为爹爹分担责任，经常在夜里帮爹爹抄文稿及卡片。同时，他还帮着二舅舅萨本栋誊抄他刚刚撰写完成的《普通物理学》。他那时完全不可能知道这部教材日后在中国教育史上的意义，但这一部后来成为中国长达二十年高等物理教材的著名著作，在不经意间见证了小小杨南生一颗有爱的心。

杨南生在这个家庭里获得的情感教育，不仅给予他人性的爱与温暖，同时，也让他在很小的年纪便种下了对于国家、民族的爱与忠诚。

1937 年“七七事变”以后，爹爹辞掉了清华大学教授日语的工作，仅靠图书馆的一点工资养家为生。有一天晚上，杨南生经过父母的房间，无意中听到母亲正在劝说爹爹，让他还是要接下学校请他担任日语教师的聘请，这样每月家里可以增加一笔收入，否则全家人的日子过得太清苦了。妈妈虽是英名赫赫的萨氏家族的后人，但终究带着生活优渥的大小姐习性，对苦日子难以接受。在少年杨南生的记忆中，妈妈常拿着爹爹辛苦挣回的薪水去和几个闲太太打牌。她性格外向爽朗，心粗眼拙，牌桌上总是输得精光。他曾背地里向爹爹表示了对妈妈的不满。爹爹总是说：“原谅妈妈！”但有一次，妈妈与闲太太们在外面喝酒回来边呕吐边胡言乱语，爹爹对站在一旁的南生说：“记住，长大在外面不要随便喝酒，喝多了就会是这样子的。”这句话，杨南生记了一辈子，他一生滴酒不沾。

这一次，平日里一向宽容宠爱妈妈的爹爹，听了她的一番劝说，不为所动。他说：“眼下日本侵略中国，我不能接受任何教授日语的工作。如果我接受了，以后我怎么还有脸面对我们的孩子?！”

爹爹的话让门外的杨南生流下泪来，他匆匆回到自己的房间，很久难以入眠。他在内向温厚的爹爹身上，看到了一种不可欺辱的尊严。他暗暗地对自己说：“做人要学爹爹！”

晚年，他每每讲起这段往事，总是深情地说：“我很爱爹爹！”

此时，杨南生已从北京育英小学考入北京师范大学附属中学。

北师大附中是少年杨南生得以蓬勃烂漫成长的一块沃土。这所中学的前身是成立于1901年的五诚学堂，1912年奉南京临时政府教育部令，改名为北京高等师范学校附属中学校，是中国成立最早的公立中学，也是中国最著名的中学之一。它的校训是“诚爱勤勇”，其教育理念与风格蕴含着丰厚的人文精神以及现代教学思想和教学理念。晚年的杨南生依然能唱出他当年的校歌：

> 正正堂堂本校风，
> 我们莫忘了诚爱勤勇，
> 你是个海，涵真理无穷，
> 你是个神，愿人生大同。
> 附中，太阳照着你笑容，
> 我们努力读书和做工。

有100多年历史的师大附中，培养了大批优秀毕业生。钱学森、张岱年、汪德昭、张维、于光远、李德伦、于是之等，都是从这所学校走出来的。从这里毕业的学生大都有个共同的特点：说话幽默机智、直切要害，被称为“师大附中的嘴”。杨南生和我成家后，曾带我参加了一次师大附中同学的班级聚会，一群60多岁的男生女生，思维如少年，妙语连珠，甚是精彩。

有一位叫孙念增的同学，是杨南生最感心灵亲密的。他沉静寡言，嘴角上总挂着一种温暖而又参透万物的微笑，穿着一身洗得发白的蓝布衣，看上去像是工厂的老工人，外人很难想到他是清华的数学系教授。这之前，杨南生带我去过这位同学在清华的家，他的老伴已去世多年，朴素的家透着一种随意的不俗。杨南生告诉我，孙念增给予他的友情与影响，也是师大附中一直留在他心中的底色。多年后，孙念增去世，杨南生特别写了一篇悼文《念“仁兄”》，字里行间让我见出那一代人的灵魂气质。

念“仁兄”

“仁兄”的数学拔尖，是我们全班公认的。高三毕业纪念册中“圣人”（陈莱盛）给他写的小传中第一段就提到这一点：“每届（数学）考试，同侪皆俯首案间，倾全力于题纸。忽门声微作；视之，则‘仁兄’已将大卷交付讲桌，扬长而出矣。时钟未逾一夸特也。”写得实情生动，令人“爽然”。

我们班在高二以后，数学习题都是不用上交的，因而课后做不做习题完全自由。我在家里温课时，可能出于对学习的“责任”感（？），把该做的习题总是都看一遍，觉得会做的就不做了，但是觉得不会做，或是会做而又有些疑问的，则立刻想到向“仁兄”请教。这样我们常常在一次电话里谈上半个多小时，总是使我茅塞顿开，受益匪浅。而在高中毕业时，“仁兄”在我个人的纪念册上，却写了这么两行字：“只有研究你的问题，才能发现我的谬误。”这两行留言使我终身难忘。“仁兄”为人的谦虚诚恳令我铭记在心。在日后遇到同学（或同事）在功课（或工作）中向我提出问题时，我就总是想起“仁兄”的这两句话，尽力像“仁兄”一样来对待人家的问题。但我是否曾做到像“仁兄”那么好，就未必了。

“多为别人着想”，这是“仁兄”的又一重大优点。“仁兄”喜欢打排球，这也是我们的一个共同爱好，我们常在中午饭后或课间，在排球场上相遇。我和其他一些同学只愿在自己爱好的岗位上打（例如：我总是爱打“二排”左），而“仁兄”却总是让别人任意先挑岗位，他自己则打头、二、三排都行（“圣人”给他写的小传中也提到了这一点）。我相信他的这一难得的优点实际上是他的人生观。

我曾于十年前又向“仁兄”请教过一个数学问题：“模糊数学”的基本内容是什么？他不久就回了一封信（竟长约3000字！）又给了我很大帮助。此信（共七页）我一直珍存至今。刚才又读了一遍，本想把其中大部分整出，作为“仁兄”的一份遗作（也许可以列为一篇科普文章）交给清华的数学系投给校刊，但是由于这信中所举的多个例子，都是采取了他和我两人共同熟悉的人或事来说明模糊数学的应用，若发表于刊物中，读者们可能会感到茫然不解。因此只好仍将此信珍存起来了。将来有机会我或可能带给同学们一阅。

在“仁兄”的最后几个月里，他既不肯去医院，也不肯把病情告诉同学。在去年九月里，我曾在电话里表示想去看看他，他却很有兴致地说：“等我搬到新家时再来吧。”我问：“你们大约什么时候搬？”他说：“大概在年底吧。”我当时完全以为他对自己的健康状态很有信心，因而希望把同学们对他个人的探望和对新居的“观赏”结合在一次相会里，因而我也就安然接受了他的意见。在他去世前的几个月里，我们曾多次通话闲谈。就在他去世前约一个星期，他甚至曾专门打一个电话给我，交换了一些对校友会向我们这些已离退休多年的老校友募捐一事的意见，我们两人对此的意见完全一致，彼此都松了一口气。当时我虽然感受到他讲话的声音和速度又下降了，但由于想到他约定的见面时间，所以也未再提出探望。我完全没有想到，几天之后，万嘉璜先生（“仁兄”的系中同事，也是我在昆明时的同事）送来了“噩耗”：“仁兄”昨天去世了。

我立刻打电话给“仁兄”的家里。他的女儿告诉我，他已有两三个月吃不下东西，人消瘦得厉害，但他坚决不去医院治疗。临终前，他还特别关照她们，不要将死讯立即通知任何人，包括他的年事已高的姐姐念坤，也不要搞任何仪式……

总之，“仁兄”在对待这一人生必达的终点上，的确十分冷静，万分从容；而且尽可能地不给别人增加麻烦。这是他“为人”的人生观的又一体现。令人深感敬重！

百感交集，难以续笔。仅此诚祝：“仁兄”在天之灵，宁静致远，安详如意！

杨南生

2001 年 1 月 29 日于北京

这次聚会，我还认识了一位叫力伯常的女生，专程从美国赶回来的。她就是杨南生早就跟我说过的他的初恋。他们两家是世交，儿女结缘本是无限美好，可惜动荡年代，战火无情，杨南生从北京考去西南联大后，两人便失去了联系。后来力伯常与一名国民党飞行员成婚，再后来辗转去了美国。直到 50 年后，杨南生才又得到她的消息。此时她的丈夫已病逝，她第一次回到中国探望家人，想顺道看看杨南生。不巧的是，杨南生此时正在基地执行试验任务，两人再次失之交臂。有知情者很为他们惋惜。我曾经问过杨南生，如果那次见面了，你们会实现“第二次握手”吗？他回答：“不会。她在美国生活了几十年，不可能回到中国来，同样我也不可能去美国。再说，相隔了这么多年，我们之间都回不到原点了。”

此刻重逢，两人都已进古稀之年，生命别有一番明亮。

杨南生依然称她为“力伯儿”，她直呼“南生”。同学聚会后，力伯儿特别去了我们的家。看到我们促狭简陋的住处，她似乎深为触动，慢慢地说了一句：“南生，你的福在不见之处。”笃信基督的力伯儿，对我十分慈爱，知道我做记者，特别送我一个精美的笔记本和一支质地精良的钢笔；见我不太会做饭，便认真地教我。她对我说：“南生能和你在一起，真是上帝的恩德！”力伯儿让我看到了一个沐浴着上帝之爱的美好女性。至今我家的书架上，还放着她在同学聚会上为我和杨南生抓拍的一张照片。照片上，杨南生仰头笑如少年。我想，那一定是力伯儿记忆中他顽皮的样子。

杨南生在纪念孙念增悼文中提到的那个中学毕业纪念册，他一直视若珍宝，上面写着全班每个同学互赠的话语。在内蒙古基地期间，担心被抄家，他把收藏的一些唱片，包括这个纪念册托付给他当时的一个秘书保管。不承想，这个秘书胆子小，后来看到杨南生遭一些人的怀疑，便把这些东西全烧了，令杨南生痛惜不已。

师大附中是少年杨南生最早展露才华的地方。他不仅数理化全校拔尖，还是学校体育场的先锋，连续三年保持着学校 100 米短跑冠军纪录，外号“杨兔子”。同时，他是学校足球队的守门员，以极速的反应力和不怕死的扑球，成为球场上的守门明星。有一次，他已经把球抢在怀里，一名队员依然上来猛踢一脚，致使他鼻子鲜血直流，而且一辈子落下了容易流鼻血的顽疾。另外，他还是学校男声小合唱团的团员，负责唱中音部。

就是这样一个学生，后来却让学校十分头疼。

当时，北平日伪政府为了控制教育界，给各学校都派了他们自己的人。派到师大附中的是一个日本训导主任，满口亲善亲日，还亲自给学生上日语课，学生们恨透了他。杨南生记得，一到上日语课，全班同学就装傻，吱吱哇哇，摇头晃脑，就是说不成一句话，把训导主任气得干瞪眼。

汉口沦陷后，这个训导主任组织全校师生去天安门集会庆祝，下令任何人不得缺席。杨南生偏要捣乱，他用毛笔写了一张请假条，偷偷盖了爹爹的印章，交给了训导处。这个偷盖印章的事儿不知怎么走漏了风声，庆祝会后，训导主任把杨南生叫到办公室，大发雷霆。当天，学校布告栏贴出告示：“查高三学生杨南生玩忽教令，欺骗师长，特予记大过处分。以示训诫。”

有意思的是，没几天，布告栏又贴出一份学业优异者免学费通知，上面第一个名字就是杨南生，一奖一罚，杨南生一时成了全校的新闻人物。

记得有一年，我去采访中央乐团指挥李德伦，无意中说起师大附中，我提到杨南生，他欢喜地大笑：“记得记得，南生个不高，爱跳爱蹦，我们常在一起玩。没想到，他日后隐姓埋名搞导弹去了！哪天让他来我家，我请他吃最地道的北京涮羊肉！”他听说杨南生十分喜欢音乐，甚是高兴，让我带话，欢迎他来听他指挥的音乐会。也就是在这次采访中，我收获了这位音乐大师给我讲的关于音乐的真谛，他说：“什么是音乐家？是乐团的那些职业演奏者吗？不。他们中很多人一辈子充其量不过是个工匠。你到了山里，遇到一群孩子，从来不知音乐为何物，等你的小提琴一响，旋律一起，你看到有的孩子眼里会突然放射出光芒，这样的孩子就是音乐家。”我回到家把这句话学给杨南生听，他连连点头：“说得好极了！音乐是心灵的声音。”

中学毕业，北平全市数理化会考，全北平所有中学统一考题，杨南生考了全市第二名。伪政府召开全市中学颁奖大会，杨南生再次以生病为由拒绝前往领奖。爹爹得知后，用一个无言的微笑表示了赞许。

对侵略者的恨，在杨南生的心里并不仅仅是一种概念，这是他小小的心灵切实感受到的一种民族屈辱后的觉醒。有一天，他骑车上学，后面两个日本兵开着一辆吉普车追上来，到他身边时，故意猛地一拐，把他一下子别倒在路边的沟里，两个士兵发出得意的狂笑，扬尘而去。杨南生望着他们的背影，心头怒火燃烧。谁能说，这粒小小的觉醒的种子，不是几十年后长成的那一棵为国家和民族赴汤蹈火、奉献一生的大树！

何谓民族？何谓国家？何谓中国人？

这是深深扎在杨南生心里的根。

第二节

在人的成长道路上，常常会有那么一个人，不知不觉地成为自己的精神偶像。这个偶像或许在一个时期，或许为一生。

除了爹爹，让杨南生一生敬重、热爱的人，是他的二舅舅萨本栋。萨本栋对杨南生的人生有着重要影响。在他和我共度的 20 多年岁月里，他提到最多的亲人就是萨本栋。

关于萨本栋，《中国大百科全书 · 物理学》这样介绍：

“萨本栋（1902 —1949）中国物理学家、电机工程学家、教育家。1902 年 7 月 24 日生于福建省福州。1921 年在清华学校（即后来的清华大学）毕业后赴美国，先后在斯坦福大学和伍斯特工学院攻读电机工程和物理学，成绩均优异。1927 年获物理学博士学位。1928 年回国，任清华大学物理学系教授。1937 年任厦门大学校长。1945 年担任中央研究院总干事兼物理研究所所长。抗日战争胜利后，致力于恢复和建设中央研究院。

“萨本栋全力献身于科学教育事业，积劳成疾，虽长期患有胃病，仍顽强工作。1948 年末赴美就医，但已到胃癌晚期，于 1949 年 1 月 31 日在旧金山逝世。

……

“萨本栋是著名教育家，贡献甚大。他讲授普通物理学和理论课程时，循循善诱，深受学生的爱戴。为了使中国有自己的物理学教材，他在清华大学时总结教学经验，编著了《普通物理学》和《普通物理学实验》共三册，这是中国第一部用汉语正式出版的大学物理教材，使用了近 20 年之久，对国内物理教学很有影响。萨本栋任厦门大学校长期间，正是抗日战争的艰苦岁月。他首先苦心筹划，迅速迁校福建长汀，然后倾注全力办好学校。他励精图治，顶住干扰、排除阻力，使学校得到发展，教学质量显著提高，树立起严谨和朴实的良好校风，成为当时孤立于祖国东南隅的唯一发展的知名大学。他还亲自授课，担任过好几门专业课程的教学；重视基础科学，他带头讲授一年级新生的微积分，并且于 1948 年整理出版了一部《实用微积分》。

“萨本栋还在国内出版了《交流电路》和《交流电机》两本专著。”

少年杨南生自然不会知晓二舅舅日后在中国教育史上的如此盛名。他心目中的二舅舅是因日常生活中的点点滴滴闪耀着光芒的。

在他记忆中，二舅舅总是一副谦和、智慧、善良、有爱的样子，从不摆长辈的架子，更没有留洋生的派头，总像一个大兄长那样关爱着他的四个小外甥，给他们讲故事，讲科学知识以及他们感兴趣的问题，空闲时和他们一起玩耍。他还特意把从美国带回来的一把计算尺送给了杨南生。这把尺子，杨南生一生一直带在身边。

在家里无论大事小事，二舅舅总是温和以待，从不随意指责人。包括对家中请来做饭的老阿婆，他一向敬重有加，从无轻视之色。若从外面带回一点什么稀罕食物，他一定不忘请老阿婆一同品尝。过年过节给家人赠送小礼物，也一定不忘给老阿婆送一份。

这些点点滴滴的为人修养，在杨南生小小的心里启蒙了最初的人文思想——爱与平等。

工作中的二舅舅，却一扫温和之态，常常废寝忘食，奋不顾身。

他记得叶企孙先生常来家中与二舅舅一起讨论问题，一杯茶、几块饼干，两人能从下午畅聊到下半夜。

二舅舅编写的几本后来成为中国高等物理教材的名著，都是他通宵达旦熬夜的结果。他常常说："教育既有需求，便是责任。"

他那时在清华即已颇负盛名，但从不居名自傲，对名利一向低调，对登门拜望者，无论老幼，都谦恭有礼。二舅舅喜欢打网球，离开北平赴厦门大学任职前，把自己的网球拍送给了杨南生，同时送他一句话："网球场上最大的挑战，是战胜自己！"十几岁的杨南生不懂何意，二舅舅笑着摸摸他的头："做事要一心一意！"

再后来，杨南生对二舅舅的了解，都是从教育界的各方人士那里得来的。

二舅舅在厦门大学任校长的 8 年中，鞠躬尽瘁，在极端困难的环境中，逐渐盖起校舍，聘请教授，制定了严格的教学制度。在日常工作中，他不仅自己主持了重要的教学活动，还无微不至地关怀学生的学习、生活，经常亲临食堂、宿舍、教室和运动场检查膳食质量、住宿条件和上课情况。他亲自讲授多门专业课程，每周有 6 至 8 学时的课。1943 年，他身患重病，卧床不起，不得已暂时停下，等病情稍微好转，尚未康复，又把家里的小会议室当作课堂继续讲课。

从厦大出来的计算机科学家萨师煊回忆：“抗战时期物价高涨，公教人员生活异常清苦，作为校长的萨本栋和老师们一样，饮食简易，衣着简朴，经常身着布衣、脚穿球鞋在校内奔波，以致新来的同学往往以为是校内工友。学校有辆校长个人专用的汽车，从未见他乘坐过。有时出差，到重庆或福建省会永安，都是乘长途汽车。后来，他把这辆汽车的发动机拆卸下来，作为学校发电厂的动力设备，供照明之用。”

与萨本栋友谊深厚的一代物理学家、教育家叶企孙感叹：“萨先生对于厦大真是做到了心力交瘁的地步，以致严重地影响了他的健康……”

同人对萨本栋的敬重不止于此。

在厦门大学，人人都知道萨本栋有一个外号“杀不动”，意思是说他为人刚正不阿、不畏权势、公私分明、一丝不苟。

战时教授生活清苦，萨本栋与他们同甘共苦，从不利用职权搞特殊。他明文规定：领导人员或教授不能安排自己的亲属到学校里工作。他以身作则。他的夫人因学校需要，到厦大当了三年义务体育教员，工资、津贴分文不取。学校几次派工友到他家里帮助做家务，他从未接受。

他严格执行招生考试制度，当时驻长汀的国民党某军长想让自己的儿子免试入学，亲自登门找萨校长。萨本栋婉言拒绝：“欢迎你的儿子通过考试录取后来厦大学习。”国民党海军某地司令也曾写信给萨校长，以他的儿子能被录取入学为条件，愿将他们造船厂全套机械设备送给厦大。萨本栋指着这位“慷慨”

的将军的信，对学校其他领导和教师们说："难道我们可以拿学校的规章制度做交易吗？"

萨本栋性格刚毅，更表现在他对国家和民族的情感。

一位名叫蔡启瑞的厦大学生回忆："萨先生曾以自己的名义和全体教授的名义，通电斥责汪精卫卖国投敌的罪行。有一个美国学者在厦大演讲时说，中国应当以农立国，由美国提供工业品。萨校长回应，如果中国不发展工业，永远只能是美国的附庸，我们一定要发愤图强，发展自己的工业。

"有一次，一名英国教授来厦大讲学，以强国学者自居，在讨论发言时侮辱了中国，萨校长愤然而起，与他辩论，驳得他哑口无言。事后，萨校长常常用此例教育学生，勉励青年要立志使祖国繁荣起来，改变列强轻视的落后状态。"

抗战胜利前夕，萨本栋被推任中央研究院总干事，兼研究院物理所所长，夙夜不懈。他对人说："我是学工程出身，不懂得物理研究，我现在做的是为大家扫地的工作，把房屋打扫干净，恭候国内外我国的物理大家来这里做工作。"

两年后，当中央研究院的工作进入轨道，萨本栋终于病得不能起身了，进到医院，才发现他患的是胃癌，且已扩散至全身淋巴。

在去美国就医的最后日子里，他留下很长的遗嘱，都是关于中国科学研究的诸多思考。对于自己只有两条：第一，将遗体解剖，为医学研究尽最后之用；第二，请夫人把他的骨灰带回祖国。

1949 年 1 月 31 日，一代科学巨星萨本栋与世长辞，终年 47 岁。

噩耗传至已远赴英国留学的杨南生，他无限悲痛。

他永远忘不了去英国留学前，专程到南京向已在中央研究院任职的二舅舅辞行。一进二舅舅那间宽大的办公室，远远看到他小半个身体探出办公桌，杨南生以为二舅舅正在椅子上坐着，待走近一看，才知他是站在那里迎接外甥的，因长年劳疾，他的腰背已经完全佝偻，才40多岁的人，已满面沧桑。杨南生记忆中那个朝气蓬勃的二舅舅再也不见了。看着二舅舅，他难过得好一阵说不出话来，眼里噙满泪水。二舅舅温和地笑着让他坐下，得知他将要去英国读书，十分高兴，说了许多鼓励的话。临别时，二舅舅送他到楼梯口，握着他的手好久才松开。待杨南生走下楼梯，回头望去，二舅舅还在那里站着，他朝二舅舅挥挥手，一转头，泪就下来了。

这是二舅舅留给他的最后一个身影，以致他到晚年都无法忘却。

记得，那年我去厦门采访，杨南生特别嘱咐我，有时间去二舅舅工作过的厦门大学看看。我在厦大见到了萨本栋的墓碑和雕像，那是几百位海内外各界人士捐资修建的。我还在厦大校史展览馆里看到了有关萨本栋的介绍，“萨本栋精神”已成为这所大学建校育人的宝贵精神财富。

回到北京，我把拍的一些照片拿给杨南生，他一张一张看得很仔细，很动情地说：“我的两个舅舅萨本栋、萨本铁都是科学界的名人，但他们在精神上却有着完全不同的追求。大舅舅萨本铁是通过学术追求自身功名，二舅舅萨本栋是通过科学、教育追求国家和民族的强盛。他让我最早看到了人这一生可以为科学、为自己的国家活得何等纯粹。我后来这一生所做的选择，甚至包括待人处事的品性，都与二舅舅对我潜移默化的影响分不开。”

我无缘见到杨南生的二舅舅萨本栋，但这位二舅舅在我的心里却有着如前世故人般的温暖。因为每每听到有关他的故事，总让我感觉杨南生的影子就在其中；每每回想杨南生的一生，总让我恍若见到他的二舅舅萨本栋。他们不仅血缘相通，更有着一种穿越生死、穿越肉体、穿越时光隧道的灵魂上的息息相关。永生永恒！

第三节

如果说家庭、中学是少年杨南生长成健康、自由、烂漫之雏鸟的最初乐园，那么西南联大则是让他成长为一只羽翼丰满、踌躇满志的大鹰的蓝天高地。

高中毕业，杨南生第一志向是报考飞行员，驾驶战机与日本鬼子作战，是他的英雄梦想。爹爹与他做了一次长谈，分析了他的优点与不足。爹爹说："你的身体条件不完美，做不了一个优秀的飞行员，但你有一个很好的大脑，为什么不用你最好的东西去实现理想呢？"爹爹给他指出的道路是"实学报国"。

爹爹的话点亮了杨南生更长远的志向。当时，大舅舅萨本铁建议他去德国读大学，萨本铁在那儿有朋友，可以照应。杨南生谢绝了。他的目光投向迁徙于抗战烽火中、在西南腹地开辟出一片盎然生机之天地的西南联大。

入学考试通过后，18 岁的杨南生第一次告别家人，从北平启程，千里跋涉，走进了西南联大这座日后成为中国大学之灯塔的圣地。

他先进入航空系，学习飞机制造，后来看到国民党政府航空委员会腐败无能、浑浑噩噩，只修不造的黑暗，遂转入机械系。那时，在西南联大转系很方便，只要学分念够了，可以随便转。

在这里，他感受到一代中国知识分子“刚毅坚卓”的精神光华，虽国破家亡、环境艰苦，但一群衣衫褴褛的青年，气宇轩昂地屹立于天地之间，为国家富强独立而育人读书，满怀着只要一息尚存，永不坠青云之志的豪气。

他常回忆，那时学校的伙食很简陋，多是稀饭、咸菜加一个粗面窝头。星期天，学生们“打牙祭”，就在校门外路边小摊花一个铜子吃一碗“煮灯笼”（煮牛的眼睛）。住的是茅草棚，一间棚子里住几十个人，一到雨天四处漏水，但一切穷困都无法遮蔽大家从心底里焕发的精神气场，读书、体育、音乐……样样齐全。杨南生晚年常回忆起学校课后给学生们放小电影的情景，大部分都是外国片子，一个破旧的放映机，放映员一边放一边要为电影配音，他总是操着一口云南话，配上电影里西方人的画面，十分逗乐。有的电影看熟了，某个经典情节出来，不等放映员念出台词，全场学生便会齐刷刷地用云南话大声喊出来，接着是一片欢笑。

四年的学习生活，就像山间的雨露，一点一滴滋养着杨南生的头脑与心灵。在这里，他懂得了“自由之思想，独立之精神”的可贵。“士之读书治学，盖将以脱心志于俗谛之桎梏，真理因得以发扬。”一代大师陈寅恪的话，令他至晚年仍记忆犹新。

在这里，他结识了一生的挚友连培生、曹传钧、何兆武。

连培生是广东人，个子不高，极为聪明，与杨南生同在机械系，学习成绩总是全系拔尖。他爱好音乐，杨南生跟着他听了一次后，从此也成了乐迷。后来他们同一年考进庚子赔款的最后一届留英生，连培生的成绩全国第一，杨南生第二。后来他为了爱情从英国提前回国，去了延安，再后来去了苏联莫斯科物理所学习，成为中国第一代核科学家。直到晚年，他与杨南生在一起谈论最多的还是音乐，一起听音乐是他们最开心的事。

曹传钧是杨南生的同乡福建人，此时在西南联大航空系。他性格极内向，不善言辞，为人敦厚。或许是同乡的关系，他与性格迥异的杨南生颇有一种亲密的默契，心里有什么事总是约上杨南生一起走走，也不说什么，静默无语中彼此懂得，得以安慰。杨南生一直记得有一段时间，曹传钧与当时谈的一个女朋友分手了，那天，杨南生陪着他在春天的野地里一句话也不说，就这么走着，走了足有三四个小时，分手时，曹传钧微微一笑，说了一句："谢谢南生。"有意思的是，后来他结婚的爱人竟然碰巧是被杨南生称为"茂姨"的远亲，两人之间便是同学加亲戚了。南生和我结婚后，有一晚竟做梦梦见他带着我参加曹传钧的婚礼。他在信中告诉我：

"婚礼似是在一个大礼堂举行，人很多。我们一起轻轻溜了进去，坐在旁边。突然人家临时叫我做婚礼主持人，记得我还看看你，你好像叫我去吧。结果我站在主席台上，紧张了半天。然后说：'我们现在开始，今天是曹传钧同志和……'本想说和谁一起的婚礼，却忽然想不起他的爱人叫什么名字。于是急急地翻阅桌上所有的文件，翻啊，翻啊，却总找不到，心里急得要命，场内都在等待、哄笑……就这样急醒了。醒来听见这里的杜鹃也在叫……"

他后来到北京见到曹传钧夫妇，把这个梦讲给他们听，三人大笑。从西南联大走出来的曹传钧，后来担任了北京航空学院院长、北京航空航天大学校长，成了航空航天教育家，杨南生则成为航天火箭专家。他们到老都保持着兄弟般的深情。

何兆武是西南联大历史系学生，不仅通晓历史，对西方文学也有很深的造诣。正是文学之媒介让他与杨南生成为好友。杨南生一直保存着何兆武送给他翻译法国作家小仲马的《茶花女》的手稿复印件。这位日后成为中国著名的历史学家、思想文化史学家、翻译家的老同学的许多著作观点，杨南生都有关注。其中一本随笔《苇草集》，是杨南生十分喜爱的，他在书中扉页引用的帕斯卡尔的一段话下，特别用笔画了横线——“人只不过是一根苇草，是自然界最脆弱的东西；但他是一根能思想的苇草……因而我们全部的尊严就在于思想”。

杨南生回忆时常说，西南联大给予他的不仅是知识，更是一种潜移默化的人生观价值观。

他曾经历过一个难忘的场景：一天上大课，老师正在讲台上授课，忽然教室的门被打开，一位身穿军服的国民党高级要员在梅贻琦校长的陪同下，出现在门口。要员神气活现，旁若无人，径直要往教室里走。梅校长微笑着，一言不语，用手拦住，要员只得尴尬地停住脚步。台上老师一切看在眼里，神情如常，仿佛什么也没发生似的，只管讲课。学生们亦挺胸直背，对门口的一切视若无睹。那要员站了一会儿，自觉无趣，退去。

这一幕情景被杨南生看在眼里，就像一颗种子落进他的心里，他懂得了，在傲慢的权力面前，总有一种东西不可以屈从，那就是科学的尊严、人的尊严。

西南联大的岁月，也是一种人生的磨砺与锻炼。那时，他们一边上课，一边要对付日寇飞机的频繁轰炸，常常“跑警报”。有一次，他和一位同学一起跑警报，刚一卧倒，一颗炸弹落下，紧挨着他的同学当场被炸飞一条腿。亲眼看见如此惨烈的场面，他的心里没有畏惧，只有对侵略者的一腔仇恨。

1945 年，国民党制造了震惊中外的“一二·一”昆明惨案。惨案发生当天，特务冲进联大机械系，闯入教授宿舍，扭住一位老教授就往外拖，教授高喊：“你们是干什么的？”声音惊动了正在临近处看书的杨南生，他和另一名学生冲过去，一看特务抓住的人是刚从美国回国不久的马大猷教授。杨南生一步冲上去，对准领头的那个特务的下巴就是一记猛拳，击得他直打趔趄。杨南生趁势拉着马大猷赶紧躲上二楼。那特务回过神来，大叫“抓住穿黄夹克的！穿黄夹克的出来！”这时院子里已经聚集了一群学生，特务眼看寡不敌众，悻悻地走了。

杨南生后来得知，这一天，西南联大多名教师和学生遭遇国民党部队和特务袭击，死伤 60 多人。

时隔 50 多年，我在一次采访中偶遇马大猷先生，提起当年他被袭击的事，这位享誉世界的声学科学家仍对之记忆犹新。

西南联大过去在我的脑海里一直像个神话，虽然仰慕，但无实感。直到遇见杨南生，知道了他在这所学校经历的点点滴滴，中国教育史上的这盏明灯才在我的心里有了温度、有了触觉、有了光。她是中国一代知识分子的精神母亲。正像她的纪念碑文中所说：“以其兼容并包之精神，转移社会一时之风气，内树学术自由之规模，外获民主堡垒之称号。违千夫之诺诺，作一士之谔谔。”

杨南生离世多年后，我去电影院看了一部电影《无问西东》，深为震撼。在这部反映西南联大一代人命运追求的影片中，我真切地触摸到杨南生生命的肌理，他一生高贵的灵魂。

“这个时代缺的不是完美的人，缺的是从心里给出的真心、正义、无畏和同情。”

“如果提前了解了你所要面对的人生，你是否还会有勇气前来？”

“愿你被打击时，记起你的珍贵，抵抗恶意；在迷茫中，坚信你的珍贵，爱你所爱，行你所行，听从你心，无问西东。”

当这些声音从银幕上穿越而来，我仿佛听到了他的心跳，潸然泪下。

杨南生是一个这一辈子在心底重重地刻着西南联大“胎记”的人。只是我很晚才懂。

1946 年，西南联大解散，杨南生搬回北平的清华大学做了钱伟长的第一个助教，在钱先生开设的现代应用力学中从事研究。1947 年，在钱伟长的建议下，他考取了中英庚子赔款最后一届公费留英生，成绩列全国第二名。钱伟长给他指定了当时对于国内教育界还是非常陌生的力学理论前沿学科塑性力学，作为留学英国的学习研究方向，多年后他真正认识到了钱先生的远见。塑性力学是固体力学的一个分支，研究物体超过弹性极限后所产生的永久变形和作用力之间的关系，以及物体内部应力和应变的分布规律。塑性力学在工程实践中应用广泛。然而，在中国教育领域，塑性力学在很长时间内是一个空白。钱伟长给他的第一个弟子定下的留学方向，就是要填补这个空白。

1947 年 9 月，杨南生告别家人前往英国曼彻斯特大学，开始了他的留学生活。第二年，他在西南联大相恋的女同学莘耘尊考取利物浦大学，赴英，两人完婚。

海外留学的日子，让杨南生看到了更大的世界，也更看清了自己人生的方向。

这期间，新中国成立的各种消息频频传来。

这期间，杨南生除了攻读专业，还通读了全套英文版的马克思《资本论》等马恩著作。他晚年曾对我说过，学习《资本论》使他认识到，共产主义是从创造剩余价值开始的，当时我们的国家只有五分之一的人在创造剩余价值，五分之三创造消费，五分之一是在剥削。他认识到，这个社会要大家富起来，必须要人人创造剩余价值。他认定，共产主义是最理想的人类社会形态，相信新中国一定会实现共产主义。

这期间，他参加了中国科学家协会留英分会组织的各种介绍新中国成立的报告会、展览会等活动，常担任主讲人，以流利的英文向英国朋友介绍新中国的发展。

这期间，他结识了他人生的又一位挚友支德瑜，他们一同回国，后来支德瑜成为长春第一汽车制造厂总工程师，他们的友谊保持了一生。

这期间，他以优异的学习成绩完成学业，取得了曼彻斯特大学的自然哲学机械工程学博士学位。他的毕业论文《各向同性金属的塑性应力应变关系》，被学校评为优秀论文。毕业典礼后，他拍了一张身披博士长袍的毕业照，寄给远在祖国的父母。照片上，他笑得自信又灿烂。

一切都已是水到渠成。放飞的鹰终要回巢。

尽管他的导师、系主任再三挽请他留校，或去公司，保证都可以使他得到很好的安排，但他婉辞了。

尽管他和妻子在回国途中遭遇国民党特务的种种阻挠，以没有护照为由禁止他们回国，他们便想办法弄到两本“无国籍人士”护照，在“皮肤”“眼睛”“鼻子”等所有需要填写民族特点的栏目上，都写下“Chinese”。

杨南生命运的走向，从他的少年、青年时期便已确定了。无论经历何等漫长和曲折，他对祖国的热爱、对理想的憧憬、对“实学报国”的执着，还有他心灵的单纯与明亮，都注定他一定会回到新中国的怀抱，并为他的国家奉献一生。

他的老秘书廉茂林曾回忆：在内蒙古基地时杨南生也被拉进了挨批斗的行列，后来因为他是周恩来总理签署保护的专家，才被放了。但他依然被怀疑，常遭冷脸。一天，他在食堂与廉茂林夫妇一起吃饭时，一个青年人走过来向他问好，随口说了一句：“杨院长，你当年如果留在英国不回来，现在该拿诺贝尔奖了吧？起码不用受这个冤、吃这个苦。”杨南生当时笑笑，没说什么。那个青年走后，他对廉茂林夫妇说：“他这样问我，以为会打动我，其实一点也不会。我是中国人，我当然热爱自己的祖国，能为自己的国家做事，是我心甘情愿，而且感到幸福的。”

与杨南生在一起的岁月里，我真切地理解到他为祖国做事的幸福的心如赤子一般纯真。他曾经告诉我，刚回国时，看到我们党的老干部吃苦在前享受在后，更坚定了他对共产主义的信念，热切地向党组织写下了 90 页的申请书，“是打心眼里想扒一层皮来改造自己的”。他 1956 年被批准加入中国共产党，是新中国第一批回归留学生中入党最早的人之一。

岁月沧桑。当杨南生离开这个世界后，我常常想，当年他如果没有回来，其后一生的峥嵘苦难终将归为宁静安逸，而且也极有可能在世界科学舞台上收获硕果。但是，中国的固体火箭事业从一张白纸起家的发展道路，还会是现在这样的轨迹和速度吗？我穷尽一生还有可能遇到他吗？

《圣经》里说：“那是由耶和华所命定的福。”

我相信。

尽管那时中国的固体火箭和我一样，都远没有出生。

第五章

尺素在鱼肠，寸心凭雁足。

第一节

实在高兴，我们结婚第三天，王勇、蔡卫、尤非就从北京赶到西安，为我们庆贺新婚。这是他们第一次见到后来被他们一直视为最亲密的大朋友老杨。

一走进老杨住了几十年的家，他们的笑容瞬间凝固了，很久没说话。最后，王勇像读台词一般低声而庄严地说出四个字——“家徒四壁”。

的确，尽管他们之前已预想到杨南生的清贫，但依然没有想到竟如此清贫。

50 多平方米的两间小屋，水泥地，白灰墙，几件简陋的家具，满是岁月之痕。一张饭桌，几只凳子，两张写字桌，一张床，一个小木橱，别无他物。尤非打开小木橱，看到里面是摆放整齐的音乐磁带，还有一个红皮本子，里面是杨南生整理记录的所有音乐磁带目录。他翻阅后动情地说：“拥有这个本子的人，才是天下最富有的人。”

王勇后来告诉我：“见到老杨的家那一刻，我更坚信你嫁给这个人绝对没有错。两个细节，第一，他的家一贫如洗；第二，他酷爱音乐，在物质与精神的极大反差中，足以见出他超凡脱俗的精神境界。”

蔡卫对我说，我来西安结婚的消息在社里传开，变成了单位食堂饭桌上的头条新闻，支持者有，反对者有，他们常常辩论得面红耳赤不可开交。支持者认为，在爱情世界里一定会有不循规蹈矩的奇迹；反对者认为，不是那老头有钱就是张严平脑子进水了。小蔡摊摊手：“如果那些反对的人看到老杨这个家，就得肯定是你脑子进水了！”我们大笑，她还告诉我，新华社收到了一条美联社就我们结婚一事发的消息，看来杨南生这个一直隐藏在戈壁深山里搞固体的人，早就是他们密切关注的目标。

王勇、尤非施展他们四川美食家的才华，做了一桌子四川美味，把老杨惊喜得连连感叹：“长这么大没见过！”我拿出舒人赠送的女儿红给每个人斟满，大家举杯相庆，庆我们的婚姻，庆老杨收获这一群忘年交的小朋友，庆我们每个人彼此涌动的心心相印。

在其后很多年，王勇等这些朋友一直与老杨保持着亲密的往来，他们和我一样，从没有感觉我们交往的是一位老人，他内心的单纯睿智幽默，让他们感受到一颗从未衰老的心灵。杨南生亦从这些品性明亮的青年朋友身上，感受到青春烂漫的友情。在他们远赴国外后，他常常会念及，说到王勇时，他说：“我对他有一种知音的情感，还有几分父亲的爱。”

27 年后，当远在大洋彼岸的王勇得知老杨去世的消息，悲痛不已，写来深挚的文字：

“最珍贵的忘年交，最高尚的知音，就这样猝然离去，而我竟没能在他生命最后阶段去拜望他，听他谈论旧事，一起欣赏音乐。即使有那样的机会，老杨也未必认得出我，但那种相对无语，对我仍是莫大的享受。我会放一段贝多芬的音乐，我们定会在一个特殊的心灵频道发生沟通共振。”

至今，我都坚信，爱与友谊是没有年龄差距的障碍，知音必定存在于那些对生命，对人生，对美深深相契的心灵中。

西安蜜月归来，我立刻开始着手做调离北京总社前往陕西分社的准备。我找到部门的一位领导，希望他为我与陕西分社做一下沟通，请他们能够接收我。他表示没问题。

不想，后面出现新的情况。

先是部里不同意，认为杨南生完全可以来北京，并表示愿意协助解决。王勇等几个朋友也反对，认为北京的文化生活优于陕西，更适合老杨。杨南生的弟弟妹妹们也认为他们原来的嫂子跟着哥哥奔波了大半辈子，饱受艰辛，不能让严平重蹈覆辙。杨南生身边的老朋友同样反对，请他认真想一想，他已无法陪伴严平白头到老，一旦她一个人留在这个举目无亲的大西北，她将如何面对？

这些劝阻触动了杨南生，他又想起我的父母，如果我真的从北京去了大西北，他们该更难以接受了。

他在 1986 年 7 月 18 日的来信中说：“小平，……确实不该让你随我再蹈一次覆辙。”他在信中提出了几个可以让我留在北京的方案，甚至提出“拜访式”婚姻的方案，即我们彼此利用探亲假及出差的机会，两地奔波。

我回信告诉他：“我不想分开，我已做好一切准备去陕西，永远。只要与南南在一起，我愿意去到任何地方。”（1986 年 7 月 20 日日记）

最终还是他为我着想的考虑，决定了这件事的走向，他准备申请调入北京。

在一般人看来，这对他是一件好事啊。但了解他的人才会懂得，进北京对于他是一次艰难的决定。他在航天一生，无数次调动，从北京到上海，从上海到内蒙古，从内蒙古到陕西，在三线转了一辈子。每一次调动，不仅把自己的工作关系调离，而且从不向组织讲条件，总是怀着一腔虔诚，全心全意地把户口及家人也全部连根带走。这在当时的专家中是罕见的。大多数人采取的是户口、家人留在北京，一个人两头跑，无论从哪个角度，这都是十分明智的办法，既保全了个人的“大本营”，又为日后回京留下后路。

杨南生的赤子之心，多年后给他的家人带来的除了坎坷艰难，还是坎坷艰难，以及因为他那“具有比别人更纯洁的天性”使他付出的更多的东西。

他，不是一个追求物质的人，在他的人生价值观里，物质享受轻若鸿毛。他追求的是奉献，他笃信“奉献乃生活的真正意义”。

他一直坚守着一颗赤子之心，抱定“这一辈子死在三线”。如果说这是他的一种清高，毋宁说这是他的一种纯粹。

眼下，他终是要让自己离开陕西了……

当我得知他的决定后，流泪了。我在信中哭道：“你决定放弃固守陕西的打算，完全是为了我，完全是因为你太爱我……”

杨南生申请调京的报告，由研究院上报给上一级组织。

这件事无论放在当时还是今天，无论是在杨南生所在的单位还是在我所在的单位看来，都是多么简单的一件事。然而，就是这样一件简单的事，却成为杨南生历时 27 年、直到他去世前一个月才跨越的万丈鸿沟。

杨南生的调令在即将发出时被阻。他听闻调令被阻后给我的信中写道："我亲爱的平平，我的 child wife，对我给你带来的和将继续带给你的痛苦，你要有充分的思想准备。"

很多年以后，我才懂得了这句话的重量。

第二节

我那时在单位住集体宿舍，杨南生若来北京看我，我们连落脚的地方都没有。后来，碰巧他的小妹平生要跟随她的丈夫去美国驻外工作，他们的这套单元房借给我们暂住，我们总算有了一个临时的落脚点。但这个寄居的家，仍无法消除他心里的茫然。他在一封信中提到这个"家"时，写道："写出这个字，不免有些心酸，哪里是我们的'家'啊？"

分居两地的思念化作一封封往来的书信。今天，当我一遍遍阅读这些书信时，竟对这段分居的日子有深深的感恩。它给我留下了如此美好隽永的、能依旧如此真切地感受到他的每一个呼吸、每一次心跳、每一抹微笑的爱。让我得以在自己也走到当年他与我结婚的年龄时，重新领悟一颗历经天地岁月之心灵的灿烂与丰富，重新领悟一种历尽生活甘苦之爱情的厚重与深挚。一切，带着他生命所有的沉淀，这是我在当时的年纪领悟不到的。

回到北京的我，生活的色彩陡然丰富起来。

办公桌上躺着母亲的来信，让我对个人问题速做决断。同事们的眼光充满各种表情，或友好温暖，或疑惑重重。我意外地见到了南生的儿子杨小立。他从安徽科技大学考取赴美留学，来北京办理出国签证，在未告知他父亲的情况下，特意与朋友一起来见我一面。他说:“见到你以后,我为爸爸高兴。”紧接着,我又见到了南生的小妹杨平生,弟弟杨福生,他们和家人一起热情接待了我,举止优雅、说话俏皮的平生称我为“小鬼嫂嫂”。

南生那边则把他的亲朋好友得知他结婚后写来的贺信,统统寄给了我。这些贺信来自在广州的大妹妹杨燕生,老同学连培生夫妇,曹传钧夫妇,关崇坤夫妇。连培生的信里有一句话:“从照片看来,两人神态相似,就是说是情投意合的一对儿。”南生在这句话下边,特别用红笔画了杠杠。

特别让我惊喜的还有他的已经94岁高寿的母亲萨本祥写来的贺信。此时她住在广州大女儿燕生家里。信字体娟秀,文辞典雅,风格豪迈:

> 南生,多年未晤,怀念非常殷切,你给燕信及结婚佳影令人阅看欢欣鼓舞,心情殊非笔墨所能表达者也。
>
> ……
>
> 晕头停写。祇(现作“只”)祝
>
> 暑安,健康快乐!
>
> 张严平统此不另。
>
> 萨本祥
>
> 1987年7月24日

这位在南生眼里一直是任性的“大小姐”的妈妈寥寥几句却热情洋溢的来信,着实让他欢喜。他告诉我:“如果爹爹还活着,看了我们的照片,也一定会非常高兴的。”

幸福,使我们即使分居的日子依然充满色彩。

亲爱的小平平：

算来已分别近70小时了。两天来，我白天做不下任何事情，晚上又辗转反侧不得入梦了……

两天来，又读了几首北岛的诗，心潮澎湃，或许这也是失眠的原因之一。我也忍不住诌了两首“习作”（是这个“力学工作者”生平第一次写“新体诗”），奉请指教，请勿见笑！（自己读来也感觉意境太浅薄，能“容忍”吗？）

盼务必予以修正后掷还，以便我学习，争取逐步提高。

你的南南

1986年7月15日晚9：30

随信的两首诗为：

晨歌

带着露水的太阳
透过薄雾
散发着青草的芳香。

带着露水的太阳
展开纤指
抚摸枯树的胸膛。

带着露水的太阳
皱起眉头

凝视烟云的飘荡。

带着露水的太阳
伸着懒腰
寻觅消失的梦乡……

南南
1986 年 7 月 4 日

古塔

疲乏的夕阳
掩映着疲惫的面颊，
宜人的晚风
拂动着叮当的耳环。

你，顽皮的蝙蝠
慢些穿梭吧，
不要扯散它宁谧的目光，

你饶舌的燕子
轻些唠叨吧，
可别敲断它绵延的冥想……

南南
1986 年 7 月 14 日

我惊喜万分，想不到一个一辈子搞火箭的“理工男”竟然能写出这般感性温婉的诗句，他让我更多地看到了他内心柔软的那一片世界。他如少年一般，将他对新生活的感受与喜悦尽情地洒落在他的文字中。

他寄来又一首诗《和谐》：

微风吹皱绿水的秀面
闪电点燃乌云的喉腔
杨柳披散长发
梧桐挥舞臂膀

雨滴飘落路面
淅沥有声
鞋跟溅起泥浆
噼啪作响

稚气的嘴角
脉脉含笑
凝思的眼睛
灼灼发光

竖琴流出小溪潺潺
横笛窃听双燕喃喃
掌心上感觉到手指在弹奏
胸膛里共鸣着合拍的歌唱

左半脑醉心于晶莹的音符舞蹈

右半脑神往着朦胧的旋律荡漾

1986 年 7 月 20 日

我沉浸在爱情的诗情画意中，那时的我，从不曾想过，我爱的这个人的内心还有着不止于诗情画意的更深更远的世界。

那天晚上，我给他打电话，兴奋地聊起我与他弟弟妹妹相见的情景，告诉他，小妹平生开玩笑说："没想到我们非无产阶级出身的哥哥，娶了严平这个无产阶级出身的'红小鬼'。"刚说到这里，电话那边杨南生的情绪突然一落千丈，言语激动。我不知道这句话触动了他的什么，心里很是难过，放下电话就哭了。

三天后我收到他的来信，没有提及那晚的电话，却写来又一首诗：

申 诉

在上百年的乐曲里共同找到了知音；
在几十年的画面上居然发现了共鸣。
谁说年龄的"代沟"不能
被相通的思想填平？

几纸满载相思的素笺，
一根传递柔情的银线，
难道牛郎织女的衷肠必须，
走过鹊桥才能诉遍？

然而，噩梦般的咒语：

家庭出身、阶级成分，
却暗暗纠缠，隐隐作梗，
在两个紧贴的心灵间咬噬着
从未愈合的伤痕……

1986 年 7 月 20 日长途电话后

读到这首诗，我被震动，似乎明白了什么。当天晚上，我再次拨通了他的电话，他为那晚的激动而后悔，他说："我不好。"他说，几十年来，他心中被划下的那道关于"家庭出身"的伤口太深。

第二天，我拿到了他的来信，信中再次提到这首《申诉》，他在信里写道：

电话里，我没有告诉你，昨天（白天），我自己曾把那首《申诉》的底稿拿出来看了一下，居然情不自禁地哭出声来……此刻我也写不下去了（自己继又感觉似属"顾影自怜""无病呻吟"一类，有点可耻，我这个"男子汉"）。

1986 年 7 月 26 日晨

那晚我在日记中写道：

我深深地理解南南，理解南南那颗受伤太重的心。生活中极微的触动，甚至一个玩笑，都可能会引起他联想回忆到许多不愉快的日子，他是带着创伤走进新生活的，他需要爱的时间平复他的创伤……

南南，我愿用我深深的爱来完成这一切！

1986 年 7 月 28 日

现在回过头来，我知道，其实我那时并不真正懂得他内心的伤口有多深。直到今天，我才理解了，岁月曾以不动声色的冷酷，在一颗赤子之心里留下了一种怎样的创痛。

有人讲，我与杨南生是灵魂与灵魂的结合，是灵魂伴侣。我很惭愧。

最初，我根本配不上做他的灵魂伴侣，作为人生刚刚起步，苍白无知、浅薄愚昧的我，怎么可能懂得那样一颗阅尽风暴雷雨的丰富而高贵的灵魂呢？我能给予他的只有纤尘不染的爱。就像我写给他的诗：

> 上帝生出花草
> 只因为
> 它先生出大地。
>
> 有高飞的海鸥
> 只因为
> 有广阔的海域。
>
> 我来到这个世界
> 只因为
> 有你。

如果说鸟儿给予大海的是欢乐的歌唱，大海给予鸟儿的则是辉映天地日月的迷人世界。作为杨南生眼里的“child wife”，他给予她透彻心灵的光芒与爱。

他在 1986 年 10 月 21 日的来信中写道：

亲爱的平平，My bonnie，My loved wife：

“思念”这两个字确已不够表达我目前的心情，我也是具体地体会到“失去了自己一半”的感觉。偶尔的相遇，必然的归宿，是上帝的安排也好，是命运的摆布也好，是“概率论”的答案也好，总之，让我再一次选的话，我也一样（只是一定要让自己晚十几年，而不必几十年生则更好，这样会保证多一些共同时间）。

……

忘记了曾和你说起过不，《人间词话》的作者王国维（此人竟在北伐成功时，跳昆明湖自杀。据传是“忧国”，但从他的文章看来，他似乎并没这么强的政治意识。或许也是像有些人硬加给肖邦的“政治意识设想”？），他说，“古今中外成大事者”，都经过下述三个阶段（他分别用前人的诗词中的一段来表述）：

1. 昨夜西风凋碧树，独上高楼，望尽天涯路。

2. 衣带渐宽终不悔，为伊消得人憔悴。

3. 众里寻她千百度，蓦然回首，那人却在灯火阑珊处。

我曾用它比喻过科研工作的阶段。现在看来，不必什么“成大事业者”，就是对人生幸福的追求，可能也有这么三个阶段，对我们这一代（至少对我），自己感觉是经过一、二两阶段的，只是近来，（今年人大起）才体会到了第三阶段。你该明白我会如何珍惜这一新阶段了。是吗？

你呢，我亲爱的平平？

吻你，我的小布娃！

南南

1986 年 10 月 21 日

几天后，我收到他送给我的生日礼物，两枚印章，一枚上刻着“南平”，这是我们两个人名字的组合；一枚上面刻着“四毛”，这个名字是我自己起的一个笔名，出于对台湾作家三毛的热爱与迷恋。真没想到，这个生日会收到这样两件珍贵的礼物。他在随后的来信中说：

图章是我用铅笔刀刻的（因为没能找到刻字刀），不很满意。它虽不是我生平刻制的第一块图章（我们小学“手工”课上曾学习过，但当时的“作品”都早已遗失了），而确是我第一次认真刻来给爱人当真用的。望尚能“容忍”？

1986 年 10 月 31 日

我捧着图章，读着他的信，快乐得直落泪。

那时，三毛是我的偶像，也是内心感觉亲密的远方的朋友。她作品所呈现出的自由、美好、浪漫的心灵世界，让我有深深的共鸣与向往，我在她的作品里看到了自己的灵魂。我搜集了当时市面上所有三毛的作品，着迷般地阅读，幻想着有一天去到撒哈拉，沿着三毛曾经的足迹，感受那棵“橄榄树”流浪远方的梦想；当然，也幻想着遇到一个真爱的爱人……

望着这块刻有“四毛”的小印章，我感受到满满的幸福。我知道，我不但得到了真爱的爱人，而且与他在心灵深处有着如此美好的默契。

几天后，我再次收到他的信：

我亲爱的平平：

算来我的几封“连珠炮”（#9#10#11）你明天该都会收到了。本来今晚不想写信，让你松口气，休息几天，可是觉得还有几件事要告诉你：

1. 我昨天买到了一本《港台作家选刊》（这期是女作家专辑），昨天一口气就看完了，所以决定寄给你看。我看后觉得这么多人里，确实也只有三毛够得上“作家”的称号。（我理解“作家”就是应该有些“灵魂工程师”的“气质”或“境界”。这个“灵魂工程师”倒颇合我们这些“物质工程师”的口味。不知对你们合口味不？）您从这么多现代化“写作者”（我可不都称他们为“作家”）中看中了三毛，我经过这几个月的分析、比较后，觉得我的平平还是有些眼力，或许应该说我又多了解了你一些（当然，你也一定会同意：比起世界文学史上有过地位的那些“文豪”，三毛的作品深度、广度都还很不够；而且她对琼瑶的崇拜，在《送你一匹马》里表现得也有些幼稚或失之娇嫩了些）。但是三毛确还是这么多人中的一个佼佼者，而且看来她还在进一步成熟中（这是从你借我看的那本她在荷西死后回台的作品集看出的。书名字忘掉了）。所以，我完全支持你选了“四毛”这个尚未公开的笔名（倒不是因为我给你刻了这个图章才支持你的；不过刻图章时，心里的支持确实还没有现在这么明确）。

三毛的优点是“真诚”“朴实”“洒脱”的风格中透出深挚，因而能触及心灵；而不像这本选集中其他的人那样，总带些“矫揉造作”，包括琼瑶这位“多产作家”，作品好多像是为了“写作”而写作，而不是为了抒发或者表达自己灵魂深处的什么感受。——我这个文学外行太好发议论了，不烦我或笑我吗？我的平平？告诉我真话，包括你对我的议论的评议。（其实，你说，文学作品本来就不能专是写给“内行人”看的，所以也应该允许我们这些“外行”充分发表议论。你说对吗？）

2. 还寄了一本《读者文摘》（1986 年第 11 期），其中《丑陋的中国人》写得还算醒目。但是似乎只罗列了“征象”，缺乏对“病因”的分析。你说，他为什么只字未提“封建遗毒”这个纠缠在我们民族身上的几千年的“病毒”呢？还是由于台湾作家到底对“历史唯物主义”或“社会发展史”等方面涉猎得少些？

3. 另一本《世界名画故事》一并寄去，以供你“早睹为快”吧。

关于已看得见的未来，我真是想让自己安安静静地待在我的平平身边[当然，这并不是要求我的平平每天 24 小时待在我身边，她应有她的年龄所需要的自由（生活和工作），而这与灵魂上的相依为命是并不矛盾的。对吗？]用相互的感情交流、思想交流、灵魂上的相依为命度我的“余年”。

今晚暂此驻笔，盼明天有你的信。我亲爱的朋友、情人、妻子…… my bonnie，吻你。

你的南南

11 月 7 日晚 11：30

他在“感情交流、思想交流、灵魂上的相依为命”下面画了着重号，这该是他终其一生对爱情的最深挚的理解。35 年后，再读这些滚烫的字句，依然能感受到力透纸背的深情。

我在给他的回信中写道：

亲爱的南南：

你的几封信先后收到，我被深厚的爱终日包裹着，它像雨露一样滋润着我同样一颗深爱着你的心。

我对你信中一些具体的问题反应，每一条都有具体看法，但总是一读完信，心就整个地被一种爱的激情充得满满的，那一个个具体问题，在我都融化为一体，一种情感。我只想倾吐那全部充满我心中的爱，具体的东西几乎视而不见了。其实，它们全融化在那倾吐中。这就是我的表达方式，只见森林，不见树木。常常信纸封装，才发现这也没说，那也没说。或许，我这也是为自己不严谨的天性做掩饰。南南，你能容忍你的这样一个小平平吗?

我赞成萧伯纳的“隽语”，其意不在具体的什么主义，意旨在：一个真正的人的成长，必有其火一样的真诚——真诚的爱，真诚的痛苦，于其间升华，而进入一种高层次的宁静、淡泊，但绝不失于真诚。

……

你在 12# 信中的关于“灵魂上相依为命”的那段

话，让我感受到一种心的巨大颤动，我哭了，幸福地哭了。南南，我爱你！“灵魂上相依为命”——何等深挚！的确，我愈来愈强烈地感觉到，我的爱、我的生命真正找到了她的归宿，唯一她所要寻找的归宿。她的现在、将来，整个的生命都与她寻找到的爱共生共息。一个生命决定了另一个生命，“灵魂相依”——别无选择。

亲爱的南南，我听到了你的呼唤，我的内心亦有同样的深情：朋友、情人、丈夫、哥哥、my child……

温柔地吻你

平平

1986 年 11 月 13 日

他接到信以后又写来很长的一封信，欣喜地说：

除了深挚的感情之外，我确能具体地体会到思想的交流。而后者对我这个习惯于“左半脑思维”的人会觉得灵魂上更“踏实”。但我今后将不再要求我的习惯于“右半脑思维”的布娃娃去“多受这个罪”，我要让自己更习惯于在她的“朦胧中”去寻找我所要的“踏实”，去找到我所渴望的灵魂的露珠。

第三节

我们的往来信件总是穿梭如织，一封信刚发出，又一封信就收到了。他就像一个阳光少年一般，把他内心的一切如数家珍般倾吐给他一心一意爱着的 child wife。

我发现，在爱情中，我们彼此的内心都在静静地发生着变化。

他在 1986 年 11 月 12 日的来信中说：

我亲爱的 child wife：

……

你已经让我在不知不觉地起着变化，心底深处的变化。你在影响着我，治疗着我，抚慰着我，通过信，通过电话，也通过从认识你来的日子的回忆。你果然也喜欢上 *Rebecca* 里的女主角，而且也猜到了我的原意。她不是也医治好了那个 De winter 的伤痛吗？（而且他的伤痛比我深多了。当然，也许我和他的伤痕不一样，社会不一样，伤痕性质也不会一样。）

也许伤感的心情今后也会有些小反复，但我总感觉，我确有些从根本上的、踏踏实实的新感受。昨天、今天，我故意试着再听了柴可夫斯基的第六（《悲怆》）和第五交响曲。以前我总认为"第六"比"第五"好，可是这两天来，我忽然发现还是"第五"比"第六"好。（记得那个现在已调到天津去的老战友，几年前曾和我争论过这个：当时他说"第五"比"第六"好，我却说"第六"比"第五"好。看来人的心情不同，喜欢的东西是会不同的。）也许你对《悲怆》第一乐章那个忧郁的主题和第四乐章的结尾虽然也"欣赏"，可是从心里说，也可能还是更喜欢"第五"的整个，对吗？有机会你自己再听听，比较看看（这两个交响乐你那里现在都有），再告诉我，好吗？

……

吻你，我的小布娃娃妻子！

你的南南

11 月 12 日午

在紧挨着的又一封信中，他再次表达了同样的心情：

今天又把柴可夫斯基的《悲怆》听了一遍，虽然仍然觉得她美得很，虽然仍对作者无限同情，但是我不像以前独自听它时那样，一点儿也没想再哭了（而以前，就在去年，我在听它时，特别是它的第四乐章，我会禁不住地哭出声来的）。

1986 年 11 月 17 日

我为他所表达的这些不知不觉的变化而感到由衷的幸福，尽管那时我并没有真正体会理解这其中的深度。现在回过头来看，他的每一封信，对我来说都是一片阳光雨露，一片明亮而广阔的精神天地，我在其中不仅沐浴着深挚的爱，更有心灵的成长。直到今天读来，它依然是那样的新鲜，生机勃勃，意味深厚。

我会常常跟他诉说一些类似小孩子的小烦恼，说完了又会为自己的幼稚无知而不安，他总是给我安慰与鼓励：

平平，我亲爱的 child wife，我要的正是你的真正的、任何情绪的流露。如果你把你的情绪为我“过了滤”之后再告诉我，我倒是会伤心的。……我的小布娃娃，你别忘了：遇到那个他心爱的“小布娃娃”的小男孩，他自己可能也曾是个小布娃娃（不过是缝成男孩子的模样的布娃娃而已）。因而，既然都是或者曾是“布娃娃”，他（她）们在“布里面的心”总是有许许多多、实实在在的共同点的。是不是？

1986 年 11 月 17 日

对于那些他认为我应该懂得并长大的事情，他则循循善诱：

我亲爱的平平，我挚爱着的 child wife：

……

你的倾吐我完完全全地 100% 地（也许 200% 地）理解。你到底还是没完全长大。你的感受大部分是这个世界上处处有、一直有的客观事实。伤感或愤懑，其实这些都是在人长大之后会逐渐有所淡薄的，对吗？

只有一件事，我和你一样珍惜着：我们的爱！我们这种在这个世界上并非处处可遇到的真诚的深挚的爱。我也相信这种爱会是永恒的：这种爱会比一切物质都存在得更长久。因此，如果这封信又让你想哭的话，就想象着你依偎在我的怀里，靠在我肩上，尽情地哭吧。——人有时确实是在“痛哭”之后才真正地长大的（这也是我自己的亲身经验之一）。而只有充分长大之后，人才能恰当地（“恰如其分”地？或用辩证法的语言说，“更符合客观世界的实际情况地”）来对待此生中可能遇到的各种情况。也只有充分长大之后，你才能让我放心（现在的放心还不是最主要的，因为我总在这里，可以写信，可以打电话，可以到你身边；

我希望的是“将来”的放心或“以后”的放心）。我的平平啊，我也写不下去了。上封信里（或更上封信里）我也写过我此刻多需要你的怀抱（我虽然自认为已“基本”长大，但有时还是感觉十分虚弱啊）。我不想用藏在我心深处的cloud heart来影响你，我希望你幸福快乐！

我多爱你呀，我的小平平！

你的南南

1986年12月12日上午

他经常会给我寄一些画册、音乐磁带，我从那时开始爱上肖邦、柴可夫斯基、贝多芬……他在信中说：

……1984年的一切，除了“碰面”是偶然的机遇之外，后面的一切都已经是必然的了。

是的，肖邦的《夜曲》，舒伯特的《小夜曲》，柴可夫斯基的《如歌的行板》，勃拉姆斯的《摇篮曲》，以及《红河谷》《约翰·克利斯朵夫》，我现在墙上的画——哦，还几乎忘了我们重要的“介绍人”苏东坡的《水调歌头》……这么多例子还不足以证明那个“必然性”的原因吗？是不是？这些都是不朽的精神财富，因而在我们的心灵中也都一定会是不朽的灵魂渠道。

1986年11月17日

他离开这个世界后，我更理解了这句话的深意，每当我打开音响，听到那音乐圣殿般的旋律，便仿佛听到了他心灵的跳动……

这期间让他特别牵挂的是我与父母的关系，他在几封信中都表达了希望我与父母重归于好的真切愿望。

平平，我的爱妻，我的心上人：

……

今早醒来在床上回味着信、相片以及昨天的电话，忽然想起一件事，它一直也在我的心头上。现在决定仍然像写前封厚信的心情那样，诚恳地、怀着深爱地告诉你：关于爸爸，你现在总是避免称他“爸爸”，这是让我不安的。

我认为，他对我们的结合，既然目前所唯一保留的意见是“年龄差”，那么这一点就是作为父母（特别是深爱过你并被你深爱过的爸爸）所自然会有的心情。你会理解这个心情，我也会理解，说不定比你的理解还会更深（因为我也是个“爸爸”，而且也爱自己的女儿）。他目前的保留意见是对“年龄差”给你带来的一切保留着许多深情的不放心（其中你一直“回避”着的“以后”问题，你爸爸就会替你担心着的）。别把爸爸对这件事的保留意见看成完全是出自他自己尊严的考虑吧。以后无论在信里，在电话里，甚至在心里，都还是应该老老实实地（对自己诚实地）称他为爸爸。我也会珍视你这个感情，我对他是很尊敬的。

同意我的上述意见吗？这或许是我在“逼”你长大的又一个重要方面。平平啊，我亲爱的小不点儿，我的 child wife，人也只有充分长大了才能恰当地（或令爱他的人放心地）处理此生可能遇到的一切问题

（包括你“回避”着，然而客观上都仍然存在着的问题）。对吗？我的爱妻。别哭，可别哭！平静地，也怀着我现在对你一样深挚的爱来想想我上面的话，好吗？吻你！我的 bonnie！

forever yours

南南

1987 年 5 月 28 日夜

我是流着泪读完这封信的。自回到北京，我便把结婚的消息告知了父母，没收到他们一个字的回音。那时，我确实不能理解父母对我婚姻的反对，而且是如此决绝的反对。我自认为是因为我的婚姻，让一辈子生活在正统、威严的军队中的父亲感觉丢脸，伤了他的自尊，所以他不惜把我逐出家门，断绝往来。我从此对“爸爸”这个称呼拒绝。

南生的信让我重新理解生我养我的父母。

我的父亲出生在沂蒙山区一个穷苦农民家庭，后来参加八路军，成为一名军人。他半辈子在战火中出生入死，炸残了右臂，埋在筋骨里的一块炮弹皮一直带到他离世。他对自己一辈子投身的革命事业忠诚坚定。我小时候常听他讲当年打仗的故事，其中讲到，有一次他们在一个村子休整，刚包好饺子，日本鬼子摸上来了，于是一通枪炮地干起来。“后来呢？”我总是问。“后来就转移到别的地方了。”“那些饺子呢？”这是我最关心的。他大笑：“哪还顾上饺子？早就炸飞了。”我便很遗憾地听完这个故事。记得，有一天，他讲到牺牲的战友，我问他：“爸爸，如果我是一个战士，现在你明确知道我这次去打仗肯定要牺牲，你还会让我去吗？”他几乎没有犹豫地回答：“去！革命哪有不牺牲的！”这个回答我记了一辈子。

父亲性情憨厚耿直，对战友、朋友一向掏心掏肺，那时生活水平有限，家里有点好吃的东西，如几根香肠、一点海米、一小袋精面粉等，都是一定要等到有战友、朋友来做客时才会拿出来。记得我小时候一听说有叔叔来家吃饭，便暗暗狂喜，因为我就可以吃到好吃的东西了。他对下属和战士侠义热肠，谁生活遇上困难，就解囊相助。善良勤俭的母亲常跟我唠叨：“你爸爸的手松，存不下钱。”

不过，他的耿直在另一些时候则会让他显得呆板。他在山区一军营任职时，有一次上级一位领导来检查工作，完毕，想买点山里的苹果，一打听，离军营更远的地方会便宜两毛钱，便让车子去了 50 公里之外的地方去买。父亲不以为然，后来跟一位老战友说，就为了自己便宜那么两毛钱，让公家的车子烧着油来回多跑 100 多里路。老战友说：“老张，你真是个死脑筋，你还让领导跑？你就应该掏钱买了送给领导。”父亲感叹：“革命一辈子，没有教我这样做啊！”

父亲最难忘他当年与彭德怀司令的一面之缘。

那是 20 世纪 60 年代初，一年冬天彭德怀到基层视察工作，到父亲所在的军营住了一晚上。彭德怀穿着一身洗旧了的棉军服，腰里扎根武装带，只带着一个警卫员，来时没通知任何人，惊得军营不知所措。第二天离开时，军营的领导们要送他去火车站，他脸一黑：“谁也不准送！”火车站离军营不远，他和警卫员两人径直向车站徒步而去，小领导们想送又不敢，不送又觉得过意不去，便远远地跟在彭德怀的后面。到了火车站，进了站台，彭德怀瞥见了他们，黑着脸一言不发，直到火车来了，他和警卫员上了火车，在窗口向着这几个小领导甩出一句话：

“不让你们送，为什么还来？下不为例！”火车咣当咣当开走了，一行人站在站台上，齐刷刷向着列车驶去的方向敬礼，直到列车都看不见了，他们还站在那里……

父亲每说到这段奇遇，便无限感慨：“彭老总好啊！那个年代的作风好啊！”

父亲参加革命前没读过书，对文化有特别的渴望。他酷爱学习，早年在部队不仅学会了读书看报写文章，还自学了初中的数理化，尤其对物理感兴趣，他常说，如果他在工厂，会是个不错的工程师。

就是这样一个父亲，经历和环境造就了他坚固的思维方式，对于超出他思维方式的东西，是难以接受的。

记得那年，我参加工作后第一次探亲回家，父亲看到我穿了一条牛仔裤，十分生气。那时牛仔裤刚开始流行，电视上总是有牛仔裤穿在一些街头小混混身上的画面，父亲恼怒我竟然穿这种不入流的衣服，命令我立刻扔掉或者剪碎。我不肯，他便指挥母亲，趁我晚上睡觉的空儿，把那条裤子给剪了。我关在屋里大哭一场。

父亲对于感情的表达方式也有着他顽强的特性。我知道他是爱我的，但他从来羞于让我看出来。那年，我在乡下插队，春节前夕下大雪，所有的长途车都停运了，我就和几个知青伙伴撒开腿长途奔袭，在大雪地里走了整整一天，摸黑回到城里。

本想着回到家多么高兴，没想到父亲一看到我全身上下湿漉漉的，脚上的鞋子冻得扒不下来，顿时发火，责备我这样的大雪天回来干什么，我一时委屈得泣不成声。母亲一边用温水为我泡脚一边安慰我：“你爸爸是心疼你。”我回道：“如果是这样的心疼，我宁愿不要。”

在我长大以后，自然开始明白了父亲这种不善言辞的情感表达方式。但对于我的婚姻的反对，我实在无法想到这是爱。

南生的信让我冷静下来，重新体会理解父亲“冷酷”后面的心意。我开始真诚地做出努力，不断地写信，让父母知道我依然爱着他们，南生也真诚地尊敬他们。直到有一天，爱终于让他们心中的冰雪融化。当南生得知我的父母重新接纳了我，欣喜万分，在来信中说：“我终于松了一口气！”那一年，父母来到北京，来到我们小小的家中，再次见到我，见到真实的杨南生——一个令他们深感温暖、尊敬有加、阳光灿烂的女婿之后，淳朴善良的父母竟全心全意地喜欢上了他。南生和我一样称他们为“爸爸、妈妈”，他知道父亲喜欢摆弄电机、机械类的小东西，就去商场买了有各种功能的家用小电器送给他；听说父母家里有个能播放黑胶唱片的唱机，便从自己收藏的一些中国传统乐曲的唱片中挑选出父亲喜欢的几张请他带回去听。他在我父母面前就像一个快乐的大孩子。

从此我发现，我父母疼爱南生甚于疼爱我。每年秋天，枣子一下来，母亲就买下很多，一个一个挑选出最好最大的寄到北京，千叮万嘱让我煮红枣粥给南生喝。我每次回山东探亲，临走那天，他们必要忙着又包又煮地给我带上一大饭盒饺子，我不想带，母亲便不容分辩地说：“不是给你的，这是给南生的，他最爱吃我包的饺子！”吃到饺子的南生则开心得像个孩子：“妈妈包的饺子好吃极了！”

与南生一辈子总共度过 27 个春节，爸爸妈妈没要求我回去过一次，总是说：“你一走就剩南生一个人了，不要回来啦。”南生曾提出春节和我一起回山东陪伴父母，但父亲终因顾虑部队大院可能的人言，没有答应。母亲后来告诉我，这是父亲始终的愧疚，但我永远深深地感激他们。我知道，对于一个一辈子当兵打仗、传统古板的父亲来说，他已竭尽全力。

父母晚年病重时期，我每次回去看望他们，他们最牵挂的还是南生，母亲会一遍一遍地叮嘱我："好好照顾南生！南生是个多么好的人啊！"她会反复遗憾地说："我不能给南生包饺子了。"父亲去世前，说话都没力气了，见到我，努力开口，第一句就是问"南生好吧？"当得知南生都好，他安心地点点头。也就是在那一刻，我平生第一次面对父亲（以前只是在信里）说出："爸爸，我爱你！"我看到父亲眼里有泪光闪动，间或有一点羞涩，微微地笑了。

多少年后，每当想到有关父母的这些往事，我的眼泪就会流下来。

我一直惭愧，我对我的父母了解得太少了，甚至都不如我对一个采访对象了解得多。他们的童年、少年、青年、家庭婚姻、工作，他们的喜怒哀乐等，我了解多少呢？我几乎都没有想到要去关注他们。

是南生的爱，引领着我一步一步走近生我养我的父母。

我与父母的和好让南生高兴极了。我真实地体会了人们常说的一句话——"幸福着你的幸福"。他在信中几次说：

> "我的小平平，只有你感觉幸福了，我才会感到幸福！"
>
> "我的小不点儿，希望你永远像现在这样幸福。在你的幸福中我也就有了我生命的一半！"
>
> "平平，你真能知道我多么爱你吗？你真能完全知道一个有过一次经历，而且年逾花甲的人会如何深爱

他这时才又认定的心上人吗？”

多年后，当我也年逾花甲，更加深刻地懂得了他纯粹、厚重、金子一般的爱。是他的爱，让我学会了爱。

每到夜晚，
我们便开始对话，
总是我有十万个为什么，
你回答。

我扯下一片雨，
你就在雨中升起霓虹；
我扯下一片夜幕，
你就在夜幕上洒落星星；
我搬来一座山，
你就将山燃成火炬；
我放出一只风筝，
你就还他一只自由的山鹰。

无数逆风而行，
你总能让我看到，
远方闪亮的灯火；
无数阴霾重叠，
你总能让我发现，
红尘之上的星空。

我走向你，

昼夜不停，
但永远握不住你的衣襟。
你总在一步之遥处，
面向大海，
带我走向更远的苍穹……

这是翻阅书信的一个晚上，梦中见到笑容灿烂的他，梦醒起身，浮想联翩，写下了这首小诗。

调令“搁浅”一事杳无音信，我调去西北的念头总是在涌动。只是听说杨南生所在单位依然在做着努力。

1987 年 5 月 18 日，我收到他的又一封长信。他在信里回顾了他一生关于事业、生活的种种，他说：

我知道小平平是一个为爱不惜一切的人。平平，你作为第一次追求幸福的人，你这样想当然是很自然的，也很符合客观规律的，当然更是符合你的个人气质的。而我又确确实实深深地诚挚地爱着你的这种气质。但是平平，至于我，一个年逾花甲，此生经过不大不小的一些坎坷遭遇并有不少感受的人，我能让我深爱的心上人也像我自己当年那样来处理人生中的重大转折点吗？这样，我对深爱着的人是在以诚以爱相待吗？……

平平，那天，电话里我提到了“以后怎么办呢？”我说的“以后”你当时确没听懂，但是后来大概猜懂了。对吗？然而这个“以后”的问题却是我在考虑定居地点时一直没有忽略的首要问题啊。你可以不考虑，以你的气质，以你对我的感情，我知道你不会考虑，

> 至少不会认真地考虑。（因为那样就不是你，不是你的“原味”了。）可是我呢，我作为经过人生“一次完整经历”（说完整，只是经历的事件而已；当然缺乏着其中许多自己原想追求过的事物或理想）的丈夫，能和你一样地对待我所预见到的一切可能事件吗？于是，平平，你不能不理解我提这个问题，虽然你不予理会也可以：如果我把你一个人孤零零地丢在“大西北”，我在坟墓里能瞑目吗？

信写得很长，能感受到他在写这封信的过程中情感的凝重与深沉。他的内心深处，有一种为自己身后安排小平平的痛楚，他盼望他的小平平不仅现在而且“以后”都能生活得幸福。

最后说到一些朋友仍在为他来京的事努力，他写道：

> 看来我俩的结合自始至终都有上帝在暗中帮助；让我们“双双下跪，共同感谢上苍”，并祈求他继续保佑吧！阿门！

作为一个科学家，杨南生是一个彻底的无神论者，这是我第一次也是唯一一次听到他向上帝祈祷。

1988年初，航天部经过种种努力，绕过了工作调动这一道无法逾越的坎儿，将杨南生的户口由西安迁至北京，并妥善安排了工作。无论如何，他可以把脚落在北京的地上了。尽管多年后，那个无法逾越的坎儿给杨南生的晚年带来不可思议的磨难与痛苦，但此时，我们为终于能团聚而欣喜万分。

第六章

为什么每一个走近他的人都会爱上他？
因为他始终裸露着一颗赤子之心。

第一节

南南，昨天晚上一直在梦中，梦见一个不认识的人闯进我们的家，你问他，他便要动手打你，眼看他就要挥着拳头砸向你，我跳上前去怒吼：“你敢！”一身冷汗，惊醒，心脏突突地跳，黑暗中，泪水滚滚。

我无法说清这样的梦境，细想，确是我心里悲伤许久的下意识的情绪，无以言说，再也不能入睡，打开手机里的音乐，在 *Nearer My God to Thee* 的旋律中睁着眼睛直到天亮……

2017 年 4 月 19 日

杨南生进京调令无故被阻的消息，令人们难以理解。

一些看似没有理由却静悄悄发生的事情，其实不是没有理由，只是那“理由”是说不出口的。杨南生此时心里已经清楚。他静默地，把自己的隐痛放在他人生大幕后的深处，不让他疼爱的 child wife 触碰到，他希望她的心里永远只有阳光和蓝天。直到他去世以后，我才慢慢了解到他曾经历的苦涩，开始懂得：一个唯科学为信仰的人，在现实中所需要付出的代价。

固体火箭的发展，对于一个国家国防的重要性，今天妇孺皆知无人质疑。但在中国航天发展早期，却经历了一场著名的长达十几年的“固液之争”。争论的焦点如今看来都是些常识性的问题：液体火箭已经形成规模、发展良好的同时，需不需要大力发展固体火箭？发展固体火箭究竟有什么意义？

时隔多年，与那一代航天人聊起来，我常能听到围绕那场争论的许多往事。

中国航天是从液体火箭起家的。那时，苏联还是“老大哥”，液体火箭发动机从起步到发展都得到了“老大哥”的慷慨帮助，他们提供了全套的设备资料、工艺资料、材料资料，同时派出专家手把手给予指导。因此，液体发动机起步早，发展快，在航天领域形成绝对优势，当时航天只有四个研究院，位于北京的一院、二院、三院全部从事液体火箭的系列研制，唯有位于内蒙古、后来搬迁至陕西的四院从事固体火箭研制。刚开始，人们对固体的重要性认识不足，加上它没有一图一纸的外援，白手起家，发展艰难缓慢，一时收不到成效，所以在很长一个时期不被重视。

一个事物的重要与否，终究不是以人们的主观意志为转移的。固体的特性，决定了它的价值与地位；新中国亟须强大的国防决定了发展固体的紧迫与必然。钱学森以他的远见和智慧，很早即提出的“一定要发展固体火箭”的战略思想，在当时的上层部门已经达成共识，四院的成立即是这一战略思想的重大举措。作为固体火箭的技术领军者，杨南生对发展固体火箭的意义是深知的。他通过对西方火箭技术的持久关注，认识到固体武器在未来战争中有不可替代的重大优势与威力，中国要想有不畏惧任何强敌威胁的实力，没有固体火箭绝对不行。

时至今日很多当年的“老固体”都还记得，杨南生走到哪里，就把固体的优势、特点讲到哪里。一位叫王明顺的老专家至今能背出杨先生的话：

“固体与液体相比，结构简单，可靠性强，机动灵活，目标小，发射不需要临阵装药，汽车能打，火车也能打，机动性强，将来战争中的武器就是靠固体。咱们一定要把这个‘大笨蛋’搞出来！”

一个认识的统一总是有过程的。

航天部生产计划司当年一位负责人张新斋一直负责与四院的工作对接往来，经常去内蒙古基地搞调研，对四院和杨南生有很深的了解。他说：“那时候，液体研究院是整个航天的宠儿，液体的势力占绝对上风。但固体的声音很弱，作为固体火箭的领头人，杨南生那些年的确有一种孤军奋战的悲壮色彩，在各种阻力和冷眼旁观下，既要全力为固体鼓与呼，又要拼了命地把固体搞出来，难哪！”

杨南生是那种认准一个科学道理就不会松手的人，他既然知道这个固体火箭对国家有多重要，他就会不顾一切地去干。至于难处，他认为那正是他要攻克的，搞科学，哪有不难的？

他带领着固体火箭队伍，在远离京城的内蒙古戈壁，历尽种种艰辛，最终闯开了固体火箭这个神秘而威力巨大的世界的大门。随着第一台固体火箭发动机的诞生、“东方红一号”卫星上天、各种“红旗”系列的固体战术导弹的研制成功、“巨浪一号”两级发动机的研制成功，固体的重要性开始为人们所普遍认识，固体火箭呈现出蓬勃生机。

“固液之争”并没有因此停止，观念的惯性、体制运行的惯性依旧在固体发展的过程中产生着负向作用。当年一位搞液体的人回忆说：“按当时的发展水平，液体已经看到顶头了，而固体前途无量。一块大蛋糕本来我们一直独吃，现在赶上来的‘小弟’也要分享，那心里自是不舒服。”

这块“蛋糕”里包含的最直观的东西就是资金与装备。当时固体的科研生产装备及条件十分简陋，很多东西都是就地取材东拼西凑。“老航天”山芸芳回忆，为“东方红一号”卫星研制出的第三级发动机，最后一道工序是喷漆，基地竟连一个喷漆房都没有，只得临时搭建一个人棚子，工人手拿着喷枪进行人工喷漆。运输需要防震包装，却找不到防震缓冲的衬垫，只好往装发动机的包装箱里塞报纸，发动机拉到酒泉发射基地，一拆封，机身上沾满了报纸的字墨，很多地方都能清晰地读出报纸上沾下来的字，再加上手动喷漆工艺的粗糙，摆在那里，与外表漆膜锃亮晃眼的液体发动机一对比，实在寒碜。钱学森看到后跟杨南生调侃：“你看看你们的东西，怎么就不弄得好看点儿？”杨南生一肚子委屈：“我们‘游击队’哪比得了‘正规军’！”

那时对液体的研制投入很大，在装备上已基本达到现代化水平，像喷漆这种工艺，不仅有一流的喷漆房，并且配套了最先进的自动喷漆设备。航天曾流传着一句玩笑话——“就装备条件讲，固体是‘游击队’，液体是‘正规军’”。

那些年，在液体强势下的航天系统，固体只能在夹缝中生存。争任务，争项目，争设备，争资金……成了杨南生最头疼的事。

至今航天还流传着那些年杨南生为固体发展与人激情争辩的精彩故事。很多人都记得杨先生常常不留情面地批评那些对发展固体认识不足的人为“液体脑袋”。有人说，杨南生很像苏联电影《驯火记》中的火箭总设计师安德烈，内心纯粹透明，性情刚烈如火，脑里只有火箭，为了火箭，不惜个人的一切，不惧任何干扰。

《杨南生传》中写道：

“如果没有杨南生，四院发展不到今天。一是他为四院赢得了固体地位，在‘固液’之争的历程中，他敢于站出来，不怕得罪人，顶住压力，据理力争，才有了日后的‘固体之春’。实践印证了发展固体事业的重要性和紧迫性，若是当初没有开创固体事业研制，我国的国防实力不知要落后多少年。二是他有前瞻性，在直径 300 毫米、700 毫米发动机研制成功后，提出研制直径 1400 毫米和 2000 毫米等多个大型发动机的想法，用 4~5 年时间开展技术研究，让固体火箭技术跨出了一大步。之后，多个大型发动机都是在他的领导和拍板下崛起和发展起来的，在今天看来，那些决策都是非常及时和正确的，不仅为四院的发展奠定了坚实的基础，也为我国的国防事业创造了许多个第一。”

在中国固体火箭事业蓬勃发展的今天，读到这些话，令人悲喜交集。

杨南生的这段历史，总让我想起曾经采访的陕西一位叫焦五一的人。他是搞建筑设计的，针对西北黄土的地质特点，在常年实践和研究中，发明了“弦线模量”的设计方法，与传统的设计方法相比，操作简便，造价低，而且地基更扎实坚固。这样一种好方法本应被纳入黄土地区的建筑设计方案，大力推广，却遭到一批老黄土设计专家的合力抵制封杀。我们曾以各种形式的报道，希望能推动这件事情的发展，但都没有成功。

焦五一孤独而痛苦，每当我去西安采访看望他时，都有说不出的悲凉，他已从 40 多岁的盛年熬至 80 岁高龄，但他的“弦线模量”依然被冷落着。我们采写的通讯《黄土丹心》感动了无数读者，却无法叩开那个专家“小圈子”的科学良知，也无法抚平焦五一一生的伤痛与抱憾。

我想，杨南生对科技领域的这种弊病是早有感受的。记得，20 多年前，他曾在给我的一封信中提到，他当时正为西北工业大学几个青年教师申请中国科学院设立的“青年科学基金”的事忙碌着。他说：

“我一直鼓励他们加强他们之间的‘横向联系’，设法早日摆脱对中老年人的依赖。我认为，这才是我国科技界的真正出路。所以，我要用自己的招牌全力支持他们。”

与焦五一相比，杨南生是幸运的，这个幸运不是天赐，而是固体火箭本身对于国家的无可替代的需要所决定的。每次国庆阅兵式，行进在天安门前的火箭军方阵，就是明证。

2012 年，国家为固体事业诞生发展 50 周年第一次举行了公开隆重的纪念庆祝活动。这一年，杨南生 90 岁了。《人民日报》《光明日报》《中国青年报》等在庆典报道中，都不约而同地写到在采访中听到人们谈论最多的是“一位叫杨南生的人”。此时，病卧家中的杨南生，收到了一只晶莹的奖杯，这是航天固体研究院以无记名投票的方式遴选出的“固体 50 周年十大感动人物”奖，杨南生以第一高票成为这一荣誉的获得者。时任四院党委书记张康助专程到北京，把奖杯捧到杨南生的面前，他抚摸着，像一个孩子般灿烂地笑。

他离世后，我在日记中写道：

南南，当我从你的老战友们那里了解了关于“固液之争”的种种后，真切地感受到，中国当年从一张白纸出发的固体火箭事业遇到你这个只讲科学不顾其他的人，真是一件幸事。如果你是一个乖巧的多为自己考虑的人，不与那些液体的权威相争，不得罪人，最多就是固体的发展晚几年，但日后你作为中国固体领军人物依然会尽收荣耀。然而，你偏偏不是这样的人。你既然认识到固体对于国家国防事业性命攸关的重要，便要只争朝夕，像堂吉诃德一样，为了理想，不惜手持长矛与风车搏斗，宁肯把自己顶在前面牺牲掉，也要把固体搞上去。历史最终证明了你的正确，绝大多数曾经反对过固体发展的人都成为你的知音与朋友。但是，不得不承认，你人生路上终留下一个致命的旋涡。

我知道，你是绝对不会后悔的，相反，你一定为今天固体的发展，有无比的喜悦与骄傲。我骄傲着你的骄傲，但是，每每想到你后来因此付出的代价，便十分难过。

2013 年 12 月 21 日

第二节

作为一个科学家，杨南生的执着（人称“死心眼”）不仅仅在于“固液之争”。

他是一个以科学探索、尊重真理、民主作风为原则的人。工作中总是与科技人员一起讨论，出现问题，他会第一个站出来担责任，每一个技术人员都可以随时向他提问、请教。他从不对下属发脾气，他说：“控制情感和虚伪是两个概念，不能把任性当成美德。”

这样的一个杨南生，当他在工作中遇到独断专行、以权势压人，他是难以接受的，这违背了他的科学信仰。

这也正为他的人生埋下了更大的“隐患”。

常听一些老航天人谈论起杨南生当年的一些片段往事。对上面个别领导在科技问题上的某些违背科学依据的决定很多人有意见，但大都私下说说，杨南生却公开自己的观点。在科学试验中，对不讲科学规律瞎指挥的领导作风，多数人选择沉默，杨南生却直言批评。

他晚年曾无意间跟我聊起，在一次有关会议上，一位领导发火训话，全场垂耳恭听。训完后，谁也没料到，杨南生站了起来，对刚才的训话提出不同看法。整个会场鸦雀无声。散会后，走到门口，遇到也刚从会场里走出来的一个参会者，拍拍他的肩膀：“老杨啊，你可要小心，某主任可是厉害呀！”他回道：“厉害我也不怕，再厉害也要讲道理！”

有人说，杨南生单纯得像个婴儿，他的科学脑袋轴得只认道理。他不知道，很多时候，道理不重要，关键是你不能触动某种权势与面子。

可杨南生脑子里天生没这根弦。

一位对杨南生有着很深感情的人说，杨先生什么都好，就一个缺点，嘴巴太直，有什么意见，不论什么场合什么人他都敢说，不给人留面子。

也有人有另外的看法，作为一个科学家，最应该看重的是他的科学创新能力，而不应该要求他也要学会察言观色、讨人喜欢的本领。就算嘴巴直是杨先生的缺点，那这个缺点除了让个别人面子不舒服，对工作是大有好处的。这就像陈景润一样，如果也是个会察言观色、通晓世故的人，他还能搞出“1加1”吗?

很长时间我一直在这两种意见中游移。

杨南生曾对我说过一句话："在这个世界上，我是从来没有私敌的。"

我相信。他所有的执着都只为了一个目标：科学与真理。

记得他已经90岁那年跟我说过：

"我这一生当过两届全国人大代表，以代表的名义给某部门领导的工作提过七条意见，郑重地签上我的名字，提交上去。我一直期待这七条意见能在工作中看到改进的效果。很多年已经过去了……"

他的眼神里有淡淡的忧思。

记起，早年他曾在信里对我说过一句话："我的小羚羊，你的'山羊'实在是一个不讨人喜欢的角色。"在这封信里，他寄来一篇他写的杂文，笑言："供你一哂。"

有感于塑料花

最近，某省召开了一次科协代表大会。会期六天，预备会两天，正式会四天。领导讲话，来宾祝词，贺电，鲜花，集体照相，电视导播……搞得轰轰烈烈。但是会议内容却空空洞洞，会上发言和会下讨论都死气沉沉。于是许多与会者不到会议结束就回去了，而坚持到底的人也在小组会上说："这种会议完全是应景召开的"，"领导上对科协这个组织本来就是当作摆饰，当作花瓶而已"。也有人说："我们这些人其实就是插在花瓶里的花，而且是塑料花。"逗得大家哄堂大笑。笔者有幸也参加了这场盛会，回来后对塑料花一词深思之后，颇有感触。

塑料花确有它的优点：它在摄影机下，在电视屏幕上，都宛如鲜花；但是它平时不需洒水，而且它又没有气味，更没有刺，所以绝对不会影响主人的敏感器官。更好的是：它经久耐用；必要时还可以冲洗（甚至修整）一番，也无损主人所期望于它的功能。怪不得在当前某些地方、某些部门里，有些领导会偏爱这种塑料花型的知识分子。对这类知识分子使用起来，确实容易“得心应手”，容易“政策落实”的。

回想起来，笔者多年前（大概是经济困难时期）在某地商店里购物时，向售货员要摆在橱窗里的一件东西，她竟理直气壮地答复说：“这是繁荣市场用的陈列品，不卖！”看来，“繁荣市场”既然需要不供出售的商品，发展科技也当然会需要花瓶式的科技组织与塑料花型的科技人员了。其中的形式主义却是一脉相通的，而搞这种形式主义的思想根源则是否可以追溯到“大跃进”时期的浮夸风呢？所以，该如何扭转这种有害于四化的不良作风大概也是与体制改革有关。故谨述所感，仅供有关方面参酌。

时隔多年，读此杂文，依然觉得鞭辟入里。有意思的是，杨南生这篇写于 1986 年 12 月的小文曾投寄《光明日报》，竟在 16 年后遇到“回音”，2002 年的《光明日报》刊登了工程院院士秦伯益的文章《院士不是花瓶》。文章说：

“颁奖会上请我给获奖者发各奖，让群众鼓鼓掌；联谊会上一些不相识的人请我站立中央，让他们轮流照相；无非都是迎来送往，逢场作戏；耳边尽是阿谀奉承之辞，嘴上都是不关痛痒的话。‘终身荣誉’倒像一只花瓶，供人观赏。”

这位院士最后主动申请退休，并留下名言：“院士不能永葆青春，但是必须永保清白。”

杨南生与秦伯益可谓不曾谋面的“知音”。

这样的一个杨南生，终让个别人不喜欢。

他离去多年后，当我从他的老战友们那里了解了他内心一直向我屏蔽的隐痛，心中戚然。

1982 年，已调至陕西工作的杨南生继在内蒙古自治区当选一届全国人大代表后，又被陕西省选为新一届全国人大代表，此时，他被诬告，说他在内蒙古最艰苦的 10 年奋斗是为“反动路线而干”，是“搞破坏”。陕西省有关部门遂进行调查，没有查出任何问题，听到的是干部群众一致赞誉，最后他的人大代表资格未受任何影响。但这件事，让他心寒。

一位长期在七机部机关工作的老同志记得，这期间，钱学森曾收到一封来自四院下属单位的信，看上去是反映技术问题，实则是打杨南生的小报告。钱学森很震惊，把信批给了七机部一位领导，批言道：“你不要把这个问题单纯地看成技术问题。”这一刻，钱学森保护了杨南生。

杨南生接受组织调遣奔赴新开辟的秦岭深山，为新一代战略导弹进行预研工作，本是一次更为艰巨的任务，但却被个别人信口污蔑其为“逃避内蒙古艰苦”，是为“某派而干”。他听闻后悲愤难已。

不久，在杨南生领导的预研工作一路凯歌的节骨眼儿上，他被调离技术领导岗位，据说，还领到一句看似玩笑的话：技术上出了问题，仍唯杨南生是问。

有一部很火的电视剧叫《大江大河》，在那位主角宋运辉的身上，我总会感受到几丝杨南生的影子。其理想抱负、科学技术第一的原则，不谙人事的纯净，不惧权势的勇敢，乃至所遭遇的阻力、打压、排挤甚至陷害，似乎每一条都可以在杨南生身上找到。怪不得曾有一位“老航天”说：“杨先生的一生如果被拍成电视剧，那是再精彩不过了！”

电视剧中宋运辉的结局当然是喜剧的，但现实中杨南生所要承受的还远没有结束。

第三节

之后的事儿都像是一些玩笑了。

1997 年，中国恢复院士制度，航天部第一次推举参选院士。这之前（1986 年）杨南生已当选中国首批国际宇航科学院院士，国家首批“有突出贡献专家”，对于当选中国院士，在人们看来，毫无疑问。

可现实中总有出人意料的“逗哏”。

据当年知情者回忆，在部里科技委讨论推举院士名单的会议上，讨论到杨南生时，他的材料被人以“杨南生不是从科学院力学所来的吗？让他回力学所去评吧！”为理由而被撂到了一边。在场的人都愣了。谁都知道，杨南生 1964 年从中科院调入航天部，距离此时已经 30 多年，怎么可能让他回中科院参评呢？

会后，有同志提出：“对杨先生这样做不合适吧？”得到的回复是：“那怎么办？讨论已经结束了。”

被业内专家们认为“评两个院士都绰绰有余”的杨南生就

这样被“剔”出了中国院士的大门。那个“剔除”的理由后来成为人们口口相传的“笑话”。

固体火箭领域自此很多年“院士”一直空缺。后来，终于有人成了院士，杨南生打电话向他真诚祝贺，那位院士流泪了，他说：“杨院长，这个院士应该是您的，您才是固体第一人！”杨南生笑笑：“不管是谁，只要固体有代表了，就令人高兴！”

杨南生在上海机电设计院时期的老同事、日后获“两弹一星”功勋称号、中科院院士的王希季，对人感慨道：“杨南生不能当选院士，我这个院士的脸上都会失去光彩啊！”

1999 年 9 月 18 日，央视《新闻联播》播放“两弹一星”功勋授奖大会，那一晚家里的电话被打爆。尽管人们知道，连院士都当不了的杨南生，更不可能获此殊荣，但人们依然为他抱不平。他在电话这边平静地说：

“没关系，我这一辈子干的事儿又不是为得到这些东西而干的，想想天上飞的有我亲手摸过的，天安门每年展示的那些‘厉害家伙’都是我们研制的，我们干的东西让国家强大，外人不敢欺负，这就够了，其余的随它去！”

他去世后，有人送我一份材料，是当年“两弹一星”功勋授奖后，有人上书有关部门，请求为杨南生追加授予“功勋奖章”。材料写得很长很专业，大致是说，无论放卫星还是发导弹，关键的关键是火箭，没有火箭一切都是零。作为开创了中国固体火箭事业的奠基者、领军者杨南生，理所应当荣获“两弹一星”功勋称号。

航天领域一位深悉各种荣誉评选内情的人感慨：“杨先生有两件本应毫无悬念的事都阴差阳错没有了：一是院士，二是‘两弹一星’功勋。”

杨南生对这一切荣誉的失去，并非没有一点感觉，但他有一种骨子里的释然。他清楚，这是他所坚持的科学信仰与人格在一个特定环境下必然要付出的代价。他对弟妹和老同学开玩笑自嘲："这是我应得的'下场'。"

人们开始发现，自从杨南生被关在"院士""功勋"的大门之外后，有关记录航天历史的文字、宣传开始发生变化，凡涉及固体领域，"杨南生"这个名字静悄悄地消失了。

那一年，电视上播放一部讲述军工历史的大型纪录片《军工记忆》。第一集讲的是中国固体火箭发动机的诞生和发展。播音员声情并茂地讲道：20 世纪 60 年代初，内蒙古大戈壁从全国各大院校走来了一批大学生，他们要在一张白纸上开创中国的固体火箭事业，但他们中没有一个人见过固体火箭长什么样，他们在黑暗中苦苦探索，就在这时，黑暗中走来了一位固体火箭技术的领头人……

看到这里，我当然知道接下去那位走来的领头人就是杨南生。

镜头由远而近，摇出一个我陌生的头像……

我目瞪口呆。

那天晚上，我没有开灯，站在窗前，望着青色的夜，内心有一种言语无法描述的无声无息的碎落与寂静。

我的手上一直留存着一份 1999 年 6 月 10 日的《科学时报》，头版头条的文章《请历史记住他们——"两弹一星"科学家英雄榜》下，杨南生、王大珩等人的照片历历在目。几个月后，杨南生就不再是"历史要记住"的人了。

一位在航天档案馆工作到退休的"老航天"，有一次与一位朋友聊到杨南生，他说："从档案馆里所有存档的有关固体火箭开创发展历史的档案材料中可以看到，中国的固体火箭就是杨南生领着搞出来的，这是铁板钉钉的事儿。可惜，这些历史现在只能躺在档案室里了。”

后来我一直想，在一个名利滚滚、虚假难辨的世界上，自己的一生能安静地结结实实地躺在一处不为世人骚扰的地方，何尝不是杨南生想要的？

那一段时间，我正采写一篇关于“钱学森之问”的报道。这个著名的“之问”是当年温家宝同志去看望钱学森时，钱学森提出的。他说：“这么多年培养的学生，还没有哪一个的学术成就，能够跟民国时期培养的大师相比。为什么我们的学校总是培养不出杰出的人才？”

我为写这篇稿子采访了很多人，有各种各样的解答，但始终也没有获得一个深刻清晰的答案。自然，这个问题涉及的层面很广也很深。稿子发出去了，但那个问题依旧是我心中的一个问号。

命运让我遇到杨南生，当岁月一层一层裸露出这样一位科学家的躯体、灵魂，裸露出他辉煌之下的悲情，我开始慢慢领悟“钱学森之问”的内涵之一。

亚里士多德有一句名言：“吾爱吾师，吾更爱真理。”

爱因斯坦说过：“任何一种伟大高尚的事物，无论是艺术作品还是科学成就，都来源于独立的个性。”

我想，杨南生能够带领一支年轻的固体队伍，从无到有、从小到大开创出中国固体火箭事业，人们只看到他卓越的才华，全身心的奉献，但忽略了一个同样重要的因素，那就是他独立思考的精神、对真理的痴爱与坚持。任何世俗的利害，都不能动摇他对科学真理的追求。

历史上“日心说”的创立者哥白尼的忠实捍卫者意大利哲学家乔尔丹诺·布鲁诺被教会活活烧死，固然是人类极端的事例，但这种反科学的尘埃何曾消亡过？

法国作家蒂埃里·勒南说：“没有思想自由，就没有科学，没有真理。”

杨南生坚守了一个科学家的信仰与品质，他在科学的领域取得了胜利，然而他却在另一个领域“消失”了。他的一生宛若一块标本，从一个独特的视角无言地回答着那个经典的“钱学森之问”。

第四节

对于一个挚爱自己的国家、忠诚科学的赤子，杨南生所遭遇的这些不公正在他心里留下了创伤。身为一个只参与了他后半生生命的人，很长时间我都无法真切地感受到那创伤有多深，更无法了解他是如何穿越这些创伤，最终到达一个广阔、明亮、无限的世界。他很少向我提起他经历的苦，总是说：“平平，我不希望我有过的那些沉重影响到你，我希望你总是快乐、幸福！”

他离世后，这越来越成为我心中渴望了解的世界：一个生命内在的、自我的涅槃与解放。

直到有一天，我读到了他身后留在这个世界上的两本笔记。

那是他去世六年后，他在内蒙古时期的老部下、老朋友高崇武找到我，拿出一个笔记本，打开，扉页上一行熟悉的笔迹——“1978—1984”，底下是杨南生的签名和印章。

1978年，正是我考入大学的那年，1984年，正是我做记者第一次遇到杨南生的时间。这本笔记是他决定与我结婚之前送给高崇武夫妇的。

我捧着本子，心仿佛要跳出胸口。

一连几天，我沉浸在这本集子的文字中，心潮汹涌。

这是一本关于人生、事业、社会、生活的随笔，里边装满了他的思考，他的痛苦，他的爱，是他在艰难困苦、悲痛至暗的探索中心灵的迸发。“流着泪，燃着心”——是他在这本集子里最深挚而沉痛的表白。

它为我打开了他内心深处的隐痛，也为我袒露了一个在痛苦中闪闪发亮、以自己内心的光将至暗化为一片星辰的高贵灵魂。

他那般纯净透明，像一个热血青葱少年在风雪交加中裸奔，他敞开他满怀理想和激情的赤子之心，亦嬉笑热讽，对一切非真善美的假恶丑投去他的蔑视。在这场裸奔中，他喜悦着，痛苦着，发现着，对真理愈加执着，对人生愈加深情。

翻到最后一页，又看到了36年前我们刚刚相遇时，他抄送给我的那首英文诗 *The Arrow and the Song*，在这首诗的下面是他记录下的我的译文，他特别写着一句“新华社记者张严平译”。

我突然领悟了他当时的千言万语，泪流满面……

感恩高崇武夫妇，历经33年为杨南生保留下这本珍贵的心灵记录。之前，杨南生从来没有跟我提起过，我也从未见过这对夫妇，但我对他们并不陌生。与杨南生的聊天中我知道，他在内蒙古时与他们是邻居，高崇武、杜淑琴那时是基地的普通科技人员，晚杨南生一辈。他们敬重杨南生的品德与学识，看到他一个人日夜操劳，常在生活上关照他，给他做碗面送碗汤。

后来杨南生的夫人和女儿到了内蒙古，两家往来更加密切，逢年过节，他们常在一起聚会、唱歌，高崇武的爱人小杜称莘耘尊为“莘妈妈”，与杨红更是好朋友，两家人结下亲密的友谊。杨南生视他们为忘年交。后来，杨南生去了陕西，他们继续留在内蒙古，常有书信往来。后来，高崇武从基层一步一步成长为内蒙古基地的领导，后来成为航天科工集团有关部门负责人，他们调到了北京。

星河永隔，这本集子一直被他们珍藏着，静默地传递着他们彼此珍贵的感情。

高崇武 2008 年为这本集子写下一篇很长的读后感，更帮助我理解了这本集子的背景与内涵。在这里摘录其中的部分内容：

> 这是杨南生先生留下的一本笔记，时间是从 1978 年到 1984 年，1985 年从西安转寄给我们，当时我们还在内蒙古呼和浩特。
>
> 收到笔记后，发现在最后一页上写着“如我意外死亡，此集请交杜淑琴、高崇武同志存念，杨南生生前某日”，手签名后还盖上了篆体“杨南生”的红字印章，表示他是郑重地交给我们，并托付给我们替他保存这本集子。也说明他希望他曾经有的这些内心深处隐秘的困惑、矛盾、痛苦、无奈的心路历程，可以为后世的人所理解。一个非常受人尊重的、学识渊博的、平易近人的、威信很高的领导和科学家以这种方式交给我们这本笔记，我们直觉得心似刀割，五味杂陈，心灵震撼。当时就奋笔疾书写了一首小诗：
>
> 读罢笔记见真情，

掩卷沉思气难平，
笑骂讽喻淋漓至，
管它春夏与秋冬，
君心坦荡浩气存，
铮铮傲骨贯长虹，
遥望长安多保重，
更有盛景夕阳红。

那时的杨南生已是64岁，这个年龄，在80年代中国的平均寿命已经算进入老年，对于这个为祖国的建设和强大，抛弃了国外优厚的生活待遇，在满腔爱国热情的驱动下，携新婚不久的爱人一起回国，为祖国的汽车工业、火箭、导弹、卫星的航天事业兢兢业业，奉献了他超群的智慧和毕生精力做出了中国汽车和中国航天多个第一的重大贡献的人，他繁忙了一辈子，辛苦了一辈子，奋斗了一辈子，成果和育人硕果累累，可却遭受种种歪曲、诬告。但他仍然含辛茹苦、卧薪尝胆，不作任何公开的辩解和力争，正如他在笔记中表白的“这几年来，我也多少是在‘流着泪，燃自身’，不敢说‘平生’，只敢说‘余生’如还有闪亮，绝不想为自己（特别需要说明的是，也不想为自己的儿女）”。

他为什么只在1978年到1984年这个时段写了这个集子？赤裸裸地把内心深处的愤怒和痛苦、矛盾和无奈写在纸上。再查阅他的生平时，我们发现这个时期，他无端被诬陷，或者有人信口雌黄给他加上“莫须有”的罪名，或者有人为自己的“红顶子”整理他的“罪行材料”；在这个时期又是他亲爱的夫人从生病到病逝，他经历生离死别的痛苦煎熬。孤独和无奈，寂寞和伤痛，几乎要把他击倒，甚至在他的《心血来潮的随感一则》中写道：“我忽然发现了两条规律，是关于中华人民共和国成立以后中国知识分子死亡率的规律……老年一代知识分子自杀死亡率最高，这又到底说明什么问题呢？有待深思。”他要深思什么，没有答案。他在“自杀”两字下重重地画了一条横线，以示强调。但他的坚定意志告诉我们，他不会去干那个蠢事。对于死亡，他非常坦然，他用英文录了W.S.Landor（英国诗人兰德）标题是*On Death*（关于死亡）诗一首，借以自勉。诗的全文如下：

Death stands above me whispering low,
I know not what into my ears,
Of his strange language all I know,
Is there is not a word of fear.

我试着翻译了一下这首诗，大意可能是这样：

死神在我的上空低语，
我不知道进入我的耳朵里是什么，
我完全明白死神奇怪的语言，
但是没有一句恐怖的话语。

录这首诗，他是“借以自勉”，对自己勉励些什么，他用英文又写了如下的话，反映他内心深处对生与死的态度。

…it seems that my “end” can' t be very far away now, so I feel quite prepared, or even much relieved to meet it, without the slightest trace of fear.

译文是这样：

“这似乎是我的终点，现在离我还不够太远，我感觉有充分的准备，即使听到死神的脚步，丝毫没有感到恐怖的踪迹。”杨南生“自勉”什么？死神没有什么可恐惧的，自杀是最愚蠢的行为，即使在人生遇到最艰难的时候，也要勇敢地活下去。

兰德的另一首诗《生与死》写道：

我和谁都不争，
和谁争我都不屑，
我爱大自然，
其次就是艺术，
我双手烤着生命的火取暖，
火萎了，
我也准备走了。

这首诗最能反映杨南生对名利、对生死的淡泊。

我们不需要去追忆他在50年代回国后，为中国的第一台解放牌汽车、为中国的第一枚探空火箭等所做的贡献，只作为一个在十年动乱中为发射中国第一颗人造卫星、第一枚潜射战略导弹、第一个返回式制动火箭所用固体火箭发动机的组织者、领导者、重大技术方案的决策者，呕心沥血、栉风沐雨、废寝忘食、克服重重困难，做出重大贡献的杨南生，本应该得到充分的肯定和荣誉，可没想到却遭到不公正的待遇和无中生有的诋毁。在这本笔记中，他真实地记录了他内心的感受。

1978 年秋，他写了一首短诗：

《来七机部后工作小结（之一）》

十年一场尖端梦，
落得“河西”破坏名，
喜奔“三线”科研新，
更获“贪生”“派性”评。

这是他听到和看到加在他身上“莫须有”的罪名后，愤怒和痛苦的内心表白。在内蒙古，环境条件非常艰苦，河西公司（即研究院基地）处于动乱的形势下，他坚守十年，为祖国强大的尖端梦，负重拼搏，硕果累累，可没想到却被扣上“破坏”的帽子，并整理他的罪行材料。他从已建设了十年、条件好一些的河西公司，高高兴兴地接受新的科研任务，到荒山野岭的蓝田三线时，却被个别人指责为“嫌内蒙古生活艰苦，就跑到陕西去了”，接着又把领导班子的派系斗争强加给他，说：“他是给某某某增加一票的。”一个近 60 岁的科学家，满腔热情地奔向三线，不图名利，只是为了有生之年在固体事业中开创新的领域，可迎头一瓢脏水，让他心寒，让他无奈。

在《七机部尖端岗位工作小结（之二）》中，他写道：

回顾自己到这个光荣、艰巨、伟大的工作岗位后的成绩如下：

1. 干 DFH-1（东方红 -1）是为“派委会”涂脂抹粉；

2. 干 JL-1（巨浪 -1）是向“四人帮骨干”让权；

3. 干 DFH-2（东方红 -2）是给“某某人”增加一票来的。

在他把曾经领导组织下研制的 JB-1 等多个型号列出之后，对有些人强加的污蔑和不实之词，他愤慨写道：“早晚还需彻底对我清算一番。呜呼，此生一场‘尖端梦’……”

读到此处，真有些欲哭无泪，愤然不平。杨南生不是超人，他也有自尊，他可以被误解，但不能被诬陷。但是割舍不下的“航天情”依然让他魂牵梦绕那些还没有完成的任务，继续发挥着他的余热。

1979 年 9 月，七机部计划司一位干部张新斋到蓝田出差，杨南生在 1974 年曾以其名字赠送他一句歇后语：“开门办学——张新斋”，他们之间常有诗文交流。他为杨南生遭遇的不公平待遇，给他写了一首，诗中写道：

十年烦恼终为梦，
君子坦荡惧何名。
尖端方兴业未竟，
帷幄难离智多星。

1980年10月，杨南生在《七律》——答“开门办学”者同志写道：

十载纷扰虽是梦，
迄今余悸终未平。
“巨一”之役告捷日，
遥庆新功别此庭。

虽然“莫须有”的罪名让他心有余悸，但并没有辜负大家对他的期望，“巨浪一号”的研制工作，他在内蒙古作为总设计师和副院长已经突破了绝大部分技术，但仍然牵挂着这个型号的进展，虽然远离内蒙古，他经常为型号研制中遇到的难题运筹帷幄，出谋划策。但等到“巨浪一号”飞行成功的那一天，这个在他的领导下攻破了很多技术难关，倾注了他心血和智慧的“蛟龙”破浪而飞直冲云霄时，他却只能在远方默默地遥祝。

1981年9月，他在《再答“开门办学”者同志》中写道：

此生坎坷犹未竟，
回首30载梦何多。
“霸道”“市侩”虽无几，
黑手遮天难笑过。

这一年，他60岁，对于一个科学家，正是智慧、经验最丰富的时候（那些院士比他年纪大的仍然工作）。却让他离开一线，那是多么痛苦的事啊！回首自己回国30年寄托的报国之梦、航天之梦，为实现梦想耗尽了心血，经历了很多曲折和坎坷，却被颠倒黑白、诬陷污蔑，他自己需要多么大的气度容忍，要经受多么大的折磨啊！怎么能一笑而过呢?“难笑过”反映了他心灵无奈的煎熬。一个解决了“巨浪一号”两级发动机重大技术问题、取得累累硕果的他，竟然在“JL-1”的庆功会上，没有提到他；在成果奖里没有他的名字，真是天下奇闻!

但杨南生的内心仍然如火一样炽热，他不会消沉下去，他在另一首诗中表示要“余生冲刺在‘西工’”。“西工”就是西北工业大学，他要继续发挥余热，教书育人，为国家培养出一批高水平的科技人才。他用了“冲刺”这个词，非常耐人寻味，只有在赛跑即将到达终点时，运动员才会竭尽全力冲刺，爆发出最快的速度和最猛烈的能量。他知道自己面临人生末端，他还想继续在余生“冲刺”到生命终点。在西工大，他是第一批硕士、博士生导师和材料科学博士后工作站导师，学科带头人。他的生命又绽放了一次新的辉煌。

三个月之后，他到北京开会，又一次见到被亲切地称为“开门办学”的张新斋，张新斋赠他七绝二首：

教授不吝心血尽，
肯育硕果在“西工”。
“部总”何惜汗点滴，
化为“巨浪”舞“东风”。

人生漫漫多坎坷，
世人样样何其多。
匆匆而遇几人事，
统统何妨一笑过。

张新斋非常懂他。这两首七绝，既肯定了他到西工大毫不吝惜心血继续教学育人，也赞扬了他仍为航天不惜劳累，为巨浪、东风等型号发挥他任职部总工程师的重要作用。同时再次安慰他，尽管在人生的道路上遇到很多坎坷，茫茫人海，什么样的人都可能遇到，不管他们怎么诋毁诬陷你，何不统统一笑过。

经过内心世界的搏击，战胜了自己，他似乎想通了，只要自己一片丹心，精忠报国，何必计较那些世俗的毁誉，不也是其乐无穷的吗？

他在《七绝·自嘲》中写道：

且将讽世度余年，
半真半假言笑间。
古今中外时空异，
丹心赤子乐无边。

他在诗的后面写了（附）：“再寻鲁迅先生名诗二句：‘横眉冷对千夫指，俯首甘为孺子牛。’读其前句，不免念及先生杂文中嫉俗讽世之言；而其后句中，赤子之心宛然在目也。故谨此自勉，兼以自慰焉。”

不需要再做什么解读，他再录鲁迅先生这两句脍炙人口的名言，他的铮铮傲骨、赤子之心即跃然纸上。

> 笔记里，他表达了对科技领域中独断专行、“顺昌逆亡凭我定”的霸道作风的愤懑，也表达了对郑天翔、陆平这样的老干部的敬重，称“他们是真正了解知识分子，能真正进行民主领导的部长”。
>
> 他是个干干净净、坦坦荡荡的人。他在笔记里对看到的一些现象表现了一个正直知识分子的深刻思考。他在《偶感之一：红黄蓝白黑》中写道：“40 年代——白求恩到中国来，而且不止一个；50 年代——许多黄求恩从国外回到祖国来建设社会主义（其中也包括我自己）；60 年代——白求恩、黄求恩却一度成了‘黑’求恩（特务等）；70 年代——许多红求恩（甚至几代红的青年求恩们）却都千方百计地到外国去，而且不想回来。这到底是怎么一回事呢？”
>
> 他在这里表达了自己对于社会问题的深刻思考以及深切的爱国情怀。

这篇读后感的最后，写到杨南生 1984 年录在笔记本的那首 H.W.Longfellow 的《箭与歌》，以及“他工整地抄录了新华社记者张严平为这首诗的译文”，并特别注明是“六届人大二次会议归来”。

读完笔记全部内容和他的老朋友的这篇读后感，才知道，我遇到杨南生的时间，正是他内心历经大雪纷飞的人生季节。

那个晚上我彻夜未眠。

我找出了他身后留在家中的另一本笔记，没有送给高崇武夫妇的那本内容多，是一些零星的断想与摘录。之前我对他内心所经历的痛苦知道很少，所以，对其中的内容似懂非懂，现在两本笔记放在一起，我终于触摸到了他心灵的轨迹。

这本笔记多记于1986年及来北京之后，也就是在他遭遇了进京调令被阻、各种荣誉被逐等又一轮人生至暗的时刻，此时他已是“欲说还休”。以他的人生观与性格，是不会因名利而苦恼的，他内心的苍凉是因为看到了名利背后的另一些东西。

我曾翻阅过他在1953年至1984年之间记录的一本“哲学、政治经济学学习杂记”，其中有他阅读马恩列毛等各种哲学著作的摘要与学习体会，从辩证唯物论到矛盾论，从政治经济学到商品制度问题，包括关于什么是真理、什么是民主等，其内容涉猎广泛，足见出他对社会、思想领域的探索。

在1984年的记录中，他曾就“否定之否定”这一哲学命题感叹道：

“‘否定之否定’在社会科学中的循环进行得实在太快了；人的一生既如此短暂，怎么经得起这样几次循环呢？”

他终究是一个纯粹的科学家，对自己所感受到的人生有着一时无法洞悉的迷茫。

那一年，当他获悉自己当选为国际宇航科学院院士，写下一首百味杂陈的小诗：

惊悉荣膺国际衔，
浮想联翩苦与甜。
颠沛流离年华逝，
白发孤灯复何言。

1986年1月

内心无言的伤痛，让他时有黯然与沮丧。他曾在一首英文小诗里写道：

Half-closed eyes,
Self hypnotige.
May be the useful motto,
For my remaining days.

Nov.1986

(Under a fit of depression)

但是，“一时的沮丧”终抵不过他灵魂的炽热。这一时期是他内心由疾风暴雨向着“也无风雨也无晴”的大气象转化升华的重要阶段。世俗的大网想吞噬他，但他是不会做世俗的俘虏的。他努力地通过对科学、哲学、艺术、音乐的思考，寻求心灵从痛苦的桎梏中解放出来的力量，以进入一个精神的自由王国之中。

他在阅读傅聪谈音乐的一本书后，写下一段“关于几位音乐大师”的文字：

刚读完傅聪谈论几位音乐大师的谈话，颇有启发，但也感有些“补充”语（或“异议”？），志以备忘。

“肖邦像李后主，生死之疼，家国之恨……”对，完全同意。只是肖邦的思想“境界”（或思想“范畴”？）比李后主似更高一些（或更广一些），因而对人生、对宇宙的感慨也似更深、更远一些。（李后主缠绵悱恻有余，有时甚或“脂粉气”太浓了些，肖邦则忧心忡忡，郁郁寡欢。而“生年不满百，常怀千岁忧”，这一点或正是他胸怀宽广之故？）

“舒伯特像陶渊明”，这句话有点对。从对物质世界的淡泊态度上看，是这样。但陶渊明比舒伯特似更超脱（或更洒脱）得多。他没有舒伯特有时那些接近“孤影自怜”的感慨，而是对世、对人的观察更加“无我”一些。

“莫扎特像李白”，从他们的作品看（莫扎特的音乐和李白的诗），可以这么说。但是从“为人”这一点看，莫扎特似比李白的境界低得多了。莫扎特是作为世人来想象天国的，而李白则是已进入天国的仙人来俯视世界啦。

至于贝多芬，我十分同意傅聪的观点：“他不断地斗争，他的音乐给人以力量”，“但是最后，他还是承认人是渺小的”，“他后期作品中那种高境界其实也就是承认没有办法……说的坏些是‘自欺欺人’，说的好些是‘大智大慧’”。中国文学史上，谁和贝多芬相近呢？——或许正由于我们民族深重的封建主义枷锁，人的个性一直得不到解放，所以，以致找不出个合适的人和贝多芬相比。勉强找的话，在豪迈的风格上，他也许有点儿像曹操？如“宁使我负天下人，不使天下人负我”这句话里的个性解放精神，不过曹操还是太“阴诈”了一些（所以才被有些人称为“奸雄”），而贝多芬在灵魂深处却比曹操要淳朴得多。那么或许稍近苏轼？（“大江东去，浪淘尽，千古风流人物”，又“举杯邀明月，对影成三人”？）但贝多芬又似乎没完全赶上苏轼的豁达。这个豁达则又是中国民族的特点之一了，贝多芬的社会存在不会以此点赋予他的。

论德彪西时，傅聪提出了中文诗中的“寒波淡淡起，白鸟悠悠下”，好呵！这位音乐家的思想境界（不只是音乐境界，而且是人生观的境界）是否更像陶渊明呢？——“采菊东篱下，悠然见南山”——但是“此中有真意，欲辨已忘言”。在这一点上，德彪西（作为西方知识分子）却又似有不及了。而且说德彪西像陶渊明，似也仅限于德彪西的小品；至于他的大作（如《伊比利亚》，如《海》）则奥晦得近于“道可道，非常道”这类老庄语言，而其中又露出不少陶渊明所绝不至于陷入的苦闷之情吧？

1988 年 3 月 31 日

杨南生写下这些文字，实际上是与自己谈心，他通过对音乐家与诗人内心世界的探索分析，来整理廓清自己所要去往的方向。我记起，那一段时间，他常常听贝多芬、莫扎特、肖邦，有一次我下班回家，他正在听莫扎特的《第 21 号钢琴协奏曲》，我连叹“好美啊！”他说：“莫扎特一生短暂，坎坷艰辛，却总是在他的音乐里向人们传递着明亮、美好、欢乐和优雅。我年轻的时候不太喜欢他的音乐，现在越来越觉得懂他了。”

杨南生在人类精神的视野中看到了方向。

他在笔记本的扉页上用绿色的彩笔重重地抄录下一首诗：

绿水本无愁，
因风皱面。
青山原不老，
为雪白头。

他读到刘海粟先生赠《读者文摘》记者的两句话，写道

"颇有同感，录此备忘"：

宠辱不惊，看庭前花开花落。

去留无意，望天上云卷云舒。

他给自己开的"老人'通病'及我的'药方'"中，关于"许多思想疙瘩解不开"一栏中给出的药方是："观察总结事物的客观规律，如社会发展规律、生物传种规律等。"

他对历史、社会乃至宇宙等问题都有认真的思考。在这种思考中，他让自己的内心进入一个更广大的世界。

他在笔记里记录了这一时期他阅读的100多本中外书籍的目录，涉及哲学、科学、文学等诸多领域。

在霍金的《时间简史》《果壳中的宇宙》两本书中，到处是他用红笔画下的各种记号，我无法弄懂那天书一般的文字，但在一些留下他阅读印迹的句子里似乎可以捕捉到他的思索：

"时间为何物？它是否像古老赞歌说的那样，把我们所有的梦想一卷而空的东流逝波？抑或像一道铁轨？它或许有环状侧线和分岔，这样你可以一直前进，却又回到线上的早先过站。"

他在这句话旁边画了一个重重的感叹号。

"正如古老谚语所说的，充满希望的旅途胜过终点的到达。我们追求发现，不仅在科学中，而且在所有领域中激起创造性。如果我们已经抵达终点，则人类精神将枯萎死亡。但我认为，我们将永远不会停止；我们若不更加深邃，定将更加复杂。我们将永远处于可能性的膨胀的视界之中心。"

这段话下，他重复地画了两道粗粗的着重号。

从他阅读的书籍中，可以感受到他内心世界的不断超越与广阔。

“按每一颗星星存在的时间算，繁星上的生命，仅仅是悠忽的瞬间、悠忽的闪现，此后，就是漫长而又漫长的间歇，——所以，这生命绝非繁星存在的目标和最终意图。”（《沙漏》尼采语）

“人生的幸福，不在欢乐和愉悦，而在摆脱痛苦的程度。”（《沙漏》叔本华语）

他做了记号的句子，透着他的豁然与清朗。

《傅译传记五种》是他曾对我多次提及的一本书。他画下红线的字里行间，字字折射着他内心的激情——

“音乐是比一切智慧一切哲学更高的启示……谁能参透我音乐的意义，便能超脱寻常人无以振拔的苦难。”

“爱是人类唯一有理性的活动，爱是最合理最光明的精神境界。……爱是真实的善，至高的善，能解决人生一切的矛盾。”

“在此悲苦的深渊里，贝多芬从事于讴歌欢乐。”

他心中的黯色渐渐褪去，人类精神的阳光充溢着他的心房。在他读过多遍的《傅雷家书》中，他用笔在一段话下面画下重重的红线：

“贝多芬到晚年的四重奏，斗争仍然不断发生，可是结论不是谁胜谁败，而是个人的隐忍与舍弃。这个境界可以美其名曰皈依，曰觉悟，曰解脱，以换取精神上的和平与宁静，即所谓幸福，所谓极乐。”

这期间，也是杨南生与在陕西的老秘书廉茂林通话最频繁的阶段。

廉茂林自 1968 年就做他的技术秘书，整整跟了他 17 年。这位当年从北京航空学院毕业的学生，善于学习，做事踏实，深得杨南生器重。有一年，研究院根据上面强调各单位总工程师重要性的精神，准备给杨南生成立一个总工程师办公室，还配备了办公室主任，等等。杨南生拒绝了，说：“我有廉茂林一个帮着就行了，不需要成立什么办公室。”这事作罢。在十多年的相处中，廉茂林不仅成为杨南生工作上的得力助手，也是他精神上的知己。同时，杨南生的世界观、价值观也对廉茂林产生了很深的影响。至 1985 年他从秘书工作岗位调离，未曾有任何一官半职。早些年，廉茂林在北京航空学院时的老师到陕西出差，见到这个学生，知道他给杨南生做秘书；10 年后，廉茂林到北京开会，再次与老师见面，当那位老师知道他还在给杨南生做秘书时，当着在场几个人的面就说：“你们这个杨院长真是个书呆子，你给他当秘书这么多年，就没想着给你安排一下？”廉茂林说：“他脑子里压根儿就没当官这根弦，对他自己也一样。”

廉茂林离开秘书岗位后，被安排到研究所的一个情报室做主任，总算有了个小职位。可干了没两年，他就想辞职，希望只在业务岗位上发挥自己的能力。他把想法与杨南生商量，得到赞赏与支持。就这样，他辞去了情报室主任的职务，成了一个专职研究员，直到退休。

廉茂林在那些领导的秘书中算是最没有沾到领导光的了。可就是这个最没有沾到光的秘书，和杨南生结下了深挚的感情，一生一世。他分担分享着杨南生工作中的喜怒哀乐，并在杨南生遭受诬陷、打压的最困难时期给予他坚定的支持和深挚的宽慰。他曾给杨南生写过一首小诗《解气歌》，劝慰他从愤怒中走出来。诗曰：

愤世嫉俗固应是，

有为不为亦英雄。
我行我素胜冷对，
留取丹心照后生。

杨南生心中有什么苦恼都会与廉茂林说，常能获得纾解。即使与我结婚后，他心中的那些隐痛也很少跟我说，而向廉茂林倾之。我在他的眼里是个孩子，他只希望我感受幸福与快乐，老廉则是与他风雨同舟过来的人，是能分担过往的。

直到杨南生去世后，有关杨南生人生的各种介绍回忆，基本都出自廉茂林的笔下。他常说："能为杨老头做点事，我开心！"

杨南生到北京后，面对新一轮精神挤压，廉茂林依然是他最亲密的交流者。1993 年 3 月 26 日，他在与老秘书廉茂林几次通话后，写道：

> 我是不属于能达到真正出世境界的那类人，但也许可以将自己一向似有些信心的理智用到"难得糊涂"的决心上，从而或许也能在余生中做到对事对人甚至对宇宙一切的豁达心态，向"宽容"一切的人生观有所接近。
>
> "来日"并不"方长"了，"去日"现已"屈指可数"。试以此来指引自己的"余日"吧。——或许这就是西人所谓的"Self-hypnotizing"的有效生活方式之一？
>
> 1997 年 3 月 2 日
>
> （记与茂林几次谈心后）

作为一个一生为科学思想所浸染、武装的人，杨南生的强大是从科学与信仰的角度，将自己的精神做最终彻底的解放。他在笔记中大段大段地抄录下爱因斯坦有关科学、哲学、人生、社会的诸多言论，从中获得共鸣与力量。在每一段话中，都可以见出他的内心。

爱因斯坦言：

——一个人的价值，在于他贡献了什么，而不在于他取得了什么。

——肉体与灵魂并不是两个不同的东西，而只是察觉同一事物的两种不同方法而已。同样，物理学与心理学只是试图用系统思维把我们的经验贯穿起来的不同尝试而已。

——我不相信个人会永垂不朽。我认为伦理道德全是人类自己的事，其背后并没有什么超越人类之上的权威。

——莫扎特的音乐过去是、将来也永远是优雅、温柔而流畅的。生活总有一些东西是永恒不灭的，无论是命运之手还是人的一切误解都奈何它不得。

——大自然并不是什么工程师或承包商，而我自己则是大自然的一部分。

——谁要是把自己标榜为真理和知识领域的裁判官，他就会被神的笑声所覆灭。

——一个人真正的价值，首先决定于他在什么程度上和在什么意义上自我解放出来。

——在学习和追求真善美的领域里，我们可以永葆赤子之心。

他在“永葆赤子之心”六个字下，画了一道很粗的红线。

“赤子之心”是杨南生一生精神世界的核心。即使在他最痛苦的时刻，他也是“流着泪，燃着心”，从不曾舍弃。《傅雷家书》中有关“赤子之心”的内容，都有他用红笔画下的红线——

“所谓赤子之心，不但指纯洁无瑕，指清新，而且还指爱。”

“永远保持赤子之心，到老也不会落伍，永远能够与普天下的赤子之心相接相契相抱！”

如果说傅雷的话是从一个艺术的角度，给杨南生以相知相通，那么爱因斯坦的思想则是从科学、哲学的角度，给杨南生以更宏大的视野与坚定的信念。

他在抄录下爱因斯坦的论述后写道：

“他（指爱因斯坦）虽是自然科学家，却对整个社会科学也有许多精辟并极令人心服的论点，看来，这并不奇怪，人类社会原也不过是自然现象之一而已；对自然规律有深入本质性了解的人，当然对人类社会的规律，也会有客观而精准的判断。”

科学的理论、思想与思考，是让杨南生从个人遭遇的痛苦中彻底解放出来的深刻、坚定的最终力量。他把爱因斯坦关于个人价值的理论，用一道公式表达出来：

$$V=\frac{\sum_{i=1}^{n}\frac{V_i}{n}}{V_s}$$

“个人价值”的客观评价公式：

V——真正的价值

V_i——他人评价值

V_s——自我评价值

他在这个公式中表达了自己的价值观：一个人对自己的评

价是分母，别人对你的评价是分子，自我评价值越大，个人真正的价值就越小，别人的评价值越大，个人的价值才越大。即所谓：人最大的财富，不是自己得到的东西，而是给予过这个世界的东西。

人类精神的大胸怀、大视野，使杨南生从个人的荣辱痛苦中挣脱出来，真正进入了爱因斯坦所说的境界——“一个人真正的价值，即看他在多大程度上摆脱了‘自我’”。

“真正的英雄绝不是没有卑下的情操，只是永不被卑下所征服；真正的光明，绝不是没有黑暗的时候，只是不会被黑暗所湮没。”静静地阅读着杨南生的心路自语，我开始懂得罗曼·罗兰这句话的内涵。

杨南生不是圣人。在遭遇现实世界的失望、不公中，他有痛苦、悲伤与孤独，甚至心意阑珊。他就像一只受伤的豹子，在孤独与寂寞中舔舐着自己的伤口，最终凭借强大的理性和意志，以及科学、艺术的内在真理与力量，将痛苦化为心灵飞向星辰大海的翅膀，在真理的光芒中完成了他生命的涅槃。

他在笔记里抄录下英国作家罗伯特·路易斯·史蒂文森的一首 *Requiem*（《安魂曲》），表达了他内心最终归于无限澄净、喜悦、安详的生命意境。

Under the wide and starry sky,
Dig the grave and let me lie.
Glad did I live and gladly die,
And I laid me down with no will.

This be the verse you grave for me;

Here he lies where he longed to be.
Home is the sailor, home from the sea,
And the hunter home from the hill.

这是一个一生献身于科学与真理、献身于自己的祖国与航天事业的赤子，虽历经坎坷，伤痕累累，却披肝沥胆，九死无悔。中国航天事业昂首世界阔步前进的壮阔交响乐中，回荡着他生命炽热的华彩乐章。待他日归去，赤子当有无限喜悦与安详，一如山林中的猎人返回家园，大海上的水手回归故乡……

轻轻地抚摸着他的两本笔记，我仿佛从一颗历经磨难、坎坷，却依然散发着灿烂阳光的心灵里穿越。这一刻，我想把他曾经读过数遍并用笔特别标注出来的那句赤子之言借过来，献给他——

“赤子孤独了，会创造一个世界。”

第五节

南南，今天偶尔读到一句话——“苦难是用来穿越的”。真好！

当一个人遭遇坎坷与苦难，看起来是一件不幸的事，但这正是命运向他投下的一块试金石，他可以被阻挡，溃败消沉；但也可以闯过去，那便是生命的一种新境界。一切都在于自己的选择。

你正是这样选择了自己的道路：在祖国与个人之间，你选择了祖国；在献身与安逸之间，你选择了献身；在高贵与卑劣之间，你选择了高贵；在真理与权势之间，你选择了真理；在痛苦与超越之间，你选择了超越……这一切选择都源于你高尚、正义的灵魂。

记得有一次看完一个共产党人被捕后宁死不屈的电影后，我向你提出过一个幼稚的问题：

“南南，你要是被敌人抓住了，用尽酷刑折磨你，你怎么办？你会投降吗？”

“绝不会！”

“那太疼怎么办？”

“咬牙忍着，如果有机会我还会给他两拳！”

“那你最后会死。”

“死就死，没有什么了不起。”

“那你为什么要扛到底呢？”

“因为我有我的信仰。我瞧不起这些靠残暴让别人屈服的人，我要让他看看是他硬还是我硬！”

“我要是一被捕，肯定就投降了，因为我太怕疼了。”

“可怜的小家伙，那时你不要想着疼，你要想着你坚信的东西。”

“我怎么想都疼。”

你把我靠在胸前，亲亲我的头发，没再说话。

今天突然想起这段对话，心里滚热。

2014 年 4 月 6 日

有太多人感叹：杨先生一生辉煌，却遭遇如此不公，他太单纯太刚直，如果他温顺一点，忍一忍，这一辈子就会名利双收，完美收场。

很长一段时间，我也这样想：是啊，你为什么不能温顺一些？不能忍一忍？忍一忍，你会免除多少“暗算”；温顺一些，你会收获多少荣耀与好处。林语堂说：“东方文明只有两句格言：一句是安分守己，明哲保身；一句是管他妈的！”的确，在推崇韩信一样忍辱负重才能大功告成的民族文化中，刚烈始终会成为一种硬伤。

记得我问过杨南生：“你因为得罪人而失去了名利，你后悔吗？”他一字一句地回答：“绝不后悔！如果从头再来，我还是这样！”

在他离开这个世界多年后，当我在痛苦中向他的灵魂一步步靠近时，我开始懂得他的内心世界。

人生在世，时刻都在面临着利益的抉择，促使人们做出最后决定的一般是趋利避害的原则。什么情况会让一个人趋害避利？那就是碰触了底线，这个底线就是价值观。当知识成为一种发现世界、改造世界的手段，知识便成就了一些人的自信，成为抵御世俗的铠甲，人生的底线慢慢地脱离了现实利益的范畴，成为一般人眼中难以理解的理想化的标准。这样的价值观，我们叫作信仰。

杨南生就是这样一个秉持信仰的人。

在杨南生的心中，科学、真理、国家、事业永远是高于一切的。

如果能忍一忍，杨南生还会是那个杨南生吗？

还会是那个抛弃了洋牛奶洋面包的外乡生活，选择了一穷二白的祖国的杨南生吗？

还会是那个放弃了大城市的户口，隐没在深山戈壁为中国固体火箭事业奉献了全部青春才华的杨南生吗?

还会是那个不惜冒着生命危险，与战士们一起站在军舰上做导弹点火试验的杨南生吗?

还会是那个双腿已不能行走，依然让人用排子车拉到实验台前观察发动机点火试验的杨南生吗?

还会是那个在他死后令一代航天人痛挽落泪的杨南生吗?

还会是那个连对不起他的人，也在他身后流下愧疚泪水的杨南生吗?

人生总有一些事情是不能用利益和得失权衡的。不是所有的人都懂得，单纯、傻，是一种人品。他不是不知道这样做的后果，不是不知道这样做的代价。他知道，但他还是必须做。因为这样做了，他才觉得自己无愧于人生。

杨南生就是杨南生—— 一个赤子，一个纯粹的科学家。

一位叫李志军的航天人，在了解了杨南生其人后，遂引为精神的榜样与知己。他在杨南生去世后写下这样一段话：

“杨老先生这一生，无论辉煌还是被打入冷宫，都是坦荡荡君子之风，昂昂然英雄之气。从无萎缩，从不怯懦，不为名利侧目。

“他是被看不见的软刀子刺伤的，他的悲剧恰恰凸显了他人格的光彩。一个荣誉的大舞台上，他如果也站在那里，也被聚光灯照着，耀人的光亮下，让他看上去和台上所有的人都差不多——爱国，功绩，艰苦奋斗诸类，这些所谓的共性可以套在每个人身上。但杨老先生除了这些共性之外，更令人敬重、更夺目的个性，就是他为了国家、为了科学真理，不畏权势、不惧小人、不怕打压的大无畏的献身精神。

“这一个性，如果同在聚光灯下，一般人是看不出来的。但正是因为他被逐出舞台，打入冷宫，远离聚光灯，他内在的精神人格、高贵的灵魂才在黑暗处得以彰显，迸发光芒，熠熠生辉。

“杨南生是一个有内在光源的人。”

《杨南生传》中写道：

“他星辰般的光芒已深深地刻进人们的心里。他让人们相信，这位老人有着人世间最灿烂、最干净、最高贵的灵魂。”

为什么每一个走近他的人都会爱上他？因为，他向这个世界始终裸露的是他如蓝天一样高洁、如婴孩一般纯净的赤子之心。他在奉献了自己的一切之后悄然离开，留下了他灵魂的回音。世界也正因为有这样的回音，有与他一样的无数历经磨砺熠熠生辉的赤子之魂，才让这个滚滚红尘中的人类有了高度，有了让人热爱的理由。

正如那句闪亮的话：“人生有价值正因其有悲剧。苦难有多深，人类的荣耀就有多高远。”

第七章

真爱，只会用一种方式呈现，用他的全部生命供养你。

第一节

南南，今天又开始换一个新的日记本了。每天与你说话，便感觉日子温暖。常常想，以我的卑微平庸渺小，前世要修得多大的福，才能在那一个路口遇见你，被你捧在手上。想到这一点，便有无限的幸福。

你给了我何等的爱！

深挚、晶莹，三十年如一日，灿烂蓬勃……

无论我有多少缺点，在你眼里，我就是我——你最爱的那一个。我快乐时，你比我还快乐；我难过时，你比我还难过。你愿意倾听我的所有，愿意和我讨论一切形而上形而下。在人前，你从来都是毫不掩饰地表达你的爱与欣赏。记得有一次，我参加一个妇女界的座谈会，拿回一张合影，你把它放在了你书橱玻璃窗的后面。有亲朋好友来家里，你总要人家从照片上找一找哪个是“严平”，不等人家找到，你已兴奋地指着：“在这里，严平是这里面最美的一个。”我真不好意思，那里面我是属于“丑小鸭”类的，央视新闻主持人就在我的旁边啊。但我有何等幸福，我知道你有多爱我。

那些岁月，每天都感觉，我拥有全世界。

至今都在恍惚，你怎么会没有了呢？

常常想起我们的对话：

“南南，我爱你！”

“我也爱你，小平半！”

“南南，你一辈子也不要离开我……”（落泪）

“为什么哭？我不是在这儿吗！”

“我让你永远永远都不要离开我……”

你沉默了，轻轻地抱着我。

“小平，这太难了，我做不到啊！”

（我哭出声来。）

“别哭，小平平，我们现在在一起就要高兴，不是吗，你记住，南南永远爱你！即使有一天我死了，我也会变成自然界万物，继续爱你！”

我破涕为笑，抬起头来，看见你的眼里有泪光……

2014 年 12 月 10 日

我们生活的小船终于扬起了小小的帆。

1989 年临近春节，杨南生来到北京，在航天大院分得一套老旧单元房，虽然关系不得进京，但组织上还是安排了他在部科技委的工作，他原本一直担任部科技委常委兼固体发动机组组长。

陕西的研究院用一辆大卡车把杨南生的几件老家具运到了北京。一张床，一个书橱，四个小书架，两张桌子，四把椅子，部分书籍（大部分书籍都留在了研究院）。最奢侈的是他 20 世纪50年代在上海买的一架小型国产钢琴，这一生随他走过天南地北。

我们是多么开心啊！在这个世界上，我们终于有了自己的家。

那会儿我们缺一张饭桌，他想出一个办法，废物利用，用包装钢琴的木板做一个。于是他铺开纸，拿出尺子，比比画画地设计，又用带来的小钢锯切割木板，我在旁边蹦来跳去，给他递锤子，拿钉子，叮叮当当制作了两天，眼看一张饭桌要诞生了，我兴奋地往上一扑，“呼啦”一下，饭桌散架了。原因是固定桌面与桌腿之间的钉子太短太小，无法承重。我们哭笑不得。很长时间，我们一直用凳子吃饭，直到在路边小摊上花20元钱买到一张简易折叠饭桌。

杨南生在生活上简单得像个学生。他常年在食堂吃饭，除了煮鸡蛋、方便面，什么饭也不会做。我从小到大也没做过饭，但看过做饭。山中无老虎，猴子称大王，我买下一堆做饭的书，潜心研究，但就是不开窍，常常临阵磨枪，这边锅里的油已经冒烟，那边我抱着菜谱，还没弄明白是先放葱花还是先放肉。我对自己的手艺满心惭愧，可他总是孩子般的喜悦，吃得津津有味，不时地赞叹：“好吃极了！”

每到星期天的最后一顿饭，我总是煮出一大锅菜，分装在五个小饭盒里，放进冰箱冷冻起来，从周一到周五，我上班时，这便是他一天一盒的午餐。如果我出差，就要按大约的天数做出所有的饭菜。

他是个不忍心看着别人忙碌的人。每看到我做饭紧张得像打仗，他就在旁边转来转去，希望能帮我做点什么。有一次，我忽然想起需要买点黄瓜，便让他去大院儿的菜摊上买几根。

他对农作物基本五谷不分，但还是知道黄瓜，没一会儿，他提着一兜子黄瓜回来了，我一看真是“黄瓜”啊！又黄又粗。我问他：“菜摊上都是这样的黄瓜吗？有没有那种细细绿绿的、表面有很多小刺、头顶开着小黄花儿的？”他大吃一惊：“有啊，那个卖黄瓜的本来要给我那种，我没要。我看到旁边有这样的，心想这才是黄瓜啊，那卖瓜的很高兴，都给我装上了。”我肚子都笑痛了。

还有一次，也是我做饭的当口儿，让他去菜摊买一根白萝卜。有了上次的教训，他认真问我：“白萝卜长什么样？”我告诉他：“白白的，长长的，直直的。”他满怀信心：“懂啦！”十几分钟后，他兴冲冲地回来，手上果然提着一根“白白的，长长的，直直的”东西，我定睛一看，天哪，一根大白藕！

杨南生确实属于那种对物质生活既无感觉也无追求的人，可以说他在这方面不开窍，也可以说是因为物质生活从来不是他的兴趣点。在外面与人一起吃饭，他永远只会吃离他最近的那盘菜，绝不会把筷子伸向另一个盘子；一顿饭吃下来，回来问他吃了什么，永远也说不出。

他生活简单朴素自然，甚至有点小任性。他从来不锻炼身体，有朋友建议他早晨出去跑跑步或者做其他运动，他开玩笑：“不错，跑步也许会让你身体显得好一点，但你同时又得了另外一个病，那就是每天早晨要跑步的病。我宁愿用这个时间看点书。”几十年里，他也从来不做任何体检。他曾像个顽童一样得意地告诉我，他在陕西时，每年体检门诊护士都要上门来找他，他怕自己被发现在家里，便蹲在窗户根儿下躲着，直到护士找不到走开。作为一个搞科学的人，他对他的专业有最严谨的思维与态度，但对于自己的身体，却偏偏给予最放任的自由。

他有一个图案生动的发型，顶部稀疏，大部分头发从两鬓向后蔓延，在后脑勺汇合。从我们结婚起，我这个从没摸过理发工具的人，便喜悦而兴奋地成了他的理发师。给他理发，我总是像搞艺术创作一样兴致勃勃，手下信马由缰，一推子深一推子浅，有时这一边鬓角剃成了“洼地”，那一边耳朵后推出了一条“跑道”，但无论我把他的头剃成什么样，他总是在镜子里看着自己的脑袋开怀大笑：“我的平平手艺帅极了！”

“这边推秃了。”我有点不安。

“没关系，过几天长出来不就一样了？放心吧，小平平。”

就这样，我骄傲地做了他 27 年的专职理发师。

我们周末常去美术馆看艺术展，他十分喜爱美术作品，俄罗斯的风景画、法国的印象派作品、罗丹的雕塑……都是他最喜爱的。他常说：“在经典的艺术中，可以感知人类丰富深刻美好的人性。”他曾送我一本精美的梵高画册，使我第一次走进梵高的世界，日后，这位伟大的画家成为我心灵永远的阳光。

他还常带我去书店买小说，小说是陪伴他一生的挚友。之前，他曾在给我的一封信中，列数了他人生各个时期对小说的涉猎。

“小时候读冰心；初中读巴金；高中读茅盾；大学时期迷上纪德、罗曼·罗兰、屠格涅夫；留学时期喜欢上萧伯纳、毛姆、托尔斯泰；20 世纪 50 年代痴迷苏联小说；60—70 年代读《鲁迅全集》《红楼梦》《水浒传》；80 年代在一个小记者的影响下，喜欢上一代青年的朦胧诗和小说……”

他的书橱里一直珍藏着他最喜爱的英文原版书罗曼·罗兰的《约翰·克利斯朵夫》、狄更斯的《大卫·科波菲尔》。他说：“小说参与了我心灵的成长。”

他会专门为我挑一些英文简版小说，让我既读小说又学英文。我感觉读小说英文生字太多，读起来费劲，不如背《英文900句》。他便告诉我："学习英文的目的是打开一扇新的窗户，了解更大的世界，丰富自己的视野。读小说是学习英文并了解世界的最好办法。作为一种业余兴趣学习，只会说几句话是没有意义的。"那些年，我按照他说的办法，读了不少简版英文小册子，不明白的地方，他就像教小学生那样耐心细致地给我讲解。

特别令他兴奋的事是去音乐书店挑选音乐磁带。他曾告诉我："没有和小平平结婚前，音乐是我的第一生命，和小平平结婚后，音乐退到第二位了。"

我深知音乐对他的重要性。听他说过，他一个人生活时，常把家里的桌子椅子凳子按照舞台乐队的板块儿摆放好，他做指挥，音乐一起，便挥动双手，把自己沉浸在音乐的海洋中。他说："那时的感觉就是，一个人在这个世界上，即使什么都没有了，只要还有音乐，就可以活下去。"他最亲密的知音是贝多芬、莫扎特、肖邦、勃拉姆斯、柴可夫斯基，他也很喜爱一些中国名曲，如《二泉映月》《梁山伯与祝英台》《黄河大合唱》，兴致高时，还会在钢琴上弹奏一些小品，贝多芬的《致爱丽丝》、舒曼的《梦幻曲》、肖邦的《小夜曲》及一些苏联民歌都是他很喜欢的。

一个人生活期间，他低微的工资除了维持简单的日常生活，都买磁带了。他曾在一封信中给我说过，有一次，他应邀给一科研单位阅改了一套急需的英语资料，那边付了他1200元的劳务费，推辞不过，他收下了这笔"意外的收入"，"立刻上街，又忍不住买了好几盒磁带。磁带对我真像有烟瘾的人看见了烟似的”。他把买回的每一盒磁带都按作曲家姓氏、曲目编号一一登记，后来CD普及，他的收藏愈加丰富，他的那本扉页上写着“music”字样的红色音乐目录登记本越写越厚，他常常拿着本子高兴地说：“我一天听一盘，一年都转不完一圈。除了小平平，这是我此生最宝贵的财富啦！”

比起磁带和CD，他的音响设备有些简陋，他一直用着一个老旧的改装过的录音机，配着两个音箱。1992年，我们存折上已经有了1万多块钱，有一天，在王府井的一家音响店，他看到一套刚上市的建伍牌组合落地音响设备，要7000多块钱，这在当时是十分好的了。他围着音响仔仔细细看了半天，很是喜欢，但看看价格还是决定放弃。我在一边拉着他不走，要他买，我说：“买吧，南南，它进了我们的家，会给我们的生活增添多美的声音啊！”他有些激动，用力地握了握我的手，走向柜台订购了那套建伍。这套音响设备，一直陪伴他走完人生之路。

我一直相信，你和谁在一起听过音乐，即使以后那人走远了，你依然可以在音乐中找到他，听到他。在失去他的岁月里，我正是在那些音乐中得以感受着他的心灵回音，在痛苦中沉静地活下去。

周末，我们也会去附近的玉渊潭公园走走。那时的玉渊潭叫八一湖，尚无今天的人工雕琢气，湖水碧绿，青草茂盛，行人踏出的小径四通八达，趣味盎然。一进到这里面，我就会撒开腿欢跑，跑出几十米，再掉头跑回来，如此往返，被他戏称为“遛小狗”。有时边走他会边教我唱英文歌，《老黑奴》、《罗梦湖》、*The Moon is Sky* 等，我都是在玉渊潭学会的。

那年中秋节晚上，月亮像个大铜盘似的挂在天上，我们手拉手在玉渊潭的小路上徜徉赏月，享受共婵娟的美好。突然，幽暗的树丛中跳出一个黑影，拿着手电棒朝我们晃，厉声问："你们是干什么的？"我从没见过这样的无理，很是紧张。杨南生一步朝他跨去："我在七机部工作，要看工作证吗？你是干什么的？我们在这儿散步犯法吗？请出示你的证件。"他一边说一边从上衣口袋掏出工作证。

这是他常年一个人生活保持的严格习惯，无论去干什么，只要出门，身上必带三样东西：钥匙，工作证，钱包。

那人一下子虚了，支支吾吾说不出啥名堂，一转身消失在黑暗中。至今我也不知道这个人是好人还是坏人，但杨南生一身正气的勇敢，让我记了一辈子。

他就像一片森林，一片海洋，拓展着我对这个世界的视野。我最愿意像那个装着"十万个为什么"的小问号一样，向他提千奇百怪的问题。

我问他："人生有意义吗？"

他说："人生本没有什么意义，不过是生命链条上的一环，既然来到了这个世界，那就做一点自己喜欢的事，如果做的事还能对别人乃至这个世界有利，那就是有意义了。"

我问他："世界上有上帝吗？"

他说："上帝这个概念是人类对自身精神世界的升华与寄托，从这个意义上讲，可以说有上帝。但从科学的角度来讲，这个世界是没有神的。"

我问他："为什么许多自然科学家同时都是古典音乐迷呢？"

他给我讲了爱因斯坦的观点："科学揭示外部物质世界的未知与和谐，音乐揭示内部精神世界的未知与和谐，两者在达到和谐的顶峰时，殊途同归。"他补充说："音乐中有严谨的理性，科学中有澎湃的感性，两者之间有着息息相通的美。”

他的每一个回答，都让我对世界愈发产生好奇与热爱。

我天生对神秘幻想的东西着迷。有一阵，迷上了外星人，收集了不少有关这方面的文章、书籍和照片。我总是拽着他问：“你相信外星人吗？”他的回答总是毫不动摇：“从理论上讲，不排除外星人的存在。但是，在我还没有看到足够的科学证据之前，我不能说他一定存在。”这话真让我失望，拿出一堆搜集的资料给他看，他认真看过后说：“这些东西都是分析推测，至于外星人的图片，有很多技术手段都可以搞出来。”我急得提高嗓门儿说：“不管怎么样，就是有外星人！”他哈哈大笑：“声音再大也没用。你要有证据。”我真是领教了他的执着，凡涉及科学的东西，别期望他有半点儿让步。

第二节

一颗美与高贵的心灵所散发的能量，安静而深邃。和杨南生在一起的岁月，我狭小、无知、浅薄的内心，就像一片沉睡的泥土，不经意间被星星点点的雨露、光亮所唤醒。

他让我懂得了，人与人之间最神圣的关系是人格平等。

在这个社会里，我见惯了特权、盛气凌人、卑躬屈膝，并对此习以为常。是他打破了我观念中的这个“常”。

去超市，他总是对导购、收银员主动问好：“你们该吃饭了吧？”“还没有呢，老先生。”“哎呀，你们辛苦啦！”他的目光如对待朋友般真诚。

平日里，对每一位他遇到的摊贩、勤杂工、街道大妈乃至收废品的人，他都有真诚的尊重与友善。乘公交车，有人给他让座，他总是万般推辞，推辞不过，会十分抱歉地坐下，再三向人致谢。他从骨子里对这个世界怀有谦卑与善意。走在路上，碰到路中间有石块等杂物，他从不会绕步而去，总要俯身把障碍物移到路边。

很多年，单元楼道的卫生一直是各家轮流值日，轮到我们家时，他总是趁我上班时抢着把清洁做了，不但把楼道台阶走廊擦得干干净净，还把没有规定在内的楼梯的扶手、窗台都一并擦洗干净。自从他做了两次以后，大家都跟着他学，每一户邻居都喜爱他，尊敬他。隔壁女孩儿康欢的妈妈常常在轮到我们搞值日那天，早早默不作声地就把楼道卫生替我们做了。

航天小区收发室经常收到一些国外的来信，收发室的师傅不懂外文，常为查找收件人着急。有一次，他们拿着两封外文信，正碰上来取报纸的杨南生，他帮他们翻译好信封上的地址和收信人的姓名，并用笔工工整整地写下来。他们很感动："从没人愿意给我们看看。"这以后，他们收到国外来信便都先留着，等杨南生来时一并请教。他去拿张报纸，来回十分钟的路，常常半个小时也回不来，有时外文信攒下七八封，他就站在窗口一封一封给他们翻译。一次，恰巧被一位老熟人看到了，惊讶地说："杨院长，这哪是你干的事。让他们自己想办法，你不用管。"他说："他们找不到人很着急的，我只是举手之劳。"那人感叹："也就是杨先生，一个顶级专家，还屈身为别人干这等事。"这项"翻译任务"就这样一直坚持了多年，直到他生病，再也无法去取报纸。

他有个习惯，若有人来家里，无论男女老少何种身份，哪怕是位工人师傅，他也是绝不穿着拖鞋见人的，总要穿上他出门穿的那双皮鞋，衣服也要整整齐齐。我有时告诉他“不用的”，他说：“那不好，对人不尊重。”

在他年迈病重的日子里，家里请了轮班制家政公司的护工。他对被人照顾十分不安，总是一再道谢，问他们“累不累”，让他们“休息一会儿吧”。当他已不能自己进食需要护工喂饭时，他难过得像个孩子，一再喃喃地说：“谢谢！谢谢！”他去世后，一位叫陈晓丹的护工写了一篇文章《尊重与爱》，刊登在他们家政公司的简报上，文中回顾了他们与“亲爱的杨爷爷”相处的点点滴滴，她说：“为什么我们都那么爱杨爷爷？因为他尊重我们每一个人。”

人与人之间的平等尊重，在杨南生的意识中，不是形式上的礼貌客气，而是根植于他灵魂中的信念。

他的女儿和儿子永远都不会忘记父亲的教诲。女儿杨红曾回忆：“爸爸始终注意不让我沾染在孩子们中存在的官位等级观念，他时刻告诫我：不能以父母的官位论高低，和小朋友要真诚平等地相处。”两个孩子在他们上学、工作等事情上，原本期望得到父亲的帮助，出面说几句话，但他拒绝了。他对两个孩子说：“我的后门再大，也不会给你们开这个后门，你们不要想着从这里走；你们的前门再小，我希望你们用自己的力量把这个前门冲开，走出去！”

他后来谈及这些往事时说：“后门就是一种不平等。”

人与人之间的平等，是他一生的精神信条。

杨南生还让我懂得了，为人为事要有独立思考，敢于坚持真理，即使对自己的领导、上司，如果认为他们工作中有错误，也是完全可以提出不同意见的。

我从小生活在部队大院，受家庭与环境的熏陶影响，对领导和上级从来是百分之百的服从，不敢有疑问。只要是领导说的，一定是正确的。我从来没有想过，也不懂得什么叫“独立思考”。除了在感性的世界里我喜欢那些变幻无穷的云彩、孤独的白杨树、烂漫的青草、自由的河水，在理性的世界中我没有任何自己的思想。世俗的想法就是我的想法，领导的“指示”就是我的思想。

当我第一次发现自己身边的爱人，这一生恰恰是因为独立思考、敢于对领导提出不同意见而遭受厄运失去个人的荣华富贵时，深为震撼。震撼之余，在他的一言一行的耳濡目染下，我看到了作为一个科学家的品质——对于真理不可亵渎的信仰，对于国家、民族不可掺假的忠诚，对于人格不可折腰的高贵，对于个人不惜一切的牺牲。

我第一次懂得了，独立思考、自由精神的全部尊严与价值；这个世界上唯一神圣的只有真理。

杨南生给予我的另一个重要的影响是他的名利观。让我这个一直对世俗名利心怀艳羡的人，第一次有了冷眼旁观。

名利，几乎是世俗社会里最诱人的东西，多少人为此倾尽一生的心力，在通往名利的道路上极喜极悲。我没有对名利的大野心，但心里还是有着不少世俗的枷锁，这些枷锁框定了我可怜狭隘的眼界、胸怀，认定名利即意味着人生成功，名利即象征着一个人的价值，等等。名利遮蔽了我对世界万事万物丰富、美好的体验与理解的无限可能。我在人生职场上的小喜悦，大多由名利牵绊。

那一年，我在单位连续三年评高级职称未果，带着一肚子委屈下班回到家，年轻不懂事的我，常把在外面的坏心情带到家里。杨南生见我闷闷不乐，一言不语，问我怎么了，我一下子哭了，语无伦次地说起来：“我的高级职称又没评上，可我不知道怎么去打招呼啊……”我越说越委屈，眼泪流了一脸。

杨南生一下子笑了：“我的小平平，真是个小孩子，我还以为什么事不高兴呢。就为这点儿事儿哭一点儿不值得，难道你是为这个职称活着吗？你不会打招呼很好，也不要去打招呼，评不评，随它去！重要的是你写出了那么多好稿子，这就够了。”真没想到会听到这样一番话。那时，我哪里懂得这番话的意境啊，心想，我的同事朋友都为我着急，帮我出主意，可你却让我“随它去”，真是太不体谅人了。

后来我慢慢发现，他对待名利，确实不同于常人。

有一次他跟我聊天，偶尔说出一件事。那一年，航天部主要领导找他谈话，组织上准备安排他这个技术副院长当研究院院长，他笑笑婉辞了，他说：“我与技术打了一辈子交道，不善于管人，无论谁当院长，我来给他配合。”有知情者为他惋惜，劝他：以他的能力、水平当院长绰绰有余，从个人的角度更是一个好事，为什么不接受呢？他还是笑笑：“我就愿意与技术打交道。”听他说完，我直发呆，长这么大，还是第一次听说给官不要。

还有一次，我想把从陕西搬家带过来的一个镜框里的画换一张新的，一拆开，发现镜框里原来的画后面有一张衬纸，是杨南生荣获的航天一等功奖状，我很吃惊，问他：“这么重要的东西怎么用来干这个？”他大笑：“干这个最合适！”我心里嘀咕，这么“重”的东西在他眼里怎么那么“轻”？

再后来我有了高级职称，再再后来，我目睹了一幕幕杨南生因为得罪人，在人生理当收获荣誉、名利的季节，一次次被剔除。他所失去的名利是我一万个职称绑在一起都抵不过的，哪怕只有一件如果落在我的身上，都足以让我崩溃。

杨南生面对所有的失去，从无愠色。

评院士被阻，有人气不过，要为他去中科院上告，他摆摆手："不要，不要，没意思！"

与"两弹一星"功勋无缘，很多人为他难过，他笑笑："没关系，我又不是为这个干的。我们干的东西能让国家强大，外人不敢欺负，足够了，其余的随它去！"

有人告诉他，谁谁谁评这荣誉那称号的上报材料都是拿的他的成果。他诚恳地说："我要干的事已经完成了，这些成果放在我这里已经没有用了，他们拿去能有用，我很高兴！"

在小区大院里，时有碰到那位对他做了亏心事的人，杨南生总是热情爽朗，主动与之招呼问候。有一次，待那人走过去，我说气话："我恨他！"他摸摸我的头，微笑着："不值得恨。"我还是生气："我恨那个对你调京使坏的人！"他依旧平静地说："都不值得恨。"

他实在是超出了我从小长到大对人的精神世界的认识尺度。

难道他不知道那些荣耀功名在这个世俗的社会意味着什么吗？难道他看着那些名利双收的专家住大宅拿高薪，没有一点感觉吗？我想，他是知道的。

那一年，他在英国曼彻斯特大学毕业时那位一再挽留他的老师的儿子出差来北京，打电话给杨南生，说受父亲之托，要来看看他。当年，他的父亲对杨南生挽留不成，最后对这位中国学生说："你是我见过的最有才华的学生，你的国家会为你骄傲的。"这一对师生一直保持着逢年过节互寄贺卡的联系。

杨南生接到电话很是高兴，但稍犹豫了一下说："我去看你吧，你住哪里？……"他放下电话，我不解地问："为什么不让他来家里？”他说：“他父亲知道我是干什么的，以他的预期与想象，我今天的生活一定是很体面的，他不会想到我实际的生活条件包括住房这样简陋。我自己无所谓，但让他知道，他会多想。我不想让他知道这点，还是不让他儿子来好。”结果，他带着我，乘公交车跑了很远的路，在东城一家宾馆与老师的儿子见了面。

回到家里，我心里很难过，说了一句：“你要是不得罪人，啥都有了，要么当初留在英国，现在也是体面得很。”他把我拉到面前，认真地说：“小平平，一个有价值的人生，是按自己的心愿去选择的人生。用科技富强国家，是我一生的抱负，我能进入航天，一辈子干了几件大事，一是搞出了固体发动机，二是搞出了潜射导弹的总体设计和两极发动机，三是为后来的战略导弹做了预言，打下了发展基础，我很满足。得罪人，那也是我的选择，如果让我在一个专横的权势面前装聋作哑，卑躬屈膝，我会很痛苦。至于说留在国外，终归是给外人干活，没有意思。”

他停了一下，微笑了：“我不回来，怎么会遇见我的小平平呢？”

我也笑了。

他接着说：“的确，我失掉了很多东西，但我心里很痛快。我没有失去的东西有很多啊，那么多好书，那么多迷人的音乐，还有我爱的和爱我的小平平，是不？”

我靠在他的怀里，心中释然。

罗曼·罗兰说过：“你失掉的东西越多，你就越富有；因为心灵会创造你所缺失的东西。”

我终于懂了，世俗的世界永远无法与杨南生心中的世界抗衡。他的世界里有罗曼·罗兰的《约翰·克利斯朵夫》，有圣埃克苏佩里的《小王子》，有毛姆笔下的月亮，有罗丹的“思想者”，有梵高的“向日葵”，有苏东坡的“一蓑烟雨任平生”，有伟大的贝多芬、莫扎特、肖邦，有霍金的《果壳中的宇宙》……还有他热爱的生活、拥抱的爱情。

所有这一切，都是他心灵中最亲密的朋友、知音、星辰大海，他之所想、所往、所喜、所悲，皆在透明的灵魂之上。

第三节

在绵长的岁月中，杨南生就是这样一点一点地启蒙着我，照亮着我。对于我的无知、幼稚、浅薄，他从不责备，像大人带孩子一样，用他的爱引领着我，而对于我微小的优点，他则有发自内心的欣赏与呵护。

我自小性格内向，耽于幻想，不善交际，在与人的交往中极度胆怯笨拙。这本是一个缺陷，可他不仅全部接受了我的缺点，还温柔地呵护了我。

来北京不久就碰到一件窘事。杨南生很多年没有联系的一位早年的秘书，听说他来了北京，便来家里看望。我当时正在厨房做饭，头上扎了个头巾，身上捆着个围裙，听到敲门，便一步冲了出去，手上还拎着个锅铲子。门一打开，那位秘书一步跨进来，说找杨院长的，我热情地伸出手表示欢迎，他瞥了我一眼径直往里走，见到杨南生，招呼过后，第一句就问：“那是你家小保姆？”杨南生愣了一下，随即明白了，立刻把已经躲进厨房的我叫出来，领到客人面前，认真地向他介绍：“这是我的爱人张严平。”那位秘书很不好意思，忙不迭地伸过手来，我也赶快伸出手。客人走后，我有点沮丧：“南南，我给你丢人了，我一点都没有女主人的样子，他把我当成保姆了。”杨南生说：“你是什么样就是什么样，我就喜欢你这种没有女主人样子的样子。不用管别人怎么想怎么说。”

有一年春季的一天，他的老同学曹传钧和夫人林茂美到我们家做客。曹传钧当时是北京航空航天大学校长，林茂美是杨南生母亲萨氏家族的女子，后来过继给林姓人家，因为辈分大，杨南生称她为茂姨。

第一次招待他们，我兴奋又紧张，饭菜端上桌，却不知如何招呼客人，好在杨南生与他们谈笑风生，掩盖了我的笨态。吃到中间，我看到曹传钧吃得比较少，很希望他能多吃一些，又不敢叫他，心想：他的夫人南生称茂姨，难道我要称他为“叔叔”？可又觉得不妥。想了半天，我忽然对坐在一旁的茂姨说：“茂姨，你让你的丈夫多吃一点吧。”话音刚落，生性活泼爽朗的茂姨笑得前仰后合，眼泪都笑出来了，一向内向口拙的曹传钧窘得满脸通红。我真想桌子底下有个洞钻进去。

杨南生在一旁怜爱地安慰我：“小平，都是好朋友，你就叫曹传钧的名字便可以。”然后对茂姨说：“她就是这么个单纯的孩子。”

客人走了，我很不安，他说：“你今天做得很好，你是什么样就是什么样，不用改变。”

除了不善与人交往，我的另一个缺陷是不谙世事，不懂人情世故，这可能与从小生活在部队大院的环境有关。

有一次，杨南生当年的一位老部下生病，他嘱咐我买些水果、营养品一起去看望他。一进门，我把东西往桌上刚放下，那位老部下便说：“杨院长，你这弄倒了！”我一听“弄倒了”，赶紧把刚放在桌上的大小盒子提起来，从上到下认真地看了一遍，确认每一个盒子都是底朝下顶朝上，便报告他们：“没有倒。”他们俩先是一愣，继而哈哈大笑。我看看他，再看看他，不明白他们笑什么。只听他对老部下说：“严平就是这么个可爱的孩子。”

回到家，他才告诉我，那人说的“倒了”，是指作为当年的领导怎么可以给部下带东西呢，应该反过来才合常理。我这才明白。他说：“小平平，知道吗？这就是我特别喜欢你的地方，在你的世界里，人与人之间是没有等级功利的。”听他这样说，我原本的惭愧变成了自信。

我脑子形象思维发达，抽象思维欠缺，所有关于逻辑、数字、方向的东西，都是我的“黑洞”。当年考大学数学只考了12.4分，幸亏其他课分数高才没落榜。这一思维缺陷辐射到日常生活中，便是说话语无伦次，做事没头没脑，东西乱七八糟，遇情况手忙脚乱，凡与数字有关的事情总是天昏地暗。作为早产儿，我一直怀疑我在母亲身体里左半脑没有发育好便提前出生了。我曾认真问杨南生：“如果我在部队里当一个排长，可以吧？”他忍不住笑了：“排长？给你一个班，你也会指挥得人仰马翻。”

杨南生的思维特点当然恰恰与我相反。据当年很多听过他做学术报告的“老航天”回忆，他一般没有讲稿，仅拿着一纸提纲，从头至尾三四个小时，逻辑清晰严谨，论据充分，一句多余的话都没有，记录下来，就是一篇精彩的论文。

可以想象，在生活中，我这样的特点对于他该是一种怎样的不堪。然而，他全部包容了我，并耐心地引导着我。

我上班出门前，总是什么也不准备，临到要走了，开始东抓西找。他便温和地说：“我们的小平平又要开始赶火车了，别急，别急，如果提前准备一下，就会从容得多。”

我衣橱的衣服总是堆得乱七八糟，每找一件衣服都费半天劲，他便婉转地批评我：“我们的小平平比南南潇洒多了，南南放衣服时有点儿笨，总要想一想，这件衣服放在哪里？平平呢，啪，一甩手衣服就进去了。可等到要找衣服穿时，南南可以一把抓出来，平平就要翻个底儿朝天。”我听了，自然明白自己的问题，便努力学他的样子，可总也学不好。

我曾半玩笑半惭愧地对他说：“要是有一个比我聪明能干、会生活的妻子才配得上你。”

他认真地对我说：“小傻瓜，爱一个人就是爱他（她）整个人，包括他（她）的优点，也当然包括他（她）的缺点。一个人的优点、缺点总是相互的，把缺点消灭了，优点也就不存在了，有些特别的缺点后面一定有特别的优点。你要是做什么事都井井有条，你就写不出那些好稿子了；你要是那么聪明能干，你也不会成为我的妻子；你要是完美无缺，你也就不一定是我爱的小平平了。所以你就是你，你就做一个‘原味’的小平平最好，我就爱你这个长不大的‘原味’儿！”

他停了停，补充一句：“如果我能陪你一生，你永远不用长大。可我不能陪你很久，所以，我希望我没有了以后，你能长大，照顾好自己，让我放心。”

27 年的婚姻生活，他就是这样包容着我，鼓励着我，疼爱着我。

每到我搭乘晚班飞机出差回来，无论多晚，一走进小区大门，老远就会看到家附近的小路上有一束手电筒的光亮，那一定是他在等我。

我常常熬夜写稿子，他总是半夜起来轻手轻脚地走到我身后，轻轻地亲亲我的头发，有时放下一块巧克力，再轻手轻脚地回到卧室。

每次我上班从家里往外走时，他总要站在楼梯口或者窗口，用舌头朝我的背影打出一串快乐的哨音，为我送行。

我们在一起与人聊起来，不管是卖菜的还是卖报纸的，他总是自豪地介绍："这是我的爱人，记者。"这便让我想起三毛说过的："荷西让我做一个自由的妻子，从来没有干涉过我，让我个性自由发展，虽不了解我的文章，可总是说'我的太太是作家'。"

他在报纸上读到一篇文章《切莫把"右脑思维者"视为"差等生"》便把它剪下来交给我，以鼓励我对自己思维方式的自信。

杨南生最开心为我做的一件事是"第一读者"。在我们单位，"第一读者"是一个工作岗位，任务是抓"错"，包括错别字等。他为我做"第一读者"十分认真，一个错字、一个错误的标点符号都逃不过他的眼睛，每次看完我就问他："这篇稿子怎么样？""好极了！"他总是真诚而喜悦地回答。有的稿子被领导、编辑们否定再三,一改又改，常常改到三四遍，每改完一遍，我都请他看一次，看完都说："好极了！"我着急地问："到底哪一稿好呢？"他不容置疑："哪一稿都好极了！"我顿时失去了方向，但心中窃喜。

有一次下班回家，一进门，听他在电话上与一位老朋友聊天："严平是一个很有思想的作家型记者，我很为她高兴！"

我的每一个生日，我们的每一个结婚纪念日，他都会早早悄悄地为我准备好一张他自制的小卡片，有时还会有一个小八音盒，卡片上总是写着一句话或者用红笔画着一颗小红心，当日放在一早我睁开眼就能看到的枕边上，那一刻，我总是惊喜得合不上嘴。一直忘不了他送我的第一个结婚纪念日礼物，一只小木屋造型的八音盒，屋顶是绿色的，打开屋盖儿，便会传出星空一般的乐声。那是他早年跟随谷牧出访欧洲时，用仅剩的一个便士在瑞士买的，被身边人笑为“买了个没用的东西”，他却一直珍藏着，直到和我结婚。他说：“从一认识你，我就相信你一定是喜欢这个小房子的女孩。”

他 88 岁那一年，一场大病劫后余生后，正逢我们结婚 23 周年之际，那天早上，我依然收到了他送我的纪念卡片，卡片上贴着一朵他从画报上剪下来的小花，花朵下面是他第一次显出颤抖的字迹——

平平：

我们幸福生活 23 年了。我深深爱你！

南南

2009 年 6 月 3 日

我含泪笑着，感受着无限的幸福。

我也会在他的生日里送上祝福的卡片，他走后，我在他的文件包里看到，他把这些卡片都精心地装在一个大信封里，封皮上写着“My dear p-p”。特别有意思的是，有时他尚未起床而我要出早门时，随手给他留的嘱咐几句当天有关吃饭事宜的大大小小的便条，也都被他一张一张地保存了下来。

他给予我的爱如阳光、如泥土，发自他生命的本然，即使在我表现很糟糕的时刻。那会儿我年轻不懂事，在外面遇到不顺心的事，回来就会闹小情绪。这时他就会去读他的书，任我一个人生闷气，等我气过了走到他面前，他便会严肃地说："下次在外面有不高兴的事，我希望你靠在我的怀里大哭一场都好，而不是闷着不说话。"这时我的眼泪就会流出来，很是自责。他便把我揽在胸前，温和地说："别难过了，既然我带着个小孩子，这都是难免的，你见过哪个小孩子不惹大人生气的？"

唯有一次，他这个大人也让小孩子生气了。

那一年，我看他穿的一双皮鞋太旧，想给他换一双新的。他一辈子工作在三线，工资微薄，生活清贫简陋，几件老式的中山装穿了好多年，仅有的一件呢子大衣还是从英国留学时带回来的，一双皮鞋从上海穿到内蒙古，从内蒙古穿到陕西。和他结婚后，我时不时给他买些新衣服，每一次他都怪我不该买，但衣服已经拿回来，他也只好接受，且都很喜欢，视为他最好的衣服，出门与亲朋好友聚会时一定会穿上。有时他会问我衣服多少钱，我总是拦腰报价，他会皱皱眉头对我说："以后不要买了，我老了，现有的衣服够穿了。"因为天性丢三落四，我的工资领回来向来都是交给他保管，我只管用钱时伸手，他常担心我身上没带够钱出门会遇到麻烦，总让我多带一些。这回他看到我拿了钱说想给他买双皮鞋，坚决反对。鞋的大小需要试穿，我不敢贸然买回。那天我们一起去商场时，我把他"骗"到一个鞋柜前，售货员的热情让他不好意思拒绝，勉强坐在那里试鞋，有一双他穿着很合适。我很开心，正准备付款，不料售货员随口大声报出这双鞋的价格"2600 元"，他腾的一下站起来，斩钉截铁地对我说："不要买，我坚决不要，你就是买了，我也坚决不穿！我说到做到！"说着一个人大步流星地走了。我从没见过他对我发这么大的火，吓得扔下鞋赶紧追上去，我十分伤心，走在路上就哭了。

回到家，我继续落泪。他一把抱住我："小平平，今天是我不好，我太凶了。我知道你爱我，总是想给我买这买那，可是我老啦，用不了那么多东西了。你知道吗？我就是想着能多省一点钱给你留下，等我死了，你能过得好一点，我才放心啊……"

没等他说完，我紧紧地抱着他，泣不成声……

杨南生给了我一种生命的信仰。

因为有他，我相信人间是美好的；因为有他，我相信这个世界存有高尚；因为有他，我懂得了爱情。他保护了我对这个世界、对生命与人性全部的信任与信念。在他的天空下，我像一只小鸟，虽然卑微，却活得自由烂漫。

一颗明亮的心，必然对世界有明亮的目光。作为一个记者，我把杨南生给予我的对人生、生命的理解都投入了我采访的一个个人物中，从他们身上发现、找寻着那点点滴滴的精神的光芒。我为四川凉山州木里县马班邮路乡邮员王顺友写下《索马花儿为什么这样红》，为上海一位在生命最后时刻留下"死亡日记"的小职员陆幼青写下《永远的向日葵》，为天津蹬三轮救助贫困孩子上学的白芳礼写下《一位老人和他的 300 名学生》，为二炮某导弹基地优秀司令员杨业功写下《将军已经出发》，为云南一位永葆本色的老干部杨善洲写下《一辈子的共产党人》，为汶川大地震中英雄的四川人民写下《明天，太阳照常升起》……

那一年，《索马花儿为什么这样红》获得中国新闻奖一等奖，其后我又荣获了中国新闻界最高奖"长江韬奋奖"。当我把这些消息告诉他时，他比我还开心，对我说："平平，你就是我的小露珠，我没看错你！”

杨南生用他全部的爱供养着我，雕塑着我。当他离开我的时间越久，我越清晰深刻地领会到他对于我生命的意义。

那一天，是他去世第六年，当我第一次读到爱尔兰诗人罗伊·克里夫的那首《我爱你》时，蓦然泪落……

我爱你，
不光因为你的样子，
还因为，
和你在一起时，我的样子。

我爱你，
不光因为你为我做的事，
还因为，
为了你，我能做成的事。
我爱你，
因为你能唤出，
我最真的那部分。

我爱你，
因为你穿过我心灵的旷野，
如同阳光穿过水晶般容易。

我的傻气，我的弱点，
在你的目光里几乎不存在。
而我心里最美丽的地方，

却被你的光芒照得通亮。

别人都不曾费心走那么远，
别人都觉得寻找太麻烦，
所以没人发现过我的美丽，
所以没人到过这里……

我在日记中写道：

南南，父母给了我生命，你给了我灵魂。

第八章

人生的最大痛苦，莫过于心里埋着无法诉说的故事。

第一节

作家米兰·昆德拉说过："人并不是突然死亡的，而是慢慢死亡。因为我们活在自己的记忆中，而当这些记忆消失，我们就一点点死亡。但记忆是不可靠的，如果你不记录你的生活，你就在一点点死去。"

很长一段时间，我就想这样死去。

关于杨南生的最后岁月，曾是我竭力想忘却的，竭力想忘却。

那种痛苦不是概念，不是情绪，是一个又一个细节、画面，稍有触碰，便肝肠寸断。

但很多年以后，我发现，它是无法忘却的。即便是在佯装忘却的日子里，它依然是我心底里那片黑暗的荆棘，常在夜深人静，甚至在欢腾的人群中，猛然伸出一根锐刺扎向心头。

渐渐地，我意识到，正是这种疼痛让我活下来。如果我努力忘却，装作快乐，便感觉自己如行尸走肉。

我们的家在航天大院 20 世纪 50 年代建造的三层砖楼顶层西头一套 90 平方米的单元里，这是杨南生 92 年人生中住过的最大的房子，他很满足。但这个房子让人头疼的是，每年雨季外面下大雨，里面四处漏水，而且一年比一年漏得厉害。开始是天花板一片片洇湿，后来是滴水，每到下雨，我们只好用脸盆四处接水。另外，房子没有电梯，随着他年纪渐老，愈感觉出行困难。

杨南生一辈子几乎不曾为自己的事向组织提过要求。他对组织有的永远都是指向哪里奔向哪里，从北京奔向上海，从上海奔向内蒙古，从内蒙古奔向陕西，无论前方路途多遥远，荒漠深山，勇往直前，不问归程。她的女儿杨红回忆道："爸爸每接到上级调令要去遥远的地方，就会让我们为他一遍又一遍地弹奏钢琴曲《毛主席的战士最听党的话》。"他对杨红说："做人要有所为，有所不为。有所为，是人生要有奋斗目标，要对人类对国家有所贡献；有所不为，是要有自己的是非判断能力，有自己的道德标准，不能随着社会潮流什么都为。"

他就这样奔了一辈子，中国的固体火箭事业越奔越强大，他自己的生活越奔越艰辛清贫。

的确，物质生活从来不是他追求的人生价值，他安于清贫。

那是一次例外吗？他向组织开了口，一生中唯一的一次。

1980年底，与他结婚30年的妻子莘耘尊查出肺癌晚期，已无法医治。他把她从医院接回家——那个只有50平方米两间小屋的窝。这个家他们已经住了十几年，也是后来我的朋友王勇一行到陕西去祝贺我们新婚时，一踏进房门，惊呼"家徒四壁"的那个家。

莘耘尊这一生跟随杨南生几经调动，聚少离多，没有享受过几天安逸的日子。她现在最大的愿望就是能住上大一点儿的房子，哪怕住几天。一辈子没向组织提过要求的杨南生，第一次也是唯一一次向组织开口了，要求是那样的低微，哪怕暂时借一套大一点的房子，让莘耘尊住进去，日后再归还。

莘耘尊从事城市规划、建筑方面的工作。杨南生曾告诉我，她如果工作一直稳定，可能会成为一个不错的建筑师，她的老师是中国建筑教育的著名教授侯仁之，而这个可能在一生不停的迁徙中化为泡影。现在，他唯一能为她做的就是想办法让她最后的日子能住上几天空间大点儿的家。但就是这么一个小小的愿望，最后也落空了，仅五个月后，莘耘尊病逝。

一年后的冬天，当时的七机部部长郑天翔去陕西固体研究院检查工作。他走进杨南生的家，看到这位 1950 年回国，为中国的固体火箭事业贡献卓著、奉献了一生的人，生活在如此清贫寒酸的破房子里，当场落泪了。

这位当年在北平一二·九学生运动中作为领袖之一的历经革命烽火考验的老革命，不仅有着坚定的理想信念，亦有着真挚的革命情感。他检查完工作，最后去见当时的陕西省委书记喻明涛，提出了一个要求："我这有个大专家，就有两间房子，你给我解决一套房子，你要多少钱，我给你拨过来。"

杨南生当时并不知晓郑天翔为他的住房问题向陕西省委开过口。他对这位部长记忆最深的，是每到基层时踏实严谨的工作作风，对基层每一个诉求，都会认真地记下，回去全力解决。特别有意思的是，每当有人恭敬地称他为"首长"时，他便不悦地挥挥手："什么'首长''首长'，还'脚掌'呢。以后不要这样称呼。"这一句话，让杨南生记了一辈子，敬重了一辈子。

郑天翔向省委书记要房的事儿，是在杨南生去世后，当年跟随郑天翔去陕西的同志回忆的。据说，陕西省后来专门给杨南生安排了一套房子，但他没要，他觉得一个人用不着了。再后来航天部向陕西拨了一批款，几年后，陕西七机局盖了两栋新的住宅楼，用来改善科技人员的住房条件，那时杨南生已经到了北京。

命运似乎给杨南生设下了一部恶作剧，在他生命最后的岁月，住房再次成为他的伤痛。而这一伤痛核心的“埋伏”，是那被拦腰截断的组织关系调令。

杨南生是什么时候开始变老的？是一夜之间吗？那一夜之前的他，在我的记忆中一直是一个英气勃勃的人。

组织关系不得进京，丝毫没有影响他对工作、生活的态度。那时，他在研究院的技术领导工作已转至院科技委，正与他同时担任航空航天工业部科技委固体发动机专业组组长的工作相通，因此，他有了更灵活自由的工作空间。同时，他还兼任部科技委顾问，没有退休限定。航天部科技委为他安排了办公室，他每日去那里上班工作。

工作承载了杨南生全部的热情。

他常去阅览室查阅资料，翻阅外文期刊，研究世界固体火箭发展的前沿动向。他把思考写成笔记，做成卡片，与科技委的有关专家沟通交流，并随时与陕西研究院的同志保持联系。研究院有一本《固体火箭》期刊，他担任期刊的编委会主任，每一期他都认真阅读，从选题到观点，以及其中的摘要、英文，乃至一个公式、一个标点符号，如果有错误都会抓出来，并常常写出一两千字的评论。他说：“这些文章的作者都是院里的技术骨干，任何一点错误都可能为实际工作埋下隐患。”

研究院每进行新的试验，他都非常关心，试验遇到的难题常让他寝食不安，他会没日没夜地查资料，打电话与人讨论，电话有时打到下半夜一两点。对院里专家们送来请他指导的专业论著，他同样倾尽心血，一本一本厚厚的，每一本都从头看到尾，改到尾。至今，还有人保留着他修改过的论著。

那年，航天部准备出版一本英文版巨著《当代中国·航天工业》，此书不仅英文水平要高，专业水平更要过硬，需要找一位双料过硬的主编做最后审阅修改定稿。在部里转了一圈，最后找到杨南生，他什么话也没说，接下来，日夜编辑修改，整整伏案一年，高质量地完成了这本书的最后定稿，中间曾由于疲劳过度而昏倒。

在杨南生的价值观中，永恒不变的核心就是“奉献”。这种奉献没有任何条件，不讲任何回报。他曾经说过，他愿意他的一切都可以为国家所用，为他人所用。

在他来北京的前几年，即他被从技术领导岗位卸职后，应西北工业大学校长、早年留学意大利学习航空工业的教育家季文美先生之邀，成为该校不取报酬的兼职教授。季文美对杨南生非常熟识了解，“两会”期间曾是同住一屋的室友，深知他的专业功底，更知道他的塑性力学专业对航空航天的重要性。特别是弹塑性断裂力学，是 20 世纪 70 年代国际上才兴起的一门新学科，及至 80 年代初在中国高等院校开课之校寥寥无几。季文美得知他已卸下工作主担，有了一点时间，便再三邀请他来校开课，以填补西工大这项课程的空白，为国家培养急需人才。

杨南生欣然答应。当然说好，义务教授。由于杨南生的贡献，西北工业大学成为国内高等院校中极少数开设“弹塑性断裂力学”学科的院校，其中“带裂纹结构剩余强度有限元分析与试验”的学术研究，部分已达到国际水准。国家恢复研究生培养制度后，杨南生成为第一批硕士生导师、第一批博士生导师，后又成为博士后工作站导师，学科带头人。从他的门下，累计走出十多位硕士、七位博士、两位博士后。当他辞去这一义务教学工作后，西北工业大学授予他“名誉教授”荣衔。

自杨南生开始，航天部各研究院有关专家兼任高等院校博士生导师成为航天对教育领域的贡献之一。

“奉献”是杨南生一生幸福的源泉，即使遭遇逆境，始终痴心不改。“亦余心之所善兮，虽九死其犹未悔。”

过去，我每读到泰戈尔的“世界以痛吻我，要我报之以歌”这句诗，便不解，这样的人心里是怎么想的呢？杨南生让我慢慢理解了，这种人不凡之处在于，他们无论身处何种境遇，都不会动摇内心的信念——“自由地、完全地成为他自己”；“他胸有成竹，知道在这个世界上能够找到并且实现比这种时行生活更高尚纯洁的生活”。于是，即使自己身处泥泞，他也会百折不挠地为实现生命所能达到的最高价值而战斗。

这就是杨南生内心的力量。

第二节

杨南生是从什么时候开始变老的？仿佛悄无声息。

我慢慢发现，他上下三层楼一天比一天步履沉重，常常走到二楼就要停下来歇一会儿。在他 85 岁以前，我从来追不上他的脚步。

他开始常常感冒，记忆力也逐渐衰退，许多往事记不起了。

或许那个冬天的夜晚，是衰老给他的致命一刀。那一年，他 87 岁。

半夜两点，我突然被身边的声音轻轻唤醒。

“平平，平平……”声音很痛苦。

我一下子蹦起来，吓坏了。

“我肚子疼得厉害，可能需要去医院。”

我深知他对疾病的一贯态度，不到万不得已，是不会想到去医院的。

我在惊恐中扶他起身，帮他穿好衣服。剧烈的疼痛让他的脸颊不断抽搐，汗水渗满了他的前额。他全身无力，我把他的一只胳膊搭在我的肩上，架着他慢慢走出门，一步一步地往楼下挪动。三层老楼一共有 42 个台阶，那是他以前不用两分钟就能走下去的，此刻，我带着他仿佛在跨越万丈鸿沟。

外面天寒地冻，冷风刺骨，那时还没有滴滴打车，好在航天大院旁边有一家部队的医院，我扶着他顶着寒风，终于挪到了医院的急诊值班室。

接诊的大夫开口：“医疗卡。”

“没有。”

“没有，收不了。”

我一下子蒙了，这才意识到，由于工作关系不能进京，所以他没有在北京看病的医疗卡，这之前，他在航天大院门诊看病拿药都是现金自费。眼前，已不是自费的问题，而是根本看不了病。

那一刻，我多想对窗口里那位穿着白大褂的人说——

这是一个 1950 年第一批回到祖国的爱国知识分子，是一个开创了中国固体火箭事业的科学家，是一个为国防强大奉献了一生的人……

但是当我看着窗口里那淡漠的目光，咽下了所有想说的话，大哭着，请医生“救命”，并掏出了从家里带来的所有现金，以家属并记者的名义担保，费用不够，一定补齐。

感谢急诊，总算接收了。

做了 B 超，说是急性胃溃疡，当夜住进消化科。

这是一个八人的大病房，七个床位都满了，只有紧挨着门口的一张床还空着，杨南生躺在那张床上，医生给他插了胃管。

病房的走廊空旷冰冷，寒风穿梭，只要有人进出病房，寒气就会直扑到他的床上。我坐在床边，用大衣压住他脚下的被子，黑暗中屋里四处响着睡觉的鼾声，疼痛的呻吟，还有人低低私语。腹痛且又被插了胃管的他倍感痛苦，几次挣扎着要拔掉胃管，我紧紧地握着他的手，不停地安慰着，心痛无措。这个寒冷的夜晚，像一个不见底的冰窖。第二天，他高烧 39 度。

这是我第一次面对如此严酷的现实，孤独而无助。

此时的航天部已改制为央企，航天部时期，杨南生的工作生活皆由部科技委管理，改制后，杨南生成了没有人管理的人。

或许是杨南生病情危重，也或许是他即使在危重中依然散发的令人尊重的优雅气质感染了医护者，几天后，护士长主动把他转进了一个小单人病房。再后来，病情不减，又做了一次 B 超，结果令人大吃一惊，入院时误诊，他得的不是胃溃疡，是腹主动脉瘤，一种很凶险的疾病。这家医院治不了，让我们立刻转院。

我和杨南生的从外地赶来的女儿小红一起，疯了一般找熟人托关系，最后靠一位亲戚的帮助住进了另一家部队医院，两天后，紧急手术，救下一条命来。

劫后余生的杨南生，真的老了。

上下楼梯成了他的巨大困难。他经常久久地坐在窗前，默默地望着窗外的天空、阳光、树木，望着叽叽喳喳飞舞的麻雀……每次他需要去大院门诊，我都要把他艰难地搀扶下楼，再用轮椅推过去。

2011 年夏天，一天傍晚，突降暴雨，房屋各处的漏水点同时滴水，客厅一处最大的漏水点溃破，雨水形成一道水柱直泻而下。我吓坏了，翻出家里所有的脸盆、塑料桶，排着队接水，边接边倒，水柱随着屋外的暴雨越漏越粗。杨南生围在我的身边，望着漏水，急得团团转，不断地念叨："怎么办？怎么办？"

看着衰老、病弱的他在这暴风雨的晚上遭受如此惊吓，我心如刀绞。

我抓起电话，拨到大院房管处，刚说了一句"房子又漏水了……"。那边立马传来我已听过无数遍的回应："房主的关系归哪个集团先去找哪个集团，由集团再通知我们。""没有关系。""没有关系，我们弄不了。"

我的心一阵刺痛。

放下电话，我直接拨通了航天某集团办公厅有关负责人的手机。在这之前，作为航天人的家属，我曾几次向他反映杨南生的医疗住房等困难，都被他的官话挡回。这次我被逼疯了，告诉他："如果今晚没人来救水，我和你们拼了！"放下电话，我号啕大哭。杨南生抱着我不停地劝慰："小平平，不哭，不哭。"

半个小时后，那位负责人坐着小轿车前呼后拥地到了我们家，一看漏水的阵势，他似乎有点儿紧张，给房管处打了一通电话，来了几个工人，爬上楼顶，把漏水最厉害的地方堵上了。

那段时间，我常常幻想，要是能突然发一大笔财多好，有了钱，我就买一个宽敞一点儿的、不漏雨的、带电梯的房子，我的南南就可以自由地到外面晒晒太阳，下雨时不用恐慌……

那幻想渺茫得就像一个气泡。

这期间，这个大院的新建住宅楼一栋接一栋拔地而起。许多关心杨南生的人让我去找找，看能不能换个有电梯的房子，或者换个位于一层的人家搬出去的老房子，实在不行，就先借一套住着，以后归还。我询问的结果：关系不在北京，什么也弄不了。

“关系”，成了杨南生的“死穴”。

此时，杨南生在北京几乎成了一个被遗忘的人。除了远在陕西的研究院领导从来没有忘记的每年一次登门看望，他与航天似乎没有了任何关系。一次，他带着淡淡的忧伤说：“平平，这个世界上我只有你了。”我紧紧地抱着他，泪流满面：“南南，我爱你！你是我的全世界！”

痛苦的回忆，已成为我生命的珍宝。深深地感恩上帝，让我一生与我挚爱的南南相依相伴，并在他生命最后的艰难时光与他相濡以沫，将他的每一分温度、每一寸气息、每一丝悲伤、每一缕微笑……都凝结为我心灵成长的雨露。

第三节

我是怎么走到那一步的？不堪回首。

我一辈子做记者，除了采写新闻稿件，还收到过很多上访信件，与很多上访的人打过交道，他们总以为记者有能耐为他们申诉。在与他们的接触中，我有一种不自觉的疏离感，感觉那是一个离我很远的世界，很远的人群，我这一生都不会与那个世界沾边。

做梦也没有想到，有一天，我也成了一个上访的人。

那是在万般无奈、走投无路之下，我唯一的诉求与渴望，就是把杨南生的组织关系转入北京，以解决户口与关系两地分离而导致的生活上的诸多现实困难，让这个为中国国防的强大奉献了一生的人最后的日子安宁一些，有尊严一些。

我流着泪记下那一次次上访的经历后又抹去了，或许还是把它埋在记忆的一角吧。那些日子我感受到一种深深的无力与茫然。

单位有同事知道了杨南生的困境，对我说："严平啊，亏你还是个大记者，写稿子写傻了。这种事就要找关系。"我苦笑。这方面我真是一窍不通，连自己评个职称打声招呼我都不会，眼下杨南生的事我如何找关系？

笨人只有笨办法，我唯一能做的就剩下写上访信了。

一个又一个夜深人静的晚上，我伏案灯下，写下一封又一封上访信……

在我早年的记者生涯中，曾与我的老同事邹爱国一起采写过一篇轰动全国的新闻《六年两千件——记胡耀邦同志处理人民来信》，这篇稿子被评为当年全国好新闻一等奖。我还采写过全国重大先进典型、江苏泰州市信访局局长张云泉，他在这个岗位上为众多受冤群众讨回公道，深受人民爱戴。采访中，他曾对我们说过一句令人难忘的话："国家设立信访部门，就是承认我们的工作是会有失误的，这个部门就是党和政府为工作中的失误、错误向人民赎罪的部门。看到那么多上访群众问题解决后，衷心感谢党，感谢政府，我无上幸福！"

这些经历，让我对上访信充满信心。

当我抱着这些上访信，从单位去西单邮局一封一封寄上挂号，一封一封递进柜台工作人员的手上时，有一种无限的期盼。

日子一天天过去，一个月一个月过去，所有寄出的信石沉大海，杳无回音。

记得除夕那天，北京已是一派过年的喜庆气氛。下午，我又去邮局寄了几封信，之后回家。

夜幕下的地铁里已经没有什么乘客，我木然地坐在不断行进的车厢里。到了一站，门打开，上来一位一眼看上去就知道是外地来的乡下女子。她背着一个包袱，神情胆怯，看了我几秒钟，小心翼翼地靠上前来，问道："大姐，去国家信访办在哪个站下？"我的心被狠狠地扎了一下。"你要上访是吗？"我轻轻地问。她点点头，眼睛垂下。我的泪水开始往上涌，竭力压住。对她说："这就要过年啦，你现在去不会有人接待了，你先找个地方住下吧。"她茫然地"哦"了一声。我心里一阵泛酸，很想对她说几句安慰话，可一句也说不出，只能掏出一张纸，把信访局的地址写好递到她手上。她点着头，向我投出卑微而感激的谢意。我要下车的站到了，一步跨出车门，泪落如雨，失声痛哭……

同是天涯沦落人，相逢何必曾相识。

第四节

尼采说过，痛苦是最深的深渊，一个人看到的痛苦的深渊，等同于他看到的人生的深度。

命运在晚年的杨南生身上崩裂开的创伤，让我这个一贯幼稚、浅薄的人终于看到了人生的另一层纬度。那不仅是衰老、疾病、生活的窘迫，那是你看着一种美好的东西如何被撕碎在你的面前。当这种创伤在一种充满温暖与庄严的情景映照下，格外地痛。

那年春天，我接受了采写航空发动机专家吴大观的任务，届时这位专家已去世。他是一位在航空发动机领域默默奉献了一生的“老黄牛”式的航空人。去世前，他把自己一生积蓄的20万元人民币全部上缴党费。采访他时，我的眼前总浮现出杨南生的影子。实际上，他们的人生经历完全不同，性格也迥异，但是他们有很多共同的东西，赤子之心，不计名利，甘于清贫。

吴大观已经去世，他的灵魂得到了最隆重的拥抱，我知道，这拥抱里有着一种深厚的意义，它旨在拥抱更多的与吴大观一样的赤子们，包括杨南生。

那个通宵达旦写稿的夜晚，当我在电脑上敲下一行行句子时，想着隔壁卧室中的杨南生，痛从心来，几度呜咽，泪湿键盘。

我写出一万字的通讯《中国心》，《人民日报》《新华每日电讯》等各大报刊全文刊登。有同事说，搞科技的人最难写，专业枯燥，这篇稿子却很打动人。我心里明白，是杨南生使我能透过枯燥的专业触摸到一颗炽热的心。

接下来，我跟随吴大观先进事迹报告团，一路巡回报告，鲜花，掌声，被接见。

一切结束后，航空工业集团设宴庆祝报道和报告获得成功。满座欢颜笑语，满桌美酒佳肴，人人容光焕发。突然间，我感觉这一切是那样的刺目，又一次想到家中那位为中国国防强大奉献出一生、现在衰老病重的杨南生……

悲恸如潮水决堤，猛然哽咽，我扔下酒杯，夺门而逃，恸哭失声……

我哭了很久很久，最后是航空工业集团的一位同志用车把我送回了家。路上，他想问什么，但没有问，我也没有说。

痛如深渊，那是无法让人驻足观看的。

> 在这个世界上，除了南南，任何人都无法知道我内心曾经经历过什么，没有人知道，一颗曾经完整单纯的心，如何被切碎，流血，疼痛，又在静默中长出一颗伤痕累累的心。
>
> 2018 年 1 月 25 日记

2009 年 10 月 1 日，是我记者生涯中又一次参加国庆庆典报道。

我站在天安门东侧的观礼台上，身边是一大群应邀从海外专程回国参加庆典的中国留学生。天安门广场彩旗如霞，人潮如海，一列列受阅方阵浩浩荡荡从天安门前阔步通过，滚滚向前。最后，当满载着东风 41、东风 42 等各式最先进战略战术导弹的第二炮兵（即火箭军）方阵走来时，天安门广场欢声雷动。这支队伍，正是今天中国人民在世界面前扬眉吐气、威武骄傲的巨大力量，是古老的中国从此再也不惧怕任何外敌侵犯的强大后盾。

我看到，身边那群留学生兴奋得几乎要蹦起来，扯着嗓子喊：“祖国，我为你骄傲！”的确，今天中国人走遍世界的底气、自豪，与这一刻息息相关。

我看着，笑着，欢呼着……突然间哽咽。

这一刻，叫我如何不一次又一次地想到他？

60 年前的今天，他从海外回到一穷二白的祖国；60 年中，他率领一支英雄的固体队伍转战戈壁深山，为中国固体火箭事业从无到有、从小到大、从弱到强闯出一条光明之路；60 年后的今天，当全中国、全世界为共和国强大的武装力量震撼欢呼之刻，这个人正以衰老的身躯，陷于困病之中，依旧怀抱着一颗赤子之心，享受着一个曾为固体火箭事业奋斗一生的领军者今天所拥有的无限喜悦与自豪；同时，他亦要为自己这一生所坚守的一个科学家的品质与良心，接受生命的别样“馈赠”。

延绵不绝的历史洪流中，有多少不为人知的壮怀激烈……

那一刻，站在观礼台上，在导弹方阵隆隆向前的铁流中，在惊天动地的欢呼声中，在身边年轻的留学生们激昂兴奋的跳跃中，我哭了……

东风报捷日，
谁知赤子心，
一生淬为火，
九死砺丹魂。

热血涌满了我的心。

第五节

在那段寒心悲伤的时期，亦有温暖与感动。投向杨南生的关爱无言而深挚，让人感受到世间本质的温度。

家里常有来看望他的人，他们会给他带一束鲜花，几块巧克力，一碗热乎乎的馄饨。航天大院门诊有一位叫李丽军的医生，从她母亲——一位“老航天”那里知道了杨南生的事，从此将他视为家人，担起了为他看病拿药的杂事，三天两头往家里跑。如此，“杨南生”的名字在门诊口口相传，护士长和她手下的护士们经常上门送药、打针，关心备至。

我单位的很多同事，也为帮助解决杨南生的困境努力着。

一位深受大家敬重的老同志，身为历经长征、战功赫赫的老将军的夫人，在十几年的工作中，让身边每一个人都感受到她的兢兢业业、谦逊仁爱、优雅美好的心灵。此时她已退休，听说杨南生的事后，十分关切，帮我想各种办法，看如何能为杨南生调换或者借一套不用爬楼梯的房子；还经常给我打电话，教我如何照护杨南生的饮食起居；三伏天，她顶着酷暑来单位向我了解杨南生的有关情况，为帮助杨南生摆脱困境竭尽全力。她说：“杨先生是国家的功臣，理应得到尊重与关照。”

有两位年轻的同事，在我不知情的情况下，到航天系统对杨南生的情况进行采访调查，调查结束后来到我们家，一见到病中的杨南生，两人就落泪了。他们激动得不知如何表达自己的心情，只是一边抹着泪一边对我说：“走访了很多人，了解了杨先生的一生，让我们太震撼！太感动了！我们回去就写调查稿子。严平姐，以后杨先生就是我们的亲人，家里有任何事随时找我们，你要是出差。我们就到家里来陪伴他照顾他。”望着他们纯真的目光，一旁的杨南生慈爱地笑了，我扭过头哭了。

人心的珍贵，无以度量。

航天大院有两位老同志，任克，陈庄。他们都已退休多年，一辈子在航天部机关工作，对杨南生十分了解，由衷地敬重他。当他们看到晚年的杨南生处境如此艰难，难以平静。

“怎么能这样欺负人！”任克感叹。他曾担任红军长征强渡大渡河飞夺泸定桥“十八勇士”之一的孙继先的秘书，在航天部办公厅工作多年，随部领导多次去陕西固体研究院，耳濡目染地了解了很多有关杨南生的事情。他敬佩他的贡献，他说："是杨南生把最难搞、最有前途的固体火箭搞出来了，他是个大功臣！"他敬重他的人格，他说："这老头儿一辈子不为五斗米折腰，值得尊重。他这个人就是让人打心眼儿里爱他。"

陈庄从 18 岁就进了航天系统，在作战处、办公厅、科技委等多个部门工作过，年轻时就对杨南生怀有敬意。他一直忘不了，在七机部办公厅工作那几年，王炳章部长每年都会打一两次电话把杨南生召来，专就固体火箭的科研发展与杨南生长谈。陈庄届时负责杨南生的车站接送，并安排布置谈话房间。他记得，部长与杨南生两人一谈就是大半天，都是关于固体的问题，他听不懂，但心生敬佩。就是这么个大专家，接送的路上让他看到一点架子都没有，待人亲切又幽默。打那时起，他就认定这是一个值得敬重的人。在杨南生定居北京的岁月里，他一直给予他诚挚的关心与帮助。

此时，他们眼看杨南生身陷困境，垂垂老矣，再也坐不住了。

最终，任克、陈庄以"航天两名老共产党员"的名义，联名向中央组织部写信，陈述反映了杨南生的历史贡献及目前的生活困境，以及造成这种困境的个中原因。

信发出后，他们没有跟任何人说，只是默默地等待。没有想到，信件很快有了回音，中组部接到来信后十分重视，立刻派人前往航天集团调查。

对这一切，我当时一无所知。

已经记不得是哪一天了，总之，这一天如雷雨之后的阳光一般突然而至。

航天科技集团领导层连日召开会议，决定将杨南生的组织关系立刻调入北京集团总部。会议结束的第二天，关系调动即办理完毕，杨南生正式落户航天科技集团科技委。同时，会议对杨南生的住房、医疗等生活诸事做了相应安排。集团领导还做出指示，由固体研究院为杨南生撰写出版传记。由组织出钱出人写传记，这本是当今拥有中国“两院院士”头衔的人才能享受的“殊荣”，杨南生成了例外。

接到消息的那一刻，我像做梦一般，不敢相信自己的耳朵，这是真的吗？真的吗？

被阻断整整 27 年的调令在一夜之间生效？

无数封石沉大海的诉求，在 24 小时内成为现实？

杨南生 60 年前调离北京，为中国航天事业鞠躬尽瘁奉献了一生之后终于又正式回到了北京？

这是冬天即将结束，春天遥遥在望的季节。

望着此时病重垂危的杨南生，我悲喜交加，这一切对他还有意义吗？

新华社一位从战争年代走过来的老革命、老战地记者李耐因在电话中对我说：“当然有意义。这让每一位像杨先生一样为科学真理献身的人，感受到温暖与正义。尽管，它来迟了。”

第六节

当命运露出了笑容时，杨南生已经走到生命的尽头。

他被人用担架从狭窄多弯的三层楼道上费尽周折地抬下来，住进航天医院，像一个被抛弃的孩子终于回到了自己的家。

他心中有怎样的感受？

我望着他。

他一双清澈的眸子愈加黑白分明，像星星一般闪亮；目光宁静，从容，温暖，像是被一片大海映照着；他的脸上散发着一如既往的优雅、纯真的笑意，就好像 29 年前我第一次见到他时的笑容。

他向进出病房的每一位医生、护士微笑致谢……

他向看护他的护工投去慈祥、充满歉意的目光……

远在陕西研究院的领导连夜赶到他的床头……

远在广东的女儿杨红十万火急地奔来……

他已 87 岁的弟弟福生在儿女的搀扶下，从清华赶来，轻轻地握住他的手……

一位又一位“老航天”乘公交、打的，从四面八方赶来，只为最后看他一眼……

航天集团的领导们默默地伫立在他的身边……

他望着他们，灿烂地笑，久久地凝视着，似乎要努力从记忆的深处找出他们每一个人的影子。

92 个春夏秋冬的人生该有多少记忆？太长太长了，长得像一条望不到头的隧道。他累了，他已对这个世界竭尽他全部的激情、心血、智慧与爱。

他的小平平是他最后的记忆，他常常目不转睛地望着身边的她。

我俯下身，他便抬起嘴轻柔地亲亲我的脸颊。我趴在他耳边说：“南南，我爱你！”他会点点头，用已经发不出声音的唇齿吐出四个清晰的口型：“我也爱你。”有时我把脸贴在他的胸膛上，止不住眼中的泪水，他便颤抖着抬起手为我擦拭，喉咙里发出微弱的声音：“不哭……平平……不哭……”

29 年前的相遇，27 年的相依相伴，一切似乎都在昨天。

昨天，我们曾像谈论一个童话一样无所顾忌地谈论着爱与死亡。

“平平，我死了以后，你一定要继续好好地生活。”

“你不能死。”

“这个我办不到，每个人都要死。”

“那你死了还会爱我吗？”

“当然。死了也爱。”

“死了怎么爱？”

“在另外一个世界里，我会天天想着小平平，希望她过得好。”

“有人说，人死了会变成鬼。”

“如果变成鬼，我就是那个爱小平平的鬼。”

“如果你变成一只豹子呢？”

“变成豹子照样爱。”

“如果变成一只鸟呢？”

“那就更好了，我天天飞到咱们家的窗户前来看你。”

“如果你变成一朵云彩呢？”

“无论变成什么我都照样爱我的小平平。”

我的南南，今天，难道你真的要变成那只豹子、那只鸟儿、那朵云吗？

不不，我要生出三头六臂，拉住你。

我要再给你做锅塌豆腐，再给你理发，再拉着你的手遛弯儿，再听你唱歌……

我突然被拨动，跑回家，翻出两张印有贝多芬、莫扎特头像的音乐 CD，捧到他的面前。他的眼睛猛然间睁得很大，有一种兴奋，他认出了他们。

他凝视着，微微地点头，笑容烂漫。

每一个人心灵世界的养成，必有属于他的阳光雨露。杨南生之所以成为杨南生，正是因为在他的心灵世界中深深地流淌着人类精神的声音。

“音乐是比一切智慧、一切哲学更高的启示。”（贝多芬语）

一直记得那个秋天的下午，他带我一起听贝多芬的《田园交响曲》，他告诉我，这首曲子是贝多芬在写下著名的《海利根施塔特遗嘱》之后创作的，那个遗嘱没有将他带向死亡，因为是音乐让他更深刻地领悟到生命的意义。“在苦难的深渊里讴歌”成为贝多芬生命的信仰。

他从书柜里拿出那个记录着他搜集的所有音乐磁带和 CD 的红皮本子，对我说：“平平，你的南南这一辈子没有什么值钱的东西留下，只有这个本子和那些磁带是我最宝贵的，留给你。等我死了，我希望你能靠着这些音乐好好地生活。难过的时候就听听贝多芬，听听莫扎特，他们都是一生受尽苦难，却在苦难里歌唱欢乐的人。活在这个世界上，要有这种精神。”

此刻，我望着病床上气息微弱却神态明亮的杨南生，仿佛有无声的旋律在周围弥漫。我理解了，那些伟大的音乐正是他一生心灵史的写照。他奋斗过，英雄过，痛苦过，最终在充满高尚、宽容、爱的精神世界中安放了自己的全部情感。就像弗兰克尔在《活出生命的意义》那本书中所说：“人接受命运和所有苦难、背负起十字架的方式，为他提供了赋予其生命更深刻含义的巨大机会，即使在最困难的环境下也是如此。他仍然可以做一个勇敢、自尊和无私的人。”

2013 年 3 月 5 日，是杨南生在这个世界上的最后时刻。

我抚摸着他的头、脸颊，心痛如割，那是一种回天无力的深深绝望，眼看着他就要消失，却无力拽回，死神像一只饿狼藏在他的身后，没有声息，不可抗拒。

永远忘不了那一幕，凌晨四时二十分，他再一次涌吐鲜血，气若游丝。不知过了多久，他突然从昏迷中睁开眼睛，目光清澈明亮，仿佛是一个初生的婴孩第一次看到这个世界，眼里有无限的惊奇与兴奋，他望向我，目光满是温柔。

“南南……”我轻轻地呼唤着。

他笑了，笑得很美。

我惊喜地俯下身……

瞬间，他带着笑容，溘然闭目，心电图的屏幕上留下一道再也无法启动的绿线。他的灵魂冲破他的躯体去往了一个永恒的明亮的世界 。

窗外，春寒料峭的夜空里挂着一颗启明星，这一刻，农历惊蛰。

杨南生走了。

一封封唁电从四面八方飞来，上面写着——

“是轮机是舵手指领中国固体火箭引擎起航，非院士非功勋奠定四院威慑导弹动力基础。”

“杨先生虽不是两院院士，但他是我们心中的院士；杨先生未获功勋，但他是我们心中品德高尚、功绩卓著的科技大师。”

“他为中国航天事业做出的卓越贡献，永不磨灭！”

他的老战友、老朋友、老部下从上海、内蒙古、陕西，从中关村中科院、长春第一汽车制造厂，从天南地北赶来为他送行……

他一生敬重的已 99 岁的老领导郑天翔偕夫人送来花圈……

在他生命最后时刻陪伴过他的医生、护士、护工也默默赶来……

与他告别的还有许许多多他不曾谋面的人……

八宝山告别大厅里人头攒动，在这个生命画句号的地方，认识不认识他的人们都在好奇而惊叹地谈论着他传奇的一生。

他躺在鲜花簇拥的灵柩中，身上覆盖着中国共产党党旗。他的遗像两旁挂着老战友们为他献上的挽联：

满腔热血奉人民，天问无悔；

一世功名任春风，碑树人心。

我强压住泪水，轻轻地最后亲吻了他。他瘦削清冽的面孔透着岩石一般的质感，微微上扬的嘴角显露出他特有的幽默与超然。我在他的上衣口袋里放下一张 CD——他生前听过无数遍的莫扎特的《安魂曲》，他一定很高兴有这首曲子相伴上路。他曾经说过：“越到晚年越喜欢莫扎特，越能理解他在《安魂曲》中想要说的。”

这不朽的乐曲是“一个光明的时刻，所有的对立者都和解了，所有的紧张都消除了”。没有痛苦，没有怨恨，没有悲伤，只有爱，只有心灵的澄明与宁静……

第七节

大海无边无际，在辽阔的长风中涌动着一排又一排巨浪，英气浩荡，一往无前。

平平，我深爱的 child wife，我真爱你啊……

他遗嘱里的话在我的耳边轰响着。2013 年 8 月 27 日，这是一个庄严的夏日，我送我亲爱的南南回家。

是的，他是大海的儿子，怎么能不回到大海之中？

92 年前，他出生在遥远的异国海乡，大海是他襁褓中的摇篮，大海给了他大海的性格，阳光，自由；大海给了他大海的灵魂，独立，勇敢。

25 岁，他第一次踏海远行，成为英伦岛上的中国留学生。大海打开了他望向世界的目光，他的志向海阔天高。

29 岁，他再次穿越英吉利海峡，乘海而归，回到新中国的怀抱，大海凝聚的深情，化为他为中国航天事业炽热燃烧的一生。从此以后，他再也没有去过海边，他的事业要求他去的地方，只有滩涂、戈壁、深山老林。

一个海的儿子，无论他身处哪里，心里都是有海的。他喜欢听德彪西的音乐交响诗《海》，他常说："真想再有机会去看看海。"

机会意外而至。

那年夏天，我刚刚完成单位交给的写作任务《穆青传》，得到一个奖励，可以携家人去北戴河休一次假。于是，我和他第一次也是唯一一次一起去到了大海边，那一年，他 83 岁。

阳光下的大海生机无限，海鸟上下飞翔，海涛层层翻涌，仿佛一首浩瀚的交响乐轰鸣在长空之下。至今都忘不了他第一眼见到大海时的惊喜："好极了！好极了！"兴奋得如孩子一般。

"南南，这个海和你以前见过的海一样吗？"

“一样，一样，世界上的海都是相通的。”

“为什么人们都喜欢海呢？”

“可能因为它很大很大吧，能容得下人类所有的情感，欢乐也好，痛苦也好，在它面前一切都会宁静。”

十几天里，我们每天都会去海边漫步，他最喜欢坐在礁石上静静地看着海面。有一天，碰到一个在海边卖海货的渔民，我们花五元钱买到一个大大的海螺。据说，在海螺里可以听到海浪的声音，我把海螺贴到他的耳朵上问：“南南，你听到海浪的声音了吗？”他很认真地听了片刻，回答：“听到了。”我赶紧把海螺也贴到耳边，听了半天，没听到啥声音。“为什么我听不到？”“你还太小。”他顽皮地笑着，我一脸疑惑。

很多年来，我总爱把那只海螺放在耳边上听听，总相信有一天，我一定也会听到大海的声音。

那次从北戴河回来，我们曾计划以后每年去看一次海，他还答应带我回一次福建，去看看故乡的大海，看一看大海旁边那座浸透着二舅舅萨本栋心血的厦门大学。可我们再也没有去过海边，所有的愿望都飘落在我忙碌的风中，飘落在他年复一年渐行渐老的脚步中。

今天，我们终于又一起来到海边，竟是送他“回家”。

这一刻，我有深深纠结的惭愧。10年前的那一幕，我一直没有忘——

“平平，等我死了，把遗体捐献给医院吧。”

“不，我不同意。”

“为什么？”

“太疼了？”

“小傻瓜，人死了是感觉不到疼的。”

“那我也不愿意。”

“我这一辈子对这个国家还算是个有用的人，我死了以后，如果我的遗体还能继续有用，我会很高兴啊！”

我沉默不语。

没想到，几天后，他趁我上班，一个人跑到公证处做了遗体捐献登记，兴奋地拿回一张捐献证书和一张已经填写好的捐献表格，表格上的“遗体捐献执行人”一栏，是他清晰的笔迹：“妻子——张严平”。他把捐献证书和表格交给我：“平平，等到那一天，你帮我办吧。”

我懂他，深深地懂。他这一辈子最幸福的事情就是自己被“利用”——他的才华、智慧、心血，乃至他一生的成果，都能对国家、对他人有用。直到生命完结，他依然希望自己的遗体能对医学有用。他为自己的生命能被彻底地、毫无保留地为科学的进步所利用而感到真诚的欣慰与满足。

望着捐献证书，我默默地点点头。他十分高兴，在我的脸颊上轻轻地亲了一下：“我的好平平。”

他的愿望我何尝不想全力以赴帮他实现！

对不起，亲爱的南南！

在他生命最后的时刻，当我目睹了他令人痛彻心骨的离别，再也无力承受他沥尽全部热血的身躯继续被“利用”的遗愿。我唯一的想法就是让他歇一歇，歇一歇吧，安安静静地上路……

八月的渤海湾，天高海阔。在李丽军医生的陪同下，我怀抱着我的爱人杨南生，登上一艘去往大海深处的轮船。我知道，大海亦是他向往的归宿。

他曾多次说过：“我死了，千万不要搞墓地。我可不想待在一个土坑里，上面还压块大石头，我会喘不过气来的。遗体要么送给医院做解剖用，如果送医院手续麻烦，就烧了，骨灰不要留，撒哪儿都行。”

“撒到树底下？”我问。

“可以。”

“撒到大海里呢？”

“那当然更美了。”谈论死，在他从来就是一个轻松幽默的话题。

那时，我还无法体会什么是“死”。无论平日里听闻多少人的死讯，都仿佛死亡只是一种概念。直到我从八宝山的骨灰领取窗口，双手捧出那一盒灰白的、轻盈的骨灰时，瞬间崩溃。一切尚在昨日的音容笑貌，每一个阳光灿烂的身影，多少次紧靠在他胸前的温暖，都如幻觉一般消失，眼前真实的只有这捧骨灰。

泪如决堤……

回到家里，我把他所有的相片找出来，摆满屋子；把他的衣服一件一件洗好晾干，挂在衣橱；把他吃饭的碗筷、洗漱的牙具一一按原位摆好，我想，这样他就永远不会离开我，永远。

我在箱子里看到了他的文件包，记得有一天他曾对我说：“平平，等我死了，你把它打开。”我从没把这句话当回事，从没想过他会死。

颤抖着打开那个黑色的旧皮包，包里有一封信，信封上是他书写工整的笔迹：

My will

n–s–y

打开信封，里面有两页纸和一个小信封。一页纸上写的是关于生活事宜的交代，一页纸上写着“最后请求”：

一、在我病危之时，希望不要给我进行任何抢救。我只希望静静离开世界。如果届时我已失去意识，希望能给我注射相应药剂，以促我生命尽快结束，不要拖延（换句话说：我希望“安乐死”）。

二、我死后希望不要举行任何“告别”或“追悼”仪式。

三、我的遗体希望赠给医院利用。但如赠送手续繁杂，也可予以火化，而且不要保留骨灰。

杨南生

1996 年 2 月

读完这一页，我拿起那个小信封，封面上写着：

请 P–P 拆

n–n

我一点一点地拆开小信封，里面装着一页纸，上半部分是他留给这个世界的话：

遗嘱

我死后绝对不希望为我举行任何形式的悼念仪式。——我只希望我的形象能安静地埋在我爱人张严平的心底深处。这就足够足够了。

杨南生

下半部分是他留给相濡以沫 27 年的小平平的话：

平平，我深爱的 child wife：我真爱你啊！望保重，并望一定要继续寻求幸福，这也是为了我。

吻你

你的南南

1988 年 12 月 29 日

2005 年 9 月 11 日（再）

我把信紧紧地抱在怀里，泣不成声……

“生死两处情无尽，地角天涯未是长。”

27 年的相伴相随，27 年的相知相爱，27 年的灵魂相依。

此刻，面对大海，我捧着他的骨灰，像捧着天和地。

汹涌的大海盛满了多少深情。海浪翻滚着，成群的海鸥贴着浪花盘旋着，高叫着，仿佛开启一场庄严的迎接仪式。

我把他的骨灰与 92 朵红色的玫瑰相伴相融，深深地亲吻之后，将他们轻轻地撒入大海，海风飞扬翻卷着，带着他与鲜花涌入远方，蓝色的海面上，划出一道长长的盛开着鲜花的涟漪。

亲爱的南南，你的一生即是一场壮阔的大海之旅啊。你创造了一生，搏击了一生，爱了一生，你欢乐过，痛苦过，由此，你的生命如淬火一般地再造，获得了光明而永恒的灵魂。

我站在甲板上，望着无边无际的大海，读我写给他的一首《送别》诗，那送别里满是悲伤。

不，不，此刻不要悲伤！

我要把普希金的那首《致大海》送给他——

……

再见吧，大海！你壮观的美色
将永远不会被我遗忘；

我将久久地，久久地听着
你在黄昏时分的轰响。
心里充满了你，我将要把
你的山岩，你的海湾，
你的光和影，你的浪花的喋喋
带到森林，带到寂静的荒原。

那一刻，我相信，每一个自由高贵的灵魂里，都有一首《致大海》。

第九章

千山万水我追寻着你……

第一节

什么是向死而生？我用七年的时间懂了它。

美国剧作家尤金·奥尼尔有一句诗：“我们生而破碎，用活着来修修补补。”没有比这句诗更适合我这些年的生命了。

一个痛失挚爱的人，要以活着修补破碎的自己，何其难。

记得杨南生去世后的第二天，单位一位老同志给我打来电话，没有多言，只送我两个字——“挺住”！默念着这两个字，我不知道该如何挺住。

每一个早晨醒来，我便会问自己：你为什么还要活着？为什么？

我严重失眠、自闭，不想见任何人，尤其是熟人、同事、朋友，我渴望逃到一个没有人的小岛上，没有一个人。

内心的痛苦不仅因为失去了挚爱的爱人，更因为他的生命所遭遇的创伤留给我的悲哀。

与他相濡以沫的 27 年，我看到了一个多么纯粹、美好、高尚的灵魂。从小到大，我受到的教育总是让我坚信：真善美理当收获阳光鲜花，假恶丑必定人人唾之。然而，杨南生的一生，让我知道了自己的幼稚。

当生活只剩下痛苦时，痛苦成为我活着的唯一标志。

曾经有一段时间，我如此地渴望遗忘，幻想有一种药丸吞下一颗，以前的事就什么都记不得了。那样，人该多轻松。我也曾按照朋友们的一再劝慰，“放下一切，面向明天”，感受“岁月静好”。但是，我发现这并不能减轻我内心的痛苦。那痛苦常在热闹欢乐之时，轰然涌上心头，痛不可遏；亦常常在孤独人静的时刻，陡然弥漫心房，令我瞬间崩溃。痛苦始终是只能自己临崖独立，与之对峙的，不可能让旁人来参观这深渊。正如三毛所说：“一个平常的见面，别人谈笑风生，却不知自己这边心里已是冰天雪地。”

记得，失眠一年多后，无奈去看中医。当我走进一位叫王天芳大夫的诊室，她看着我面容憔悴的样子，温和地问起我的工作、生活，不经意地问了一句：“最近个人生活有什么变化吗？”我的心脏仿佛一下子被击中，悲伤席卷而来，伏在桌上，失声恸哭……

这是在他走后，我第一次在人前痛哭，而且是面对陌生人。

不知道哭了多久，这位王大夫始终没有打断我，没有劝慰，直到我自己哭够了，抬起头来，看见她和同时在场的几个研究生正安静地望着我。此后没再问一个字。很久以后她对我说：“那天看到你，就感觉你不是一般的失眠，已患有严重抑郁症，但不想给你戴帽，怕你有压力，之后一直是在给你慢慢调的。”我一辈子都感谢这位温柔、沉静、充满人文光辉的王天芳医生，她在我濒临溺水之际，救起了我。

我站在迷雾中，不知所往。

那是一个冬日的下午，窗外有暖和的阳光，我翻阅着自己过去的一本读书笔记，目光突然停在了陀思妥耶夫斯基的一句话上：“我只担心一件事，我怕我配不上自己所受的苦难。苦难是什么？苦难应该是土壤，只要你愿意把自己内心的所有感受隐忍在这个土壤里面，很有可能会开出你想象不到的、灿烂的花朵。”

怦然心动，如遇电石雷火。

不禁想到弗兰克尔的话：“苦难、厄运和死亡是生活不可剥离的组成部分，没有苦难和死亡，人的生命就不完整”；“再极限的痛苦，一旦找到意义，痛苦就不再是痛苦”。

我对自己说——“我要让内心痛苦的深渊里开出花朵。”

我开始用记日记的形式，每天给我亲爱的南南倾诉心里的话。日记成为我生命的呼吸，即使哪一刻突然崩溃，悲伤如河，也有一片文字接住它，酿成绝地而生的力量。

我在七年后的一篇日记中对他说：

> 南南，用活着来修修补补的生命已经是第七个年头了。伤口从没有一天愈合，它以绵绵不绝的疼痛，成为我活着的一种陪伴与证明。生命还将继续修补下去，我多么想让你看到一个复活之后的更好的小平平，让世界多一个有微光的生命。
>
> 2020 年 1 月 1 日

第二节

西藏的天空离人那么近，近得仿佛一伸手就能抓住云彩；阳光下的湖水那么蓝，蓝得仿佛一滴就能染透世界；满山的花儿那么美，美得仿佛每一朵花蕊里都住着一个小姑娘。

在20多年奔波行走的记者生涯中，西藏是我最眷恋的地方。在这里，能让人感受到一种红尘之上的美，不喧嚣，不粉饰，不矫情，不讨好，它独立而安静，发乎天地之间。

当在这个世界上失去挚爱，孑然一身，我第一个渴望去到的地方便是西藏。我知道，只有那片土地才能容下我的遍体鳞伤，才能接住我痛苦的灵魂。

走啊，走啊，横亘不断的山脉，白云环绕的天路，前方总有刀锋一般的雪山，雪山上总闪烁着太阳的金光。每座山拐弯的风口处，一定有经幡猎猎，向着辽阔的天空发出金属般的声响。

摄影记者普布扎西和晋美多吉带我去了雅江边上的一个叫杰的秀的村子。杰的秀是普布扎西的故乡，他是从小在这个村子里长大的牧民的儿子，当他从中央民族学院毕业，成为一个拿着相机行走在西藏高原上的记者时，这片山水赋予他的生命的乳汁，浸透了他镜头里的每一座山，每一道光，每一双眼睛。

正值杰的秀村民欢庆一年一次的望果节，家家户户扶老携幼盛装而出，带着他们制作的各种美食，集合在一片小森林里，相互分享美食，聊家常，尽享乡情友情。村里最帅的小伙子们则身挂战袍，骑着骏马，手舞弓箭，在田间小路上奔驰，向着沿途一个个标靶飞身而射，射中最多者自然成为这一届丰收节上最骄傲的勇士。围观的人群不时爆发出一阵阵掌声、欢呼声。

我挤在人群中，看着眼前的一切，有一种从未有的感动，不为某一个人，某一件事，只为一种看不见的生命气息的律动。眼前这些人的欢乐与幸福，与红尘中任何功名利益无关，这是一种发自生命的喜悦与激情，一种源于这片土地的坚韧与信念。普布扎西告诉我，他们这个小村子山高路远，地处偏僻，曾经有过很艰苦的日子，但笑声从不缺乏，眼前这个望果节已有上千年的历史，艰难的生活造就了他们乐观的性格。

普布扎西的话，总像他镜头里的语言，线条明亮而富有诗意。

这个叫杰的秀的小村子，像一颗朴素无华的珍珠落在我的心里。

寺庙是西藏的灵魂，不进寺庙，你无法体会这片高原何以成为世界上独一无二的高原。朋友光于带我去了拉萨近郊的甘丹寺。这座坐落在高山上的寺庙，群楼错落叠嶂，赭红色的外墙连绵浩荡，一处套着一处的院落中，不见人影，只闻风中摇曳的铃声，藏香在空气中弥漫，整座寺庙静谧而安详。

我们遇到两位为寺庙背水的藏族小伙子，一只硕大的木桶捆在后背，在狭窄高耸的台阶上奋力攀登。拐角处见到我们，他们停下来。

“你们好。”

“姐姐好。”一开口，黝黑的脸上绽出灿烂的笑。

“一天要背几趟啊？”

“12 趟。”

“你们家在哪儿？”

他们指指山脚下。

“除了背水，你们还做别的事吗？”

“挣下钱买个摩托车放牛。”他们有些羞涩，却很自豪。

望着他们继续攀登的身影，我心头发热。

我常为寺庙里庄严的宗教仪式而震撼，而这些普通的藏族聚居区百姓却是让我有更深的感动。从他们身上，我看到了这片土地上最强大的力量——信仰。不动声色，不着痕迹，只在平凡琐细的岁月中见出刻进骨子里的执着与刚硬。就像我后来看到的一部电影《冈仁波齐》，所有内心的强大都在默默无言、一步一长叩的朝圣路上。

我在西藏高原上贪婪地走着，好像走在我前世的故乡，心中的伤痛被一双温暖的手安抚着。

那天，司机胡师傅和他的妻子小芳带我去了纳木错。路上小芳告诉我，纳木错十分神奇，据说很多人来到湖边，会情不自禁地手舞足蹈，或者无法抑制地放声大哭。我听了笑笑，没当回事。传说无异于神话，可以享受，不必相信。小芳也笑了，她对我心中隐秘的痛一无所知。

这一路的景象真是壮丽奇幻，天地之间挨得那么紧，云层如海如涛，越靠近纳木错，越感觉那云层像要把整个世界都卷进去一般。纳木错终于到了。天哪，这是人间吗？

碧绿深蓝的湖水在阳光下放射出梦幻般的色彩，广袤深远，直铺天边，与大海般的云层相交相融，无言无语，汪洋恣肆，漫卷了整个天地人间，仿佛这里是一片从没有人踏足过的万古大海。

我奔跑着扑到湖边，坐在沙地上，呆呆地望着眼前的景象，长风吹起我蓝色的围巾，吹散我黑色的长发。

至今我都不记得那瞬间崩溃的一刻是怎么发生的。只记得，那幽深的湖水一层一层向我涌来，心房不断地被涨满，潜伏在心底的悲伤突然决堤，放声大哭，一发不止……

哭了很久很久，心中渐渐感觉一片宁静，抬起头，回身望去，胡师傅和小芳在离我十几步远的地方温柔地看着我。他们走上前，一言不发，一人拉起我的一只手上了车，我们继续赶路。车厢里流动着一种无言的默契，音响里一个藏族姑娘的歌声辽阔而明亮。

我们到达了那根拉山口。

这座海拔 5190 米的雪山像一个威武的勇士，守护在纳木错的正南方，仰头望去，蓝天，白雪，山峰，满山的五色经幡如一道道彩虹。顺着山脚往上走，猛然看到那块地标般的巨石，上面刻着仓央嘉措的诗：

那一刻，我升起风马，不为乞福，只为守候你的到来；

那一天，闭目在经殿香雾中，蓦然听见，你颂经的真言；

那一月，我摇动所有的经筒，不为超度，只为触摸你的指尖；

那一年，磕长头匍匐在山路，不为觐见，只为贴着你的温暖；

那一世，转山转水转佛塔，不为修来世，只为途中与你相见……

泪水又一次涌出，每一句每一字扎进心里。

小芳在一旁轻轻地说：“姐姐，你可以在那根拉山献一幅经幡，无论走到哪里，你的声音和心愿都会传递给另一个世界的亲人。”

她已经窥到了我心里的伤。

我用力点点头。

小芳带我找到两位挂经幡的藏族少年，他们捧来一条长长的镶着蓝白红绿黄的五色经幡，让我在上面写上要说的话。我拿起笔在经幡上写下：

亲爱的南南，千山万水，你永远在我心间！

你的永远的平平

两位少年抱着经幡向山上跑去，他们越跑越远，越跑越高，渐渐地变成两个很小的身影，红色的外衣宛若两朵开放在雪山上的红棉花，最终，他们到达山口最高处。我看到那幅经幡终于高高地挂起来了。两个少年用力地朝我们挥挥手之后，像红色的飞鹰一般向山下跑去。

我久久地仰望着那幅承载着我心愿的经幡，在壮丽的那根拉山口的蓝天下迎风飞舞。

好多年了，
你一直在我的伤口幽居，
我放下过天地，
却从未放下过你，
我生命中的千山万水，
任你一一告别……

仓央嘉措

我默诵着300多年前这片土地上流传的古老情诗，向那根拉雪山鞠躬作别。

西藏高原安放了我痛苦的灵魂。它让我理解，痛苦最美的彼岸是爱。

第三节

我渴望踏进历史的中心去。

那个冬天，我跟随《杨南生传》的作者踏上杨南生在中国航天史上留下生命足迹的地方。

我去了中国第一颗探空火箭的诞生地上海老港新村，去了中国第一个固体火箭发动机、第一颗人造卫星三级发动机、第一个战略导弹两级发动机的诞生地内蒙古戈壁，去了中国战略导弹固体火箭发动机预研的大本营陕西秦岭深山。

我听到了有关他的那么多的往事，看到了那么多已是七八十岁的“老航天”谈起他时的热泪盈眶，目睹了当年固体火箭创业时的满目苍凉与简陋。我一次次问自己：是什么样的力量可以让一个人放弃本可以拥有的优越生活，放弃一生的安逸、名利，献身这样一个艰苦卓绝、隐姓埋名、不为世人所知的事业？

当我在内蒙古这片浸透着杨南生一生最艰难也是最辉煌的土地上，看到后来布展的一些航天历史纪念馆中，他的名字已成为“院士”“功勋”们的陪衬；听到当年基地的副院长、此时已 90 岁的刘诗昆老人那句动情之言：“杨南生这一辈子的功劳都到了别人头上，可他从不为自己争一句，了不起啊！”我一遍遍问自己：是什么样的胸怀可以让一个人无视个人的屈辱与不公，优雅明亮，灿烂到死？

历史无法再现，但历史缝隙中留下的痕迹，如远古冰川时期一角的断裂带，缄默着，透出触目的光泽。不临如此腹地，我怎么会懂得他心灵的深度？

杨南生是我一生采访中最痛的经历。一路上，我怀里都揣着他的照片，我想跟他一道重温他爱过的、奋斗过的、幸福过的、伤痛过的这每一片热土。

我在日记中写道：

南南，我在你风雨辉煌苦难的一生中穿越，如同穿越高山峡谷、沼泽泥泞、烈火硝烟。从没有想到，我的有着灿烂笑容、优雅气质、幽默快乐、温暖深情的爱人南南，竟有过这样令人震撼无言的历史。如果是激情，你该有何等激情；如果是才华，你该迸发出何等才华；如果是喜悦，你该有过何等喜悦；如果是悲愤，你该有过何等悲愤。

浴火而生的你，在人生最后的转弯处，埋葬了所有的苦难连同辉煌，你把一生沉淀的挚爱——对整个生命、生活美好的挚爱，凝成了最后的笑容。

亲爱的南南，你让我懂得了，一个高贵的灵魂是如何炼成的。

2013 年 12 月 25 日

回到家中，我一头扎进杨南生给我留下的那片音乐世界。

我听那首曾让年轻的他满怀理想之光的德沃夏克的《自新大陆交响曲》，听那首鼓舞着他在人生的风雨中不屈不挠的贝多芬的《命运》《英雄》，听那首曾让他在最后一个音符落下时痛哭的柴可夫斯基的《悲怆》，听那首在苦难与阳光之间走向大江大河的拉赫玛尼诺夫的《第二交响曲》，听那首响彻人类胜利精神的贝多芬的《欢乐颂》……

在这些音乐中，我第一次听懂了他灵魂的声音。正如他十分喜爱的《约翰·克利斯朵夫》一书中的主人公，其生命如同一部从小溪到大海的交响乐，在酷爱音乐的一生中，伟大的音乐塑造和哺育了他高洁的心灵。他是活在有星空大海的世界里的，理想、追求、奋斗、痛苦，皆是这片世界的回音，所以他一生有着逆俗世而行的强大力量。

内蒙古基地一位陪同我们采访的工作人员杜学洲，一路上一直话不多，只是静静地听着、看着，采访结束那天，我们聊起来，没有想到，他内心涌动着那么深厚的激情。他说：

“杨老先生这一生活得高贵，活得堂堂正正。他是一个绝不营营苟苟、有傲骨的人。他的功劳是写在人们心里的。的确，杨老先生该得的荣耀都没得到，不得也罢了！他的精神绝不在这点东西之间，他有更高的世界，有更多的欢乐，他的追求和欢乐是在这一切荣耀之上的。看到这么多当年的老人对他的怀念，没有一个人不发自内心说他好。老先生活值了！”

世事苍茫，红尘滚滚，真的历史常被埋在黄土之下，黄土之上，另有热闹的版本，唯人心在无法切断的风中传吟。

《杨南生传》中有两句话：

“杨南生是一座永远的丰碑，他的贡献与人格等身！”

“杨南生得到了这么多人的爱戴和崇敬，他应该是幸福的。”

第四节

愈是在痛苦中感受到杨南生灵魂的信息，那痛苦便愈加成为我解放自己的力量。我利用各种机会走向更多的地方，我渴望在时光隧道中寻找他的精神路标，感受他更深的心灵世界。

我去了他当年留学的地方英国曼彻斯特，行走在这座古老而又洋溢着足球之自由奔放个性的城市里，望着繁华、现代、高耸的商业建筑，掩映在绿树丛中的精致、典雅的民宅，一个个温馨美丽的咖啡馆小酒吧，我的眼前总浮现出飞沙走石的内蒙古戈壁、秦岭深山，在这两种世界画面的强烈对比下，我感到一种震撼：一个对自己的国家和民族怀有爱与抱负的灵魂，能超越个人的一切走多远？

在曼彻斯特大学，我竭力地想象着 60 多年前那位叫杨南生的中国学生穿梭在校园里的身影，这个没有校门，没有围墙，却有着 200 多幢上百年的经典建筑的自由辽阔的校园，在他的心里打开了怎样的门窗？

走进一家小书店，我被一张小卡片吸引，上面的图案是一束闪耀的光。我想，青年杨南生一定是在一种光亮的照耀下而选择了他一生的道路。我买下卡片，捧在手上，在那光亮中，我看到了他。

我去了艺术圣地巴黎，在罗丹艺术馆看到了他很多年前收藏的一套图片“罗丹艺术”中的全部实物，被触电般震撼。那坚硬冰冷的大理石下迸发着一个个血脉贲张的男女老少，极尽生命之爱、之痛、之勇。没有头颅，没有双臂，却依然挺着胸膛、昂然前行的《行走的人》；有着前倾沉思的额头，像一块高山上将坠的大石，或者一堵古老危立的城垣的《雨果胸像》；苍劲的松柏之上，高高地矗立着的那座令全世界为之仰望的《沉思者》……不禁想起家中他在熊秉明著的那本《关于罗丹》的书中，用红色的笔画下红线的那些句子——

“生命是一悲怆的长曲，英雄的歌。谈到雕刻上的罗丹，我们不能不想到音乐里的贝多芬，他们的作品都同样充满生命经验的丰富内容，瑰丽而惊心，一如那浪漫主义画家巨幅的战场，海上的风景，死亡的孤筏，猎狮与猎虎的场面。”

“我们走在罗丹雕塑的近旁，恍若走进自己的内心世界，瞥见灵魂宇宙的景象。”

我久久地徘徊在那一个个雕塑之间，仿佛可以倾听到一个又一个灵魂的低语。这一刻，我确信自己在罗丹的雕塑中感受到了他生命的力。

在奥赛博物馆，我第一次见到了梵高的真迹——《向日葵》。望着那幅金灿灿的《向日葵》，珍藏在心底的记忆再一次喷涌而出。那是家中他经常翻阅的一本书《梵高——艺术与生活》，在这本书里，留下他阅读时多处用红笔蓝笔画下的那些令人回味深长的话——

“在梵高的眼里，向日葵是太阳之花，是光和热的象征，是他内心炙热的情感写照，是他苦难生活的缩影，而不是一般的花。

“事实上，向日葵就是生长在大地上的太阳，法语称之为‘旋转的太阳’，英语称之为‘太阳之花’。”

“梵高用全部精力追求了一件世界上最简单最普通的东西，这就是太阳。”

这本书是 2010 年买的，他在阅读中画下红线时已经是 89 岁高龄。在他历经辉煌苦难的 89 岁的人生视野里，一切色彩都褪去了，只留下这一凝聚着生命光和热的太阳花，留下他内心的“自画像”。

他的生命就是一棵炽热的太阳花啊！

他一定是希望这棵太阳花能留在我心上的。他在之前买的一本《梵高画风》的扉页上写下——“给我的爱妻 P-P”。

站在梵高的真迹前，我泪流满面。

梵高说：“人是无法把告别画出来的。”但是，今天，在这幅伟大的《向日葵》前，我感受到一种神圣的告别，一种相知相通、紧紧相拥、永无结束的告别。

我去了古典音乐圣地奥地利。在维也纳中央公墓，我瞻仰了安葬在这里的一代伟大的音乐家们。贝多芬、莫扎特、舒伯特、马勒、勃拉姆斯……在这片绿树鲜花墓碑交相辉映的天地间，我领悟到，很多人很多事都随着死亡而死亡，唯有那些爱着、痛着、追寻着，以人类精神之火燃烧着自己的不朽的灵魂是不会死的。只要走近他们，就会感受到他们融于天地万物之间的生命信息。

那晚，我在维也纳国家歌剧院聆听了一场音乐会——马勒的《第二交响曲（复活）》。我无法形容内心的激动，由痛苦、忧伤、呐喊交织的旋律，像太阳升起前的暴风雨一般，将五脏六腑荡涤，将心底的每一片伤痛搅动撕裂，当合唱最后一次响起，庄严、圣洁、辽远、明亮、永恒，像新生的太阳。

“你被播种，直至再次开花。”

我在歌唱中满含泪水，仿佛经历了一次心灵的洗礼。

“音乐并不是在乐器里，乃是在人心里。”伟大的艺术、音乐给了我什么？是无法用语言说清的，但我知道，它们给了我很多很多。它们给我提供了一个宏大的视野，让我重新检视自己内心的痛苦。我开始理解，痛苦与苦难是写在人生合约里的，人类精神正是在这个荒谬而又伟大的世界中冲撞着，以无数的美好被粉碎的代价，彰显着它深刻、丰富、永恒的主题，引领人类始终朝向光明的方向。

伟大的音乐与艺术，也让我看清、理解了我心爱的人。他一生的经历、遭遇，正是人类大荣耀大痛苦中一朵小小的浪花，在一个阳光与风雨并存的世界中，他所经历的一切无足奇怪。他早已明白这因果，他安然接受。而且，他笃信，这个世界终将因为爱而永恒。

也正是在杨南生精神世界的刻度下，我看出了自己的浅薄与渺小。

我把现实社会看成了一个“童话世界”，把公平正义俗化为“好人好报”，把红尘世界中的名利看得太重，把“被载入史册”太当回事。我生命的视野不过是在世俗的框架里上下翻滚，哪里懂得超出世俗之外的美好与高度。

正像我不认识的一位大学教授，听了朋友给他讲述杨南生其人和我为杨南生遭遇不公而悲伤的事以后，托那位朋友给我捎来了几句话：

“张严平是记者，杨南生是学者，记者思想境界与学者思想境界有些差别，记者觉得功劳大，水平高，不当功勋院士很冤枉，学者认为，争功勋争院士失之人格。杨南生一生追求科学真理，却不稀罕什么功勋院士，这就是学者的风范。他对国家的贡献十个院士也比不上。”

我把这段话记在了我的日记中。惭愧之下，是深深的自我反省。

我在日记中写道：

> 是的，南南，很长一段时间，我一直痛苦于你所遭遇的不公中。从道德学角度看，这的确是令人难过的。但这些年随着对你的理解，我获得了另一种认知——这是你自我选择的方向。这个方向包含着你的世界观、人生观、价值观，包含着你对自己国家和民族的挚爱，是你认为可以保持内心尊严与喜悦的方向。被现实世界抬举的名利、官位，从不是你追求的东西，你从不认为这些东西能让你快乐幸福。如果让你为了

这些而放弃内心的方向，我相信你一定会痛苦的。

在为捍卫科学真理的尊严中，你失去了名利，却获得了灵魂的喜悦。你失去的一切，正是你的荣耀所在。你用一生，实践了你青年时代即已充盈在心的情怀：只问自由，只问盛放，只问深情，只问初心，只问敢勇，无问西东。

亲爱的南南，是你的引领让我的精神成长，让我挣脱世俗名利的羁绊，获得心灵的飞扬。

2015 年 2 月 16 日

那一晚，当我又一次静静地聆听完贝多芬的《第九交响曲》，在日记中写下一句话："我想轻轻地告诉贝多芬，我对这个世界不再害怕了。"

第五节

我一生中成长的重要时刻是在痛苦与孤独中发生的。

痛苦与孤独，这两样看似不幸的遭遇，打碎了我生命原有的结构，让我重新认识世界。就像莱昂纳德·科恩的那句歌词："There is a crack in everything ,that' s how the light gets in."（万物皆有裂痕，那是光进来的地方）。这束光的源头，是我的爱人杨南生。

我在日记中告诉他：

南南，你生命所遭遇的，是我内心永远无法平复的伤痛。我相信，这也正是上帝特别赠予我的礼物，让我顿悟此生遇到你的意义。

我曾想，你如果一直留在英国多好，你如果去大学做一个教授多好，你如果不曾遇到那一两个人多好。后来明白，没有如果，你人生的每一步都有不可抗拒的内在推力，只要你有热爱，有抱负，有风骨，这就是所谓“命运”吧。这命运看似悲情，实则包裹着两大喜剧的结果：其一，因为一个叫杨南生的人，中国固体导弹的诞生至少提早了七八年，这是国之大喜；其二，因为一个叫杨南生的人，一个愚昧平凡的女孩儿，获得了最美的爱情和灵魂再塑的成长，这是一己之喜。

2017年2月27日

回望他走后七年多我写下的76本日记，就像一个朝山顶攀登的人回望来路，惊得一身冷汗。那么遥远，那么艰难，有多少回身系悬崖，一失足将万劫不复。

我终是没有跌落下去，在这座山上至今依然奋力地爬着，每爬高一段，便会在记忆的深处，见到一个更加清晰的我挚爱的爱人杨南生。

记忆的确是一种相聚的方式。

记得有一次是我近乎游戏般地向他发问：

“南南，我问，你答，用最简单的句子。”

“好吧，小家伙又搞什么花样？”

“你最喜欢的颜色？”

“蓝色。”

“你最喜欢的大自然？”

“大海。”

“你最喜欢什么花儿？”

“都喜欢。”

“你最喜爱的一本书？”

“《小王子》。”

“你最愿意看的电视节目？”

“动物世界。”

“你最热爱的领域？”

“自然科学。”

“你最不喜欢的学科？”

“关于人。”

“为什么？”

“复杂，没有规律。”

“你生活中最迷恋的？”

“音乐。”

“你感觉最幸福的？”

“爱。”

“你最喜欢吃的菜？”

“平平做的锅塌豆腐。”

“你最不喜欢吃的东西？”

“臭豆腐。”

我开心得大笑……

在他离去多年后，我才懂得了这每一个回答中的深意。有许多快乐是只能在忧伤中得到的，有许多真理的光是只能在属地光熄灭之后才能启示出来的。

杨南生给予我的启蒙与引领，从没有像今天这样穿透心灵。

2020 年 4 月的一天，北京狂风大作，我冲向玉渊潭，极端恶劣的天气正可以冲刷我内心的沉疴。

风真的像一头怒吼的狮子，在天地间奔突咆哮，翻卷着湖水，狂扫着垂柳，游人寥寥无几，连那些因为疫情四处巡逻的保安也不知躲到哪里去了。我像一只从井底逃出来的羊，顶着狂风前行，内心充满了自由的喜悦。

南南，想到了你，想到你生命最后岁月遭受的磨难，万箭穿心……

唯有狂风是最好的抚慰者，任它狠狠地抽打在脸上。被狂风横扫的清澈透明的天地万物，让我相信，一切美好被毁灭的悲剧，正是这个世界得以救赎照耀的光亮。

耳机里再次回荡着贝多芬的《命运》，狂风卷着音符无限地放大震荡在天地之间，还有什么能比如此的音乐与自然更能冲刷我内心的千沟万壑！

“极度的痛苦，才是精神的最后解放者。唯有此种痛苦才强迫我们大彻大悟。”

南南，我告诉自己，我要做一个不被痛苦打倒的人，做一个在痛苦的荆棘上开出花朵的人，做一个在至暗中有光亮的人。我要做配得上被一个叫杨南生的人深爱过的女孩儿。你是盛放在我生命中的蓝天、太阳、高原、雪山、向日葵，无边无际辽阔的海洋……只因为你来过，所以生命再不一样。

2020 年 4 月 20 日

结语

爱情的纪念物，从来就不是你送给我的那些礼物，

甚至也不是那些甜蜜的短信与合照，

而是你留在我身上，

如同河川留给地形的那些改变。

我从没有过任何宗教信仰，但我总是相信，冥冥之中有一种庇佑与厚爱跟随了我一生。

我一来到人间便伴随着缺陷，只在妈妈的身体里生长了五个月，一问世便要死了。据母亲讲，小棺材都已经备好，但始终没咽下那口气，活了下来。医生为我取名“严平”，意为从严重转为平安。

出来得太早，一半脑子没发育好，对数字、方向、逻辑等领域一片混沌，唯对形象、文字尚有感受力，终没成为一个废人。我自小生得如丑小鸭，缺了美丽女孩儿常能收到的各种赞美宠爱，从不知道什么是优越感，无知无觉，自成一派。也曾生不逢时，本该在上大学的年龄却下了乡，未曾料想喜遇国家改革开放，高考恢复，进了大学，人生再逢柳暗花明。大学毕业，恰逢北京各单位缺人，做梦一般进了媒体，成了记者，有机会看到了更大的天地。

这是让我感恩一生的职业，以个人单薄有限的生命体验了无数人生的精彩。

也正是因为这份职业，我遇到了我一生的爱人杨南生。

他给予我的岁月注定有限，而他给予我的爱永恒无限；他让我懂得了幸福，也让我感受了痛苦，幸福滋养了我，痛苦照亮了我；他一生清贫，却给我留下享之不尽的精神的星辰大海。

我常常想，一定是从我残缺不全地来到这个世界的那一刻，仁慈的上帝就决定要派一个特别的使者来拯救我。这位使者便是杨南生。我生而支离破碎的生命，因为遇见他，终有了意义。

他离去七年后的2020年3月5日，又逢惊蛰，我在日记中对他说：

> 南南，现在想来真是高兴，上帝为你的告别选了这样一个日子，天地间蛰伏一冬的生命都在这一天开始复苏。我知道，你必然是转世再生了。还记得你说的不，你会变成豹子、小鸟、云彩等自然万物继续爱我。
>
> 你没有食言，你用七载春夏秋冬的日夜相伴，让我知道，你从来没有离开过我，并将永远陪伴我走下去。在每一朵云彩，每一缕阳光，每一片大海，每一座山脉，每一颗星星中……我都能听到你的声音。

2020年6月6日，我在日记中告诉他：

> 南南，今天读到现代舞大师玛莎·葛兰姆的一句话："悲伤也是一件无比荣耀的事情。"这句话如闪电般击中我，内心激荡。
>
> 回想你走后的七年，我几乎没有一天不处在悲伤中，一旦我试图逃离悲伤，忘记一切，便自觉如行尸走肉。唯有悲伤，让我觉得自己还像一个人一样有感知有生命地活在这个世界上。
>
> 正是在这样的悲伤中，我感受到了心灵的成长，看到了高于红尘之上的天空，懂得了世间悲剧的本质

与价值，理解了历史的含义。我长出了自己的眼睛，自己的脑子；许多过去在我心里十分重要的东西，不再重要了；许多过去我不经意的东西，现在格外地珍视。我对世界怀有更温柔谦卑的敬意，我更喜爱朴素宁静的事物，我的目光能透过炫目的色彩直抵黑白灵魂。

但尽管如此，悲伤依然是我的软肋。

今天，当我读到“悲伤也是一件无比荣耀的事情”这句话时，一下子哭了。玛莎·葛兰姆这位伟大而美丽的舞蹈家，穿越120年的时光隧道，成为我悲伤的知己。她那部经典伟大的舞蹈《悲歌》，像一道暴风雨中的闪电，展示了一个女性生命成长中的万千悲伤，让世人洞穿心灵看到了这悲伤之中的绝美与力量。

南南，我不会再为自己的悲伤而自卑，我敬重内心的悲伤，我要让自己的生命配得上这份悲伤，要让它成为火光，永远照在我前行的路上。

2020年6月12日，当决定写这本书时，我在日记中写道：

南南，这两天翻出了你36年前写给我的几十封信，一封一封读来，幸福得想哭。你的音容笑貌、心意神态，一一跃然纸上。读你的信，就是读你的心。

那时，幼稚无知的我并没全部读懂其中的内涵与深意，直到今天，在穿越你一生的风雨雷电之后，我才读出了你灵魂的深度。

我已不再责备自己，因为一切都是刚刚好。我们两个差别巨大的生命相遇、相爱并牵手，正是上帝的奇异之作。因为上帝知道那个小生命有何等的残缺、羸弱，便以无限的慈悲把她交到一位天使的手上，以救赎她卑微的生命。

深深地感恩上帝！

亲爱的南南，今天我唯一能安慰自己的是，我依然保持着36年前你爱上的那个“小露珠”的本色，干净、透明、不媚俗。同时，我在文学艺术音乐的世界里正越来越向你靠近，更深地懂得了你，也更深地领悟了生命之美。它包含着幸福，同时也包含着痛苦；它包含着阳光，同时也包含着苦难。“苦难阻止我把阳光下和历史中的一切都想象为美好的，阳光使我懂得历史并非一切。唯有生命的激情是真正超越苦难甚至超越阳光的更具实体性的存在。”

南南，你看，我是不是长大了不少？你现在见到我，一定会惊喜地说：“小平平终于长大了，我更爱我的小平平了！”

人生如梦，弹指36年。

36年，我长大了，你走了。

36年，书信历历在目，你我星河永隔。

36年，宛若昨日，却换不回你的一个转身微笑。

岁月如此残酷，岁月又如此温柔，它留下了我们彼此深爱的书信，留下了我们相濡以沫绵绵不绝的记忆，穿越36年的风雨阳光，生离死别，依旧在我的心中闪闪发亮。

南南，因为你，此生值得。

2020 年 12 月 29 日，是杨南生 99 岁的诞辰。我从花店里抱回一束红色的蜡梅，一束蓝色的风信子，一束金色的向日葵，放在他的像前。打开音响，播放出我们曾一起聆听过的贝多芬的《田园交响曲》，在悠远辽阔的旋律中，我写下一首诗献给他——

你走时
告诉我
每一颗露珠里
都有一个太阳……

你走时
告诉我
所有的春天
都孕育在冬天的土地上……

你走时
告诉我
即使没了翅膀
也不能放弃去看星星……

你走时
告诉我
生命就是赤裸着笑着
跋山涉水沐暴雨狂风……

你走时
告诉我
难过时就去听一听
耳聋后依旧狂歌人类欢乐的贝多芬……

你走了
仿佛一千年
今天，在你的生日里
我悄悄地苏醒……

采一束原野上的风信子
寄往天堂
每一个花瓣
都是我苏醒后的模样……

祝你生日快乐
还要告诉你
我终于看到了
你让我看到的——宇宙。

（完）

2020 年 12 月 31 日初稿

2021 年 4 月 8 日定稿

附录

27 年的相伴相随，
27 年的相知相爱，
27 年的灵魂相依。
在他离世后的岁月里，
她写下一本本日记，让心灵在痛苦中开出花朵。

来，寄我，如何？——法语是很好听的，只是我念不好，可是真想把它念给你听听。

[意译]　荆棘开花了
T. 克林梭

荆棘开花了；
是什么鸟儿，她这样歌唱着
在那边树林里？
荆棘开花了；
是什么鸟儿，她歌唱在我的心里？

[原文]　L'épine en fleur
T. Klingsor

L'épine est en fleur;
Quel est donc cet oiseau qui chante ainsi là-bas
Dans le bois;
L'épine est en fleur;
Quel est donc cet oiseau qui chante dans mon coeur?

顺祝　近好！

南生

1984 年两人通过书信往来时，杨先生在信中送给严平的法文诗——《荆棘花开了》。信上他还说："法语是很好听的，只是我念不好，可是真想把它念给你听听。"

近一个月的音讯中断"使我想起两句英语格言，而且更具体的了解了它，或许你也知道它：

"Presence strengthens love;
Absence sharpens it."

该怎么译才确切，你说？

23日晨。

短暂的"失联"后，杨先生借这句格言来表达思念之情，并希望得到远方的爱人回应。

我的日日思念着的亲爱的南南：

我想你，想你，每一刻！不如此，我不知道还能怎么过。

要办的事，电话上说过了。而电话中无法倾吐的是那么多、那么深深的、心的语言……回京后一晚两次在电话里听到你的声音，我想开怀笑，又想俯首哭。那颗泊在[illegible]湛蓝的心只是属于你的，只有你知道，只有我的亲爱的南南知道。

南南，许多话现在不想说了，留待面语。这一刻，只想说一句——只想面对着我们开步走的一条那么美又那么难的路说一句：南南，拉着我的手，走到底！小平来到这个世界，只可能是南南的，她一定要投入南南的怀抱……

①

严平女士在写给杨先生的信中写道："南南，拉着我的手，走到底！"短短的10个字，却带着万分的坚定。

平平，我亲爱的"心上人"，我"年逾花甲"之后才找到（或幸运地遇到）的"心上人"；而且是经过了此生第一次经历之后才真正认定了的"心上人"：

我在午饭之后又读了一遍自己刚才的回信（标着#11），觉得所写内容已大半"过时"：你的电话已经告诉我：你现在的心情已不是这两封（特别是附标"另纸"信的那封）中的情况，而我却还在按照信中的内容，宣称大小事儿去"发表议论"，去"谆谆教导"，甚至在"卅有教训口气"……我感觉，更不对头，需要重新写。（原信也不撕掉了，附上供"参阅"，或许充一些小事吧）。于是我服了一片"舒乐安眠酮"（据说这是针对的安眠药，只管2~4小时），原打算好好睡一觉再给你写封充分表达我此刻心情的信，好好地、慢慢地写。

（但是服药后在床上辗转反侧，不得入梦（这可是我生平第一次白天吃安眠药），尽在和你谈话：劝导、辩论、谈心，当然也有"悄悄话"……总之，一点睡意也没有。我终于决心起来。现在才2:30，打算写封长信。——你看看够厚的吧！（我还没写，估计就会是封厚信）你仔细想想准备好好地、平静地，最好是在不受外界干扰时详细地看吧。

我感觉现在是我们再一次深谈的时候了。喜欢争论的我，你现在的心情（错综复杂的），我现在的心情，以及我们结合后一年来相互的了解，都使我感到

①

"平平，我亲爱的'心上人'，我'年逾花甲'之后才找到（或幸运地遇到）的'心上人'，而且是经过了此生第一次经历之后真正认定了的'心上人'。"信中，杨先生毫无保留地表达着自己的心意，并急于将此刻辗转难眠的心情写封长信给他的"心上人"。

晨歌

带着露水的太阳
透过薄雾
散发青草的芳香

带着露水的太阳
展开纤指
抚摸枯树的胸膛

带着露水的太阳
皱起眉头
凝视烟云的飘荡

带着露水的太阳
伸着懒腰
寻觅消失的梦乡

（注）从老师处偷来的句子，缀成一首习作，奉请老师指正。

南之
86.7.14

信尾的“老师”所指即为严平女士，在两人的通信中，严平曾写过几首诗送给杨先生，杨先生这里将爱人称作“老师”，足见杨先生是位儒雅浪漫的人。

Twinkle, Twinkle, Little Star

Twinkle, twinkle little star,
How I wonder what you are.
Up above the world so high,
Like a diamond in the sky.

When the glorious sun is set,
And the grass with dew is wet,
Then you show your little light,
Twinkle, twinkle all the night.

杨先生手抄英文版《小星星》。

南：

菜在铁锅里，饭在红盖下。

吃多少取多少，可随意用醋等调味。

安心等我。吻你！

南：为你中午解渴，买了两个柚。因你挑挑仅剩两天儿，（明天进货）怕不保险好，回来打开一个，先当喝水吧。（已泡在锅里）

你的平：即日

严平出门后留给杨先生的便条。

严平在一次惹杨先生生气后，画下的一张“检讨”小画。

To my bonnie — P.p. :

Wishing you
Many happy returns of
Your Birthday.

N.n.
Nov. 9, 1986.

With affectionate "brushings"

"四毛"曾是严平的笔名，杨先生自己动手刻了一枚"四毛"图章送给她。这是1986年严平女士收到的杨先生送给她的生日卡片，他特别把"四毛"的章也印在了上面。

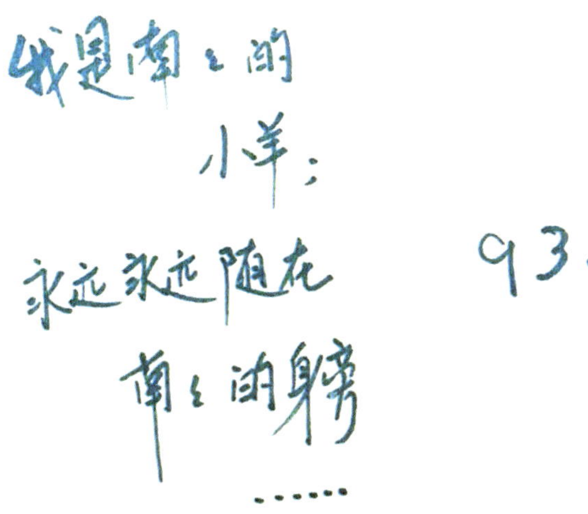

我是南南的
小羊：
永远永远随在
南南身旁
……

93.6.2

1993年6月2日是他们结婚周年纪念日，严平在写给杨先生的贺卡上写道："我是南南的小羊；永远永远随在南南的身旁……"

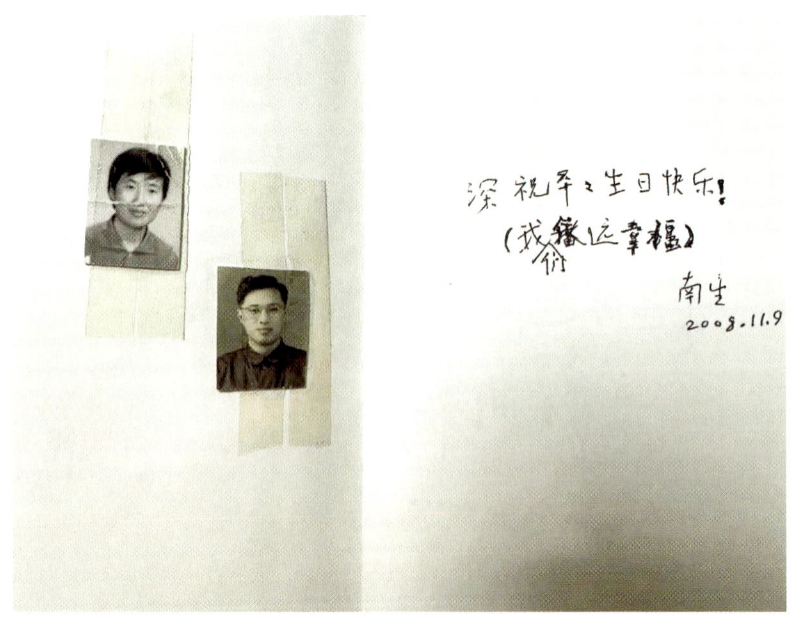

杨先生在送给严平女士的生日贺卡上粘贴自己留存多年的两人照片，并配上一段简短而有力量的文字。

爱一个人会体现在那些肯花心思的细枝末节里。杨先生会剪下那一朵美丽的纸花装点在他写给爱人的贺卡上。

遗嘱

我死后绝对不希望为我举行任何形式的悼念仪式。——我只希望我的形象能安静的埋在我爱人师严平的心底深处。这就足够够够了。

杨南生

1988.12.29.

2005.8.11（再V）

平平，我深爱的child-wife；我真爱你啊。望保重，并望一定要继续寻求幸福，这也是为了我。吻你。

你的南南。

“生死两处情无尽，地角天涯未是长。”